Theres Roth-Hunkeler · Erzähl die Nacht

Theres Roth-Hunkeler

Erzähl die Nacht

Roman

Rotpunktverlag

Die Autorin dankt der Schweizer Kulturstiftung PRO HELVETIA
für die Unterstützung dieses Werks

Der Verlag dankt dem Kanton St. Gallen, der Stadt St. Gallen sowie
der MIGROS Ostschweiz für die großzügige finanzielle Unterstützung.

Die Deutsche Bibliothek – CIP-Einheitsaufnahme
Roth-Hunkeler Theres:
Erzähl die Nacht : Roman / Theres Roth-Hunkeler. –
Zürich : Rotpunktverl., 2000
ISBN 3-85869-207-7

© 2000 by Rotpunktverlag, Zürich

Alle Rechte vorbehalten.
Nachdruck in jeder Form, Speichern auf Datenträger sowie die Wiedergabe
durch Fernsehen, Rundfunk, Film, Bild- und Tonträger oder Benützung
für Vorträge, auch auszugsweise, nur mit Genehmigung des Verlags.

Umschlagbild: Marianne Werefkin, »Zwillinge«,
© Fondazione Marianne Werefkin, Ascona
Druck und Bindung: Clausen & Bosse

ISBN 3-85869-207-7
1. Auflage

*»Menschen sind ein Teil von Namen,
Namen sind ein Teil von Menschen.
Namen sind ein Teil von Menschen,
Menschen sind ein Teil von Namen.«*

Hilda Doolittle

*»Nun besann sich die Königin die ganze Nacht über auf
alle Namen, die sie jemals gehört hatte, und schickte
einen Boten über Land, der sollte sich erkundigen weit
und breit, was es sonst noch für Namen gäbe.«*

Brüder Grimm, *Rumpelstilzchen*

I

Ich trete meinen Bruder in die Welt. Stoße, schubse und schiebe ihn. Er zuerst. Endlich ist er fort. Ich habe Platz. Kopfüber liege ich zum ersten Mal in meinem Vorleben allein im Dunkeln. Ich breite mich aus, schwimme im Becken, dann strample ich und folge ihm. Ich kam gut voran, Zwilling hatte mir den Weg durch den Kanal gebahnt. Als ich die innerste Welt verließ, stürzte hinter mir das Muttergebirge ein. Leer war nun der Frauenbauch, und leer sollte er bleiben, ein Brachland für immer. Zwilling hieß schon, als ich ankam, eine halbe Stunde nach ihm, Paul, indes, mit mir hatte niemand gerechnet. Der Mutter fiel kein Name mehr ein, als ihr schon wieder ein neues Kind zur Begutachtung in die Arme gelegt wurde. Paula, vorgesehen für den weiblichen Fall, war nahezu aufgebraucht. Wer A sagt, dachte die Mutter, die Fortsetzung stellte sich nicht ein. Sie war nicht in der Lage zu denken, ihr Kopf arbeitete noch nicht. Sie sehnte sich nach Schlaf, aber die Nachwehen zerrten an ihr und die Nadelstiche ins wunde Fleisch schmerzten. Paul hatte die Mutter zerrissen und hinterher kam auch noch ich. Ungelegen. Mein Erscheinen hatte zur Folge, dass die Mutter in den ersten Tagen nach der Niederkunft von niemandem Besuch erhielt. Diese Ruhe beunruhigte sie. Und wie. Sie konnte nicht begreifen, dass die Doppelankunft keinerlei Echo auslöste im Dorf. Sie grübelte darüber nach, anstatt das Wochenbett für ausgiebigen Schlaf zu nutzen. Die Erklärung war einfach: Die Frauen mussten eine zweite Garnitur stricken. In Rosa. Das dauerte. Längst übrigens hatte die Hebamme beschlossen, die Überraschung sähe nach einer Irene aus. Eine, die Salome heiße, habe den Blick für Namen, erzählte die Mutter den verspäteten Besucherinnen. Ich bedauerte, dass mir diese Fee nicht ihren eigenen Namen gegeben hatte. Nein, eine Irene lag neben Zwilling; es gab nur eine einzige Wiege. Zwei kleine, weiß eingehüllte Pakete schliefen darin. Und draußen schneite es, obwohl Mitte Mai war.

Wenn die Mutter den Kopf hob und aus dem Fenster schaute, konnte sie einen Hauch von Schnee auf den Bäumchen der Baumschule ausmachen. Schneeblüten. Milchblüten. Aber noch vor der Milch schossen weiße Sorgen und hellstes Mitleid mit den weißen Paketen in ihr ein. Zwei neue Kinder. Die Mutter spürte ein Kältegefühl in ihrer linken Brust. Kampfergeruch stieg ihr in die Nase. Die linke Brust mit der Hohlwarze taugte nichts. Die Hebamme hatte sie gleich in Kampfertücher verpackt, damit die Milchdrüsen nicht anschwollen und sich entzündeten. Weiß wie Schnee. Dachte die Mutter. Blickte hinaus. Weiß wie Schnee. Befühlte ihre rechte Brust, die Mutter. Hatte so helle Haut. Einen weißen Körper. Die rechte Brust war noch ganz weich. Strömte noch nicht, die Milch. Aber war da, diese Brust, weiß und hell und bereit für die beiden weißen Pakete. Deren Wiege die Mutter im Tagtraum in die Baumschule stellte. Es fielen Schneeflocken hinein und Blütenblätter. Fielen auf die beiden Pakete. Es nannte die Mutter ihre Kinder. Paul. Irene. Kein einziger gemeinsamer Buchstabe in ihren Namen. Paul, nicht trennbar. Bei Irene lauern allerhand mögliche Trennfehler, die Regeln wollen hier zur Anwendung kommen, zwängen sich ins Wort. Paul Heller. Irene Heller. Betrachtet von Klara. Sieben Jahre Vorsprung hatte diese Schwester. Ruth, die zwischen Klara, aber viel näher bei den Zwillingen lag, durfte sich der Wiege nur in Begleitung nähern. Sie war zu klein für uneingeschränkte Bewunderung, lernte eben ihre ersten Wörter, ein Schneeweißchen, blond, blauäugig, Mutters Augenstern. Sie sagte fortan das Wort zwei wie eine Formel, wenn sie das verschlossene Wiegenzimmer an einer Hand betreten durfte. Dass in der Zeit vor Klara noch ein Mädchen geboren worden war, Erika, erfuhr ich, als ich lesen konnte. Erika, nur ein paar Tage alt, haben sie zu Großmutter ins Grab gelegt. Julia Heller und Erika, so hieß die Inschrift auf Stein, dem Herzschlag folgte ein Fehlschlag des Lebens. Und dass zwischen Klara und Ruth zwei Abgänge gewesen waren, hat mir die Mutter erst erzählt, als ich selbst ein Vorwesen verlor, das die Ärzte Windei nannten.

Frühe und deutliche Erinnerung an Paul, bevor er sich endgültig davonmachte: Ich gehe die eine Treppe hoch, er die andere. Die beiden Steintreppen führen zu zwei Türen. Öffnet man sie, steht man in einem verglasten, überdachten Eingang, einem Windfang, den ich später Vorhimmel nenne. Das Fensterglas besteht aus verschiedenfarbigen Vierecken, ein Blick hindurch färbt die Welt ein. Paul und ich schauen lange. Nach dem Sehspiel stemmen wir uns gegen die schwere Haustür, gemeinsam drücken wir die Klinke herunter und stürzen fast in den verrauchten Raum mit dem Bretterboden. Die Welt ist weder grün noch rot, sondern verstellt mit Tischen und Stühlen und Stimmen: Paul, komm. Paul erhält saure Dropse, genug für beide, eingewickelt in rotes und grünes Zellophan. Sofort stellen wir uns ans Fenster, wickeln die Dropse aus, kneifen die Augen zusammen, halten das farbige Einwickelpapier davor und bringen die Welt wieder in Ordnung. Er grün. Ich rot. Paul hatte grüne Augen, aber das sah ich erst viel später, als ich mir seine Augen als zwei vergiftete Weiher dachte, in denen die Fische alle starben. Meine Augen sind braun mit einem Stich ins Graue. Als Paul fort war, wünschte ich mir oft zwei verschiedenfarbige Augen, ein grünes, ein braunes, oder zumindest hätte ich einen Menschen kennen wollen, der mit zwei verschiedenfarbigen Augen lebte. Erst nach unserem Spiel schauen wir die Männer an, die im Gasthaus sitzen, wir beißen dabei auf die Dropse, die Zuckerhaut springt auf, die Füllung prickelt auf der Zunge, ein feiner, vergnüglicher Schmerz. Paul, sage ich, streck die Zunge raus. Paul schüttelt den Kopf und weg ist er. Sitzt auf dem Schoß der schwarzhaarigen Tante, der Wirtin, ihre blonde Schwester, die Köchin, ist in der Küche und macht Lärm. Paul hat drei Mütter. Und in der Gaststube hängt über dem Stammtisch eine gerahmte Fotografie: Die Zwillinge. Sie sitzen auf einer Schaukel, eng aneinander gepresst. Paul und ein blondes Mädchen mit Locken in einem weißen Kleid. Das Mädchen ist ein wenig größer als Paul, auch ein wenig älter. Es heißt Susanne und ist die Tochter des Käsers. Auf dem Nachttisch der Schwarzen steht dasselbe Bild noch einmal: Die Zwillinge.

Klara kniff mich, wenn sie mich anziehen musste. Halt still, sagte sie, und sie kniff mich. Paul musste sie nie anziehen. Er war schon angezogen, wenn er nach Hause zu Besuch kam. Paul lebte bei der Blonden und der Schwarzen. Sie hatten ihn für immer ins Herz geschlossen. Kaum konnte er gehen, unternahm er täglich ausgedehnte Ausflüge zu ihnen, trank an einem der Gasthaustische mit einem Strohhalm Himbeersirup und machte sich hinterher in die Hose. Die Tantenmütter hatten für ihn Kleider gekauft, der Einfachheit halber, unser Haus befand sich fünfzig Meter oberhalb des Gasthofes. Mein Bruder hat das letzte Mal bei der Erstkommunion zu Hause gegessen. Es ekelte ihn ein wenig. Das Fleisch war weniger zart als jenes der Blonden, es gab Teigwaren, keine Kroketten, dazu Süßmost, Paul war bereits an Limonade gewöhnt. Wann er zum letzten Mal zu Hause geschlafen hat, könnte ich nicht mehr sagen, vielleicht als er dreizehn war, und bestimmt nicht freiwillig. Es gab Abende, an denen der Vater plötzlich wütend wurde über Pauls Abwesenheit, so dass ich ihn unverzüglich holen musste im Gasthaus, damit er zu Hause schlafe, die Familie unter einem Dach, sagte der Vater, und Paul musste gegen die Verweichlichung allein in der Kammer über der Stube schlafen, wo die großen, mit Schnaps gefüllten Korbflaschen standen, die sich nachts in Gestalten verwandelten. Allein zu schlafen hatte er in der Kammer mit den Wänden aus grobem Holz und dem Bretterboden, dessen Dielen nachgaben, wenn man darüber ging.

Als Paul für immer fort war, nannte ich mich abends im Bett Paula. Für Paula dachte ich Geschichten aus, die alle an einem runden Tisch eines Gasthauses endeten. Ich stellte mir vor, wie die Mutter uns rufen würde am Morgen, Klara, Ruth, Paula, immerhin die Andeutung einer Melodie. Gäbe es Paul nicht, wäre ich Paula und hätte nicht die beiden Buchstaben in meinem Namen, die beiden E, zwei landwirtschaftliche Geräte, während das A, das mir Zwilling zweifach genommen hatte, ein Hort war, ein Zelt, in das man kriechen konnte, darin zu schlafen. Schlafen im A. Im Schlaf hieß ich Paula. Ich hatte von einer Fremden einen Vornamen bekommen, der mir nicht gefiel. Der mir weh tat in den Ohren. Die Mädchenmutter hatte mit einem einzigen Geschöpf gerechnet, mit einem Jungen, weil diese Schwangerschaft anders verlaufen sei, einen Spitzbauch habe sie gehabt und viel Hunger. An Zwillinge habe sie nicht im Traum gedacht. Sie hatte sich Paul zurechtgelegt für den geahnten Jungen und Paula für den Fall der Täuschung. Seit ich denken kann, habe ich mich mit Namenssorgen herumgeschlagen. Meistens schienen mir Vornamen Zumutungen. Ruth, jene Schwester, die ich ab und zu festhalten konnte für einen Moment, tröstete mich mit einer Fähigkeit, um die ich sie so heftig beneidete, dass ich manchmal ihre Kleider zerschnitt: Sie konnte Namen, und nicht nur Namen, sondern alle Wörter, ja ganze Sätze blitzartig von hinten nach vorne sagen. Ich prüfte sie eine Weile lang jeden Abend vor dem Einschlafen, nannte ihr die ungewohntesten Namen, Absalom, Serafina, sie fing sie auf, wendete sie und gab mir die Antwort, die ich ein paarmal wiederholte und über deren ungewohnten Klang wir häufig laut lachen mussten. Es war, als hätten wir mit den Namen auch die Menschen umgedreht. Zwischen den Buchstaben blickte uns ihr Innerstes fremd entgegen; ein Franz war auch ein Znarf. Meist lachte Ruth noch weiter, während ich mir einmal mehr überlegte, wie in einem Namen ein ganzer Mensch Platz hatte. Und ich bewunderte Ruth. Sie schaffte die Namensumkehr in einer Schnelligkeit, ohne dass sie das Wort vor sich sah. Versuchte ich mich in unserem Spiel, legte ich mühsam Buchstabe zu Buchstabe und hatte die Kombination schon wieder vergessen, wenn ein neuer Vokal dazu kam. Es beschäftigte mich auch die Frage, ob ein Name ein Wort war. Ein gewöhnliches Wort wie Zucker oder Kaffee. Aluap nannte ich mich manchmal, wenn ich mit mir selber sprach in Gedanken. Bald langweilten Ruth meine Wendeaufträge und sie machte nicht mehr mit, weil sie Wichtigeres zu denken habe. In Wirklichkeit schlief sie immer sofort ein und ich hatte das Zimmer für mich. Spielte ein anderes Spiel. Sagte alle meine Schulkameraden in alphabetischer Reihenfolge vor mich her. Wenn ich fertig war mit der Klassenliste, ordnete ich alle Verwandten alphabetisch, nachher alle übrigen Menschen, die ich kannte.

In der Schule waren Paul und ich Zwillinge. Wir mussten in derselben Bank sitzen, als einzige der ganzen Klasse ein Pärchen, weil Zwillinge nicht getrennt werden sollen, behauptete die Lehrerin. Direkt in unserem Rücken saßen Fabien und Sébastien, Zwillinge auch sie, allerdings die eindeutigere Version. Sie trugen handgestrickte Pullover, winters aus Wolle, sommers aus Garn, ihre Mutter sprach französisch, und ich stellte mir vor, französisch sprechende Mütter strickten den ganzen Tag, weil sie mit niemandem reden konnten und in ihrem Französisch eingeschlossen waren wie in einem Kühlfach. Fabien und Sébastien standen immer zuoberst auf den Fehlerlisten, welche die Lehrerin nach jeder Prüfung anfertigte und aushänge. Jeden Tag setzte ich mich neben Paul, morgens und nachmittags, der nach Bratfett und Parfüm roch und dessen Hefte und Bücher Einbände aus farbigem Schrankpapier trugen und Etiketten, sorgfältig beschriftet, die die Schwarze sonst auf ihre Marmeladengläser klebte. Meine Schulsachen waren in Zeitungspapier eingeschlagen. Pauls Gesicht glänzte, weil die Schwarze ihn jeden Morgen mit Niveacreme einschmierte. Manchmal hatte er ein Heft vergessen. Ich wusste, wo das Heft lag. Auf dem runden Gasthaustisch, wo er seine Schularbeiten machte, die Schwarze oder die Gäste halfen ihm dabei. Manchmal sagte die Lehrerin zu mir, sei deinem Zwillingsbruder behilflich zu Hause beim Einpacken. Ich zuckte die Schultern. In der Pause aß Paul belegte Brote.

2

Der See gab Rätsel auf. Wer waren die Ruderer, die frühmorgens trainierten? Zuerst ein Doppelzweier, dann tauchte ein Zweier mit Steuermann auf. Lauter Männer, nahm Irene an. Eine Stunde später eine große Formation, die über das Wasser glitt: acht Ruderer und der Steuermann, der die Anweisungen brüllte. Und wie hießen die rufenden Wasservögel? Irene wähnte sich auf einem Schiff, denn vor ihr war nichts als das Wasser, das sich ausbreitete, immer in leichter Bewegung, ein bläulich grauer Teppich, der sich wellte und kräuselte, der winkte und rief. Ein Herr Schwan schwamm, zwei Enten begegneten sich, kannten sie sich? Nein, sie nahmen keine Notiz voneinander, schwammen grußlos aneinander vorbei, nur, wie sollten sich Enten grüßen? Schwämme Irene hinaus, geriete das Haus, in dem Zwilling gewohnt hatte, hoch über dem See, in ihr Blickfeld. Ich schwimme in Richtung Bruder, er soll auch losschwimmen, damit eine Wasserbegegnung stattfinden kann. Zwilling konnte nicht schwimmen, er wird es gelernt haben, nahm Irene an, gar nichts wusste sie über ihn, sie vermutete, er besitze nun alles, also auch ein Boot. Er würde sie mit dem Boot abholen, in der Mitte des Sees würde er sie ins Wasser stoßen, sie würde schwimmen, endlos, über den See, sich in einen Wasservogel verwandeln, in ein Wesen ohne Namen, ohne Sprache, und würde fliegen, Irene, dicht über dem Wasser,

Zwilling überholen, Zwilling überholen, sich auf den Rand seines Bootes setzen, ausruhen, sich auf seine Schulter setzen, mit ihrem Schnabel eines seiner Froschaugen berühren, nur berühren, ihm ein wenig Angst machen, nur wenig, und fortfliegen, hoch über dem Boot kreisen, und Wasservogellaute ausstoßen, Zwilling wäre verschwunden, sein Boot vertäut, er im Haus, oben auf dem Berg, sein Hündchen bellte freudig, Zwilling gut versorgt, Irene auf dem See, zurückverwandelt wieder, schwämme an Land, die Wellen, spürtest du die Wellen, hörtest du sie? Und merktest du, wie verzögert sie zum Ufer gelangten, wenn ein großes Schiff draußen passierte? Zuerst hielt das Wasser ganz still, erst nach einer Weile geriet es in Aufruhr, wenn das Schiff schon beinahe verschwunden war am Horizont. So merkte sich das Wasser die Zeit. Der See ein Speicher. Wasserzeiten. Die Wellen der Enttäuschung fluten verzögert. Und das Licht, das wechselnde Licht, das ständig wechselnde Licht, der Himmel bedeckt, und wieder ein Schiff, ein Ausflugsschiff, eine Lautsprecherstimme erklärte das Panorama, wurde immer leiser und verstummte. Das Schauspiel des Sees: Wer an Land aufgewachsen ist, auf dem Land, wo weit und breit kein See war, der musste immerzu hinausschauen, zum See, auf den See, in den See. Und der See rief. Wenn es regnete, waren die Tropfen als tausend Tupfen auf der Wasseroberfläche auszumachen. Der See ein Stoff. Vom Himmel fiel ein Muster, das ihn bedruckte, nur flüchtig, es verschwand schnell, sank auf den Grund, der See schüttelte sich, glättete sich und wurde wieder, was er war: ein Stoff. Der See ein Stoff, Zwilling eingekleidet endlich, im Wasserkostüm, im Wellenkleid. Der See ein Stoff, der geduldig die Zeichen aufnahm, die Irene zu setzen hatte. Und in der Nacht schluckte der See Zwilling und sagte:

Man müsste die Geschwister abschaffen oder die ganze Andichtung neu erfinden.

Das Hörspiel des Sees. Die leisen Wellen, der Regen, die Schreie der Wasservögel, das ferne Tuten eines Schiffes. Und am andern Ufer die schweigenden Berge. Ja, es stimmte. Irene konnte sich so oft in den Arm kneifen, wie sie wollte: Es gab die Welt vor dem Fenster. Und es gab dieses Haus, das so nahe am See stand, dass sie die Linie, die Land und Wasser trennt, nicht sehen konnte, blickte sie aus dem Fenster. Neue Regenschauer ließen in Irene heftige Gefühle anspringen. Dass er nicht kam, Zwilling, noch nicht kam. Du bist nicht gekommen, du kommst nicht, kommst nie! Geduld, sagte Irene zu sich selbst und versenkte die Enttäuschung im See. Schon zog wieder eine Nacht auf, obwohl Vormittag war, am See waren die Gesetze der Zeit außer Kraft gesetzt, ein Lastkahn transportierte Kies, zwei Lichter beleuchteten das Gefährt. Noch gab der See Zwilling nicht frei. Noch lief Irenes Blick suchend zum andern Ufer. Er tauchte nicht auf. Auszumachen war dort ein Dorf, sanft aufsteigende Hügel, und dann die Berge. Dort hatte Zwilling gewohnt. Auf dem ersten Berg, der nicht hoch war. Einer ihrer Bekannten wohne dort oben, nein, nicht richtig im Gebirge, sondern auf einer Art Vorberg, hatte Irene dem Diener, der keiner war, erklärt. Und nein, sie habe keine Zeit, mit ihm in einem Restaurant mit Seeanstoß Kaffee zu trinken, sagte sie zu ihm, ob das überhaupt erlaubt sei, und den Seeanstoß habe sie ja hier, und überdies erwarte sie Besuch von diesem Vorberg-Bekannten. Einen Monsieur Paul erwarte sie, fühlte sie sich zu präzisieren genötigt, als der Diener, der keiner war, sie unentwegt anschaute, als sei sie ihm alle Erklärungen der Welt schuldig. Besuch, fragte er, Sie erwarten Besuch? Abends konnte

Irene die Lichterketten der Häuser auf dem Vorberg sehen. Die Stille hielt, umhalste Irene, beschäftigte sie. Tagsüber nannte sich die Stille Ruhe. Am See gab es nur Vogelgezwitscher, Wellengeplätscher und Schiffsgetute. Ganz ungewohnt auch die Eichhörnchen, im Park zu beobachten. Und je länger Irene am Fenster stand und durch das Gitter auf das Wasser schaute, um so eher war sie geneigt, zu glauben, sie könnte auf diesem bläulichen Teppich gehen, ohne zu versinken. Es gab ein paar Erinnerungen, die direkt mit dem See zu tun hatten. Das Schiff fährt durch dein Gedächtnis: die Schulreisen, ein Töchterinstitut, eine geschnitzte Holzfigur am Ufer, die den Schiffen zunickte, zwei Seerestaurants, wo die Hochzeitsfeiern von Klara und Ruth stattgefunden hatten, und viele Verwandte, die du auf dem Seeweg besuchen könntest. Und wieder ein anderes Licht, ein schweres, blaugraues, Wolkenpakete schoben sich mühsam vor am Himmel, über dem See übte eine einsame Ente den Tiefflug.

Zwilling zeigte sich nicht. Ihn dennoch in die Pflicht nehmen. Er sollte auf einem der großen Parkbäume wohnen, bei den Eichhörnchen, dort war viel Platz. Nichts sprach dagegen, dass er in einem der Bäume eine Wohnung beziehen würde, denn die Baumkronen waren ausladend, Zwilling könnte sich dort oben ein luftiges Domizil einrichten. Vorläufig, bis Irene ihn rief. Denn wisse, sagte sie, die Bäume haben Anziehungskraft auf die Männer. Du folgst einer Tradition, wenn du hinaufsteigst. Nein, es ist nicht der Stammbaum, den du gewählt hast, du willst höher hinaus. Der Stammbaum wäre ein Kirschbaum, ihn besteigt man, um zu ernten, dazu braucht es eine Leiter, braucht es grobes Schuhwerk, Stehvermögen. Oder man fällt. Du wählst die Linde, die Lindenallee, und du hast nicht die Absicht, Lindenblüten zu pflücken, und du kommst nicht herunter, nicht freiwillig? Irene stellte sich unter den Baum, rief den Spross beim Namen, Paul, rief sie, endlich gab er Antwort. So sprachen sie miteinander. Zwilling hatte Hunger. Sollte er vom Baum essen. Blüten oder Blätter. Oder von Baum zu Baum springen, sei ein Mann, los, spring. Er musste springen. Nein, Zwilling, du stürzt nicht, wir führen keine Wiederholung auf, du fällst auch nicht ins Wasser, sondern ins gute Tuch. Du wirst aufgefangen, sanft deine Landung, wie immer. Dann bat Irene Zwilling ins Seehaus, bat eindringlich, Irene, hatte Tee gekocht, Zwilling trank keinen Kaffee, sie hatte auch ein paar Brote vorbereitet und Kirschkuchen gebacken, Kirschkuchen, Alkohol bot sie nicht an, Zigaretten waren da, Irene rauchte, während sie mit Zwilling sprach. Du rauchst nicht? Du sprichst auch nicht? Wir haben Zeit. Im Seehaus kann man immerzu aus dem Fenster blicken, der See ändert die Farbe, die Enten sind da und dort, die Wolken malen ganz brauchbare Bilder, und die Stille, die Stille, ein Hintergrund wie geschaffen für Gespräche. Spielzeug gab es nur wenig. Das Handy zum Beispiel war vom Baum gefallen, und Irene hatte es in den See geworfen. Zwilling hatte keine Möglichkeit, Rita eine Botschaft auf den Vorberg zu schicken. Kannst du tauchen? Gut, versuche es. Du hast keine Badehose dabei? Ich schaue weg, und überhaupt, ziere dich nicht, wir bewegen uns auf bekanntem Gelände, ich weiß, du sperrst dich, diese Sprache willst du nicht verstehen. Du hast Magenschmerzen, sagst du, immerhin, du redest jetzt, wenn auch in Klagen, verständlich, das Magengrimmen bei deiner Ernährung, die Baumkost war dir nicht zuträglich, macht nichts, du hast Reserven, ich bitte dich, brich sie an. Du kannst dich an nichts erinnern, sagst du. Zwilling war der Erinnerung noch nie zugetan gewesen, er war auch Irenes Erinnerung nicht zugänglich gewesen, war nicht verankert in ihrem Gedächtnis, sie vergaß ihn fortwährend, sprach nie über ihn, sprach von Schwestern, und wenn sie diesen Bruder fast aus Versehen und ausgesprochen selten einmal erwähnte, war das Erstaunen groß: Du hast einen Bruder? Ja, meine Lieben, sagte sie, ich habe einen Bruder. Wie alt ist er? Eine halbe Stunde älter als ich. Das Staunen wuchs. Ja, richtig, vorzügliche Kombinationsfähigkeit, wir sind Zwillinge, nickte sie. Wie niedlich! Ja, sehr niedlich. Und sofort setzten Schilderungen ein, insbesondere die Frauen erzählten, wie sie in jeden Zwillingswagen blickten, Irene sagte nichts mehr, sie mochte die breiten, unförmigen Gefährte nicht, die zu viel Platz einnahmen und den ganzen Gehsteig versperrten, neumodische Entwicklungen, im Übrigen; Klara hatte Paul und Irene gemeinsam in der gleichen grünlichen Karre chauffiert, in der auch sie selbst und später Ruth geschoben worden waren, nicht spazieren gefahren, Mütter spazierten nicht, sondern nahmen ihre Kinder mit, wenn sie eine Besorgung zu machen hatten. Nachher legten sie die Einkaufstaschen ins Gefährt, neben die Kleinen. Ohnehin ließen sie ihre Säuglinge in Ruhe schlafen, weder litten sie am Frischluftfimmel, noch schufteten sie den ganzen Tag und die halbe Nacht an der Mutter-Kind-Beziehung. Natürlich rackerten sie sich ab für den Nachwuchs, aber indirekt, schweigend, ohne das Gesäusel dauernder Zuwendung und der Angst, nicht innig genug zu sein. Bald brachte Klara nur noch Irene in der Karre mit nach Hause, die Blonde und die Schwarze hatten Zwilling gepackt, ihn aus dem Gefährt gerissen: Komm, kleiner Mann. Zwilling war ein Ball, der in die Luft geworfen wurde, bald fing ihn die Blonde auf, bald die

Schwarze, und kaum konnte er gehen, kauerten sich die beiden auf den Boden, öffneten ihre Arme und riefen: In welches Haus kommst du? Und weil Zwilling nicht losrannte, erhoben sie sich wie auf Kommando und griffen ihn vierarmig und trugen ihn gemeinsam ins Gasthaus und stopften so viel Essen in ihn hinein, dass bald ausreichend Zwilling vorhanden war für beide. In das Elternhaus jedenfalls kam Zwilling nur noch gelegentlich als Besucher. Zu Hause war er im Gasthaus, und Klara befahl Ruth in die Karre, setzte Irene auf ihren Schoß und machte mit den Nachbarskindern Wettrennen auf abschüssigen Sträßchen. Irene erwies sich als unpraktisch, weil sie plärrte, und gehen konnte sie noch immer nicht. Die findige Klara nahm ein Stück Würfelzucker und hielt es ihrer kleinen Schwester vor die Nase. Komm, sagte sie, komm, und als Irene ein paar wackelige Schritte getan hatte, steckte sich Klara das Zuckerstück selber in den Mund und lieferte Irene bei der Mutter ab. Diese beachtete Irenes Fortschritte nicht, wenigstens läufst du nicht weg, sagte sie, und schon war wieder Zeit für den Vormittagsschlaf, den Mittagsschlaf, den Nachtschlaf. Als sich an der grünen Karre immer wieder ein Rad löste – ihr Regen- oder Sonnendach ließ sich schon lange nicht mehr öffnen –, stellte der Vater das Gefährt in den Schopf und benutzte es als Werkzeugbehälter, für die Mutter ein Fingerzeig. Dieweil die Blonde und die Schwarze neue, dickere Polster kauften für die Eckbank am Stammtisch. Darauf legten sie Zwilling, wenn er müde wurde, und behielten ihn im Auge. Und eines Tages ließen sie die Doppeltreppe wegschlagen, der Vorhimmel mit den farbigen Glasscheiben des Gasthauses verschwand. Sie boten alle Handwerker des Dorfes auf für die Verwandlung, der Baulärm war weit herum zu hören, oben schüttelte der Vater immer wieder den Kopf, Fenster zu, befahl er. Auf dem neuen Parkplatz des Gasthauses stand ein Schild: Zimmer mit fl. Kalt- und Warmwasser. Eines dieser Zimmer bezog Zwilling. Er war Herr über einen Schreibtisch, auf dem eine gummierte Schreibunterlage lag, grün, über einen eigenen Schrank, aus demselben Holz gefertigt wie sein niedriges Bett und die Bettumrandung, in die man das Kissen verstauen konnte, er hatte kein Federbett mehr, sondern eine dicke, olivgrüne Steppdecke. Nichts mehr ist echt, nichts mehr massiv, der Vater schüttelte sich, die Mutter nickte und stellte sich vielleicht ihren Sohn vor, wie er unter der Steppdecke lag und darauf wartete, dass die Blonde und die Schwarze ihm mit Weihwasser ein Kreuzzeichen auf die Stirn malten, zuerst die Blonde, dann die Schwarze, dann durfte er die Nachttischlampe ausknipsen und einschlafen, mit den kalten Zeichen auf der Stirn. Vielleicht stellte er sich im Dunkeln sein Zimmer vor: die Stehlampe, wie sie neben dem Schreibtisch stand, ihr Schirm aus gelbem Bast war beweglich, genau wie jener der Nachttischlampe, und an der Decke hing noch einmal ein gleicher Lampenschirm, nur größer. Die Nachtvorhänge des Zimmers waren im selben Gelbton gehalten wie die Lampenschirme, ebenso der Spannteppich, die Handtücher und Waschlappen, nur das Waschbecken war eine Nuance dunkler, in stumpfem Gelb. Zwilling wuchs Ton in Ton auf. Und war nie dabei, wenn oben gefeiert wurde. Jeden Dienstagabend. Der Vater ging zur Probe, Männerchor, die oben waren probeweise ohne Vater und öffneten Ananasdosen, schlugen Schlagrahm und feierten seine Abwesenheit. Nach spätestens drei Stunden kehrte der Vater zurück, die Teller standen wieder im Schrank, die leeren Dosen versteckte Klara in ihrem Schrank, um sie anderntags unauffällig verschwinden zu lassen.

Zwilling konnte bei den Tanten jederzeit Ananas essen, in aller Seelenruhe, nur hatte er die heimlichen Vergnügungen nie kennen gelernt, hatte nie gesehen, wie die Mutter, Komplizin des Vaters, hin- und hergerissen wurde zwischen dem schlechten Gewissen und der Lust auf die Dosenfrüchte, und wie sie für kurze Zeit das Lager wechselte. Als der Vater vom Kirschbaum fiel, war Zwilling nicht da, weil er die Blonde auf eine Wallfahrt begleiten durfte. Als die Mutter den Infarkt hatte und in der Ambulanz starb, war Zwilling wieder nicht da. Er hatte die Schwarze nach Schinznach-Bad zum Kuraufenthalt gefahren. Sie behauptete, an Steifheitsanfällen zu leiden.

Zwilling nahm keine Notiz von Irene. Auf seinem Schreibtisch lagerte ein Vorrat an Süßigkeiten und Sackmessern in allen Größen und Ausführungen, Geschenke von Gästen, die damit um die Gunst der Schwarzen warben. Und Schreibpapier war da, Weihnachtsgaben von Patin und Pate; in schön aufgemachten Mappen befanden sich feine Schreibblöcke und gefütterte Briefumschläge, mit einem Stoffband zusammengehalten, in Hellblau, in Rosa, in Zartgrün, alles unbenutzt. Wem hätte Zwilling Briefe schreiben sollen? Vielleicht seiner Mutter? Auf seinem Schreibtisch fehlte nicht die Schachtel Prismalo-Stifte, Großformat; Zwilling legte ab und zu die Stifte auf den Schreibtisch und sortierte sie nach Farben, ab und zu nahm er die Farbschachtel mit in die Schule, legte sie als Trennvorrichtung zwischen sich und Irene in die Mitte des Pultes und bewachte sie. Manchmal stießen ihre Ellenbogen beim Schreiben an die Schachtel, Zwilling war Linkshänder und Kollisionen somit unvermeidlich, manchmal fiel die Farbschachtel scheppernd auf den Boden. Zwilling besaß eine Spitzmaschine, die er aber nie mitnahm in den Unterricht. Sein Schreibtisch, den eine

Zimmerfrau regelmäßig abstaubte, blieb unbenutzt, die Schularbeiten erledigte er weiterhin in der Gaststube oder in der Küche, in einer Ecke der Sitzbank lagen seine Hefte und Bücher, auch sein fellbezogener Schulranzen, neben dem Zeitschriftenstapel der Blonden. Zwilling nahm keine Notiz von der Begehrlichkeit Irenes. An der Kurbel der Spitzmaschine hätte sie gerne gedreht und sich mit den frisch gespitzten Stiften in den Handrücken gebohrt oder sich hinter die Ohren geschrieben das Wort: Zwilling. Die Briefumschläge hätte sie gerne vom Stoffband erlöst. Papierneid wütete in ihr. Sie hätte gerne ihre Listen aufgeschrieben. Die Namen der Schulkameraden, die Namen der Verwandten, die Namen der Menschen, die sie kannte, alle in alphabetischer Reihenfolge. Als Nächstes die Namen der Dorfbewohner, das Verfahren dafür hatte sie bereits entwickelt: Sie würde an einem Ende des Dorfes anfangen und ein Haus betreten, im Kopf, nur im Kopf, und alle Bewohner mit Vornamen und Namen auf einem neuen Papierbogen festhalten. Und ins nächste Haus gehen, und wieder die Namen aufschreiben, Namen, die Räume bewohnten, die ausgesprochen wurden, Tag für Tag, gerufen, geflüstert, gesagt, gedacht, gebrüllt, verflucht, und nachts kamen die Namen in Träumen vor. Jeden Dorfmenschen aufnehmen, eine kleine Volkszählung, ein Register, ein Inventar der Namen. Fiel der Name mit dem Menschen zusammen oder klaffte da eine Lücke, ein Namensschmerz? Über diese Frage musste Irene lange nachdenken, die Beschäftigung tröstete sie für eine Zeit über den Papiermangel hinweg, ihr wurden Schlafanzüge und Strumpfhosen zu Weihnachten geschenkt, Zwilling erhielt das feine Papier, weil es ihm an Kleidern nicht fehlte. War der Name ein Haus oder mindestens eine Wohnung, die Buchstaben die Zimmer, der Name als der immer währende Ort gar, auch wenn jemand fortzog? Die Familie Spörri war nach Amerika ausgewandert. Am 17. April 1961. Lisbeth und Heidi und Peter und die kleine Yolanda und die Eltern Verena und Kurt wären von der Liste zu streichen, oder es wäre eine neue Liste zu schaffen, mit den Wegzügen, Zuzüge gab es keine, es wäre eine Liste zu schaffen mit den Toten, angeführt vom Gärtnerssohn Benedikt, der sich erhängt hatte im Treibhaus seines Vaters. Aber das trug sich später zu. Viel später, in einem von Irenes Zwischenjahren, die sie immer wieder einlegte zwischen den Fehlschlägen der Liebe; selbst Zwilling benutzte zu diesem Zeitpunkt das Gasthauszimmer nur noch als Basisstation für seine zahlreichen Aufenthalte in der Welt der Vornehmen, allerdings bediente er sie, kochte für sie, mixte für sie, empfing sie, geleitete sie, er lief in dieser Zeit seiner Laufbahn entlang, noch ohne auszuscheren. Irene führte die Listen im Kopf nach, auch dann noch, als längst genug Papier da gewesen wäre. Sie kannte nur eine Angst: dass ihr Namen und Gesichter durcheinander gerieten, ihr Geschichten und Vorfälle entglitten, in ein Gedächtnisloch versackten und die Listen voller Lücken wären. Sie ärgerte sich über die Nachlässigkeit vieler Menschen in Bezug auf Namen. Neue Lehrer gaben sich keine Mühe, sich die Vornamen der Schüler zu merken. Und selbst Irenes Mutter setzte oft falsch an, sagte: Kla-nein, Ru-nein, Irene, wenn sie Irene herbeirufen wollte. Warum brauchst du mehrere Anläufe? Die Mutter lachte und sagte: Meine Kinder liegen mir auf der Zunge. Natürlich scheiterte Irene. Sie vergaß. Ließ abends im Bett nicht mehr die Seele hinuntersinken, so nannte sie das Spiel vor dem Einschlafen, wenn sie die Namen aufsagte, kleine Litaneien. Namen waren das spezifische Gewicht.

Den Ausdruck hatte Irene in Klaras Schulheften gelesen. Das spezifische Gewicht trug Irene mit sich herum und breitete es abends aus in der Dunkelheit und nannte den Vorgang »die Seele hinuntersinken lassen«. Natürlich merkte sie, dass es nur in einem kleinen Dorf möglich war, alle Menschen mit Namen zu kennen, sie zu grüßen, sie immer zu grüßen, oft viermal am Tag. Und eines Tages fiel ihr die Grüßerei auf die Nerven, fielen ihr die Menschen auf die Nerven, fielen ihr zuletzt auch ihre Namen auf die Nerven und war sie bestrebt, fremdländische Namen kennen zu lernen und Hans und Franz und Leo und Mathilde und Agnes mit den neuen Klängen zu überdecken, ja zu löschen. Und war sie begierig darauf, Menschen kennen zu lernen, die seit jeher von einem ganzen Meer von Namen umgeben gewesen waren und nie auf die Idee gekommen wären, sie sich alle zu merken. Erst am See, als sie zum Haus schauen konnte, wo Zwilling gewohnt hatte, schwemmte ihr Gedächtnis die Namenlisten von früher wieder an, widerstandslos, selbstverständlich. Die Wellen brachten auch die entlegensten Namen zurück: Adele und Cäcilia, die beiden Schwestern des Treibhaustäters, Cäcilia nannte sich nach dem Tod des Bruders Cécile, ihr Vater hieß Klaus, er führte eine Dorfchronik, klebte Fotos ein von Kühen, von Geräten, Vieh- und Fahrhabeversteigerung. Wann hatte diese Art von Geschäften begonnen, wann? Der Vater hatte den Traktor der Familie Spörri ersteigert, Irene hatte auf seinem Metallsitz, über den der Vater einen Kartoffelsack gelegt hatte, immer wieder Ausflüge nach Amerika gemacht, zu Beginn hatte die Familie Spörri dem Gärtner kleine Briefe geschrieben, per Luftpost, für die Chronik, mit der er hausierte. Im ersten Winter erfror das neue Kind, das in Amerika zur Welt gekommen war.

Niemand wusste, wie es geheißen hatte. Irene setzte das Kind als Amerikakind auf die Totenliste. Dann trafen keine Neuigkeiten mehr ein aus Übersee.

An Zwillings Schreibtisch sitzen, die Stehlampe anknipsen, die Süßigkeiten zur Seite schieben, die Sackmesser, und sich an die Arbeit machen. Irene hatte Zwillings Zimmer allein nie betreten. Rechts davon schlief ein Vertreter mit einem schwarzen Köfferchen, man durfte ihn nicht stören. Im Sommer kamen die Deutschen, es wurden immer mehr, aber Zwilling durfte sein Zimmer behalten, kommt nicht in Frage, sagte die Blonde, dass wir Pauls Zimmer vermieten, ich pfeife auf das Geld. Dafür bezogen die Deutschen in Irenes Elternhaus zwei Zimmer. Es macht keine Umstände, sagte die Mutter, Ruth und Irene siedeln in die Kammer über, und Klara musste vorübergehend in der zweiten Stube schlafen. Das ist der Zeitenlauf, sagte die Blonde, und Irene dachte an die Sonnenuhr, die an der Kapelle der heiligen Cäcilia angebracht war und von der sie die Uhrzeit nicht ablesen konnte, und sie dachte an das Amerikakind, das in Amerika erfroren war, und dachte an die Deutschen, die für zwei Wochen im Haus wohnten. Der Vater konnte die Deutschen nicht ausstehen. Er mochte keine Menschen, die Urlaub machten. Ich will mit ihrem Geld nichts zu tun haben, sagte er, und die Mutter kaufte davon für Ruth und Irene neue Schuhe. Logis Deutsche, schrieb sie in ihr Ein- und Ausgabenbuch. Logis heißt schlafen, erklärte sie. Irene trug Schuhe, die mit deutschem Schlaf bezahlt worden waren. Immer wieder bewegte sie ihre Zehen, wenn sie diese Schuhe trug. Die Deutschen nahmen Zwilling auf ihre Ausflüge mit. Ich war auf dem Stanserhorn, sagte er am Abend. Ich war auf dem Pilatus, auf der Rigi, dem Jungfraujoch. Paul reist, sagte die Schwarze. Es ist gut, dass er etwas von der Welt sieht. Wer ein Gasthaus führen will, muss die Welt gesehen haben. Zwilling musste Tabletten schlucken, damit er die Welt sehen konnte. Er vertrug das Autofahren nicht, in Bergbahnen wurde ihm schlecht und in Sesselliften schloss er die Augen. Das erzählten die Deutschen abends, und sie lachten, und Zwilling löffelte Eis, das er sich verdient hatte durch die ausgestandenen Reisestrapazen. Ruth und Irene lasen Buschbohnen ab, ernteten Gurken und Erbsen und Frühkartoffeln, und Zwilling reiste. Manchmal durfte auch Susanne mit, damit Zwilling jemanden zum Reden hatte. Denn die Deutschen sprachen schnell, und er verstand sie nicht. Susanne erschien im Sommerkleidchen und den Sandaletten, sie reisten aufs Brienzer Rothorn; 25. Juli 1962, die Zwillinge machen einen Ausflug aufs Brienzer Rothorn mit unsern deutschen Gästen, stand im Fotoalbum, das Irene entwendet hatte, bevor Zwilling seine Residenz bei der Blonden und der Schwarzen räumte.

Ich schneide meinen Bruder aus. Fertige eine Schablone, kopiere sie, kopiere sie, lege sie aus auf der Seeoberfläche, eine Brücke aus Papier, ein vorsichtiger Ruderer nähert sich ihr, umfährt sie geschickt, die Brücke schwingt, ich gebe ihm Zeichen, sagte Irene zum Diener, der keiner war, gebe ihm immerzu Zeichen, meinem Bruder, doch nun ist er mit dem Hündchen beschäftigt, die Brücke wellt weg; Irene fertigte Scherenschnitte, legte sie über den Kuchen, bestäubte sie mit Puderzucker, messerscharf die Konturen, Augen, Nase, Mund, und noch einmal Augen, Nase, Mund, Zwillingskuchen, das Glück und das Glück. Nachdem die Mutter die Kerzen eingesammelt und in der Lade des Küchentisches verstaut hatte, für den nächsten Geburtstag – angezündet wurden die Kerzen nicht, weil es Symbole waren und Symbole nicht brennen –, schnitt Klara das Glück und das Glück in Stücke, sie hatte das beste Augenmaß, es bestand aus Zucker und Ei und Butter und Haselnüssen und ein wenig Nussschale und hielt ein paar Tage vor. Zwilling erhielt im Gasthaus die richtige Geburtstagstorte, über und über mit rosa Zuckerguss bezogen und einer Marzipanaufschrift oben drauf, geliefert vom Bäcker. Er durfte die Torte abends ganz nach Belieben an die Gäste verteilen, die im Gegenzug sein Sparschwein fütterten. Irene war auch Gast, sie saß neben Susanne und aß Zwillings zehn Jahre auf, weil er Marzipan nicht mochte. Bevor sie nach Hause gehen wollte, zählte Zwilling zusammen mit Susanne seine Einnahmen, Susannes Vater rundete auf, und die Blonde schaute mit einem Mal Irene an, lange, und Irene konnte nicht wegschauen, weil die Blonde Irenes Blick festhielt und dirigierte und dabei etwas aus ihr herauszog. Ein Limonadenschwall, Tortenbrei und eine brennende Säure ergossen sich über den Tisch und Irene erschrak so sehr, dass sie glaubte, sie schliefe, sie war überzeugt, sie schliefe, und nachdem die Blonde sie gewaschen und ihre Kleider notdürftig gereinigt hatte – Irene hatte sich dabei in eine Gliederpuppe verwandelt, sie spürte den Zug der elastischen Bänder, an denen ihre Arme und ihr Kopf innen befestigt waren –, schlief sie tatsächlich ein, auf dem Polster der Eckbank. Als sie erwachte, saß die Blonde neben ihr, die Fenster der Gaststube standen offen, die Gäste waren gegangen, Irene fror, die Blonde holte eine Decke, breitete sie über Irene und sagte: Das muss aufhören. Ich gehe nach Hause, antwortete Irene und wollte aufstehen. Die Blonde aber schüttelte den Kopf: Bleib liegen, sagte sie, ich mache dir einen Tee, und Irene blieb liegen, müdematt, sie versuchte, die Holzriemen an der Decke zu zählen, es gelang ihr nicht. Deine Schwester ist krank, sagte die Blonde, als Zwilling auftauchte und neben der Bank stehen blieb. Sag oben Bescheid. Unter den Augen Zwillings, unter den Augen der Schwarzen, unter den Augen der Mutter überreichte die Blonde Irene einen Zwanzigfrankenschein. Schmerzensgeld, sage sie. Sie hat kein Sparschwein, sagte Zwilling. Sie wird eines bekommen, sagte die Blonde und schaute wieder auf Irene, aufmerksam und freundlich.

Im zweiten Lebensjahrzehnt war Paul das Kind der Schwarzen. Die Blonde nährte ihn zwar, weil sie nun dauernd in der Küche stand, was ihrer Begabung entsprach, während die Schwarze die Bedienung und Unterhaltung der Gäste und die Herrschaft über das Bufett übernahm und darüber wachte, dass Zwilling nicht zu oft bei der Blonden in der Küche saß. Die Gewaltentrennung war vollzogen worden, vorher hatten sich die Blonde und die Schwarze im vierzehntägigen Rhythmus abgewechselt, Saal und Küche, hatte ihr Dienstplan gelautet. Im zweiten Lebensjahrzehnt wurde Zwilling auf das Leben vorbereitet. Er musste der Schwarzen zur Hand gehen. Leere Flaschen in den Keller tragen, die Kühlboxen auffüllen und ab und zu die Tische in der Gartenwirtschaft abräumen und ganz selten bedienen. Er musste seine Rechnungsaufgaben sorgfältiger lösen, weil ein Gastwirt ein guter Rechner sein muss. Diktat musste ein Wirt nicht können, auch nicht Aufsatz, dafür Sprache mündlich. Aber Zwilling meldete sich nie freiwillig im Unterricht, und das war Sprache mündlich: sich freiwillig im Unterricht melden, den Arm hochschnellen lassen, noch bevor der Lehrer eine Rechnung zu Ende gesagt hatte, Kettenrechnungen meist, die Zwischenresultate musste man im Kopf behalten, aber dennoch ein Zeichen geben, wenn man so weit war, den Arm nur auf halbe Höhe aufstrecken, wenn die Kette noch nicht zu Ende war, es kam vor, dass der Lehrer Stichproben machte und plötzlich das Zwischenresultat erfragte, war es falsch, bekam man eine mangelhafte Sprachemündlich-Note, denn die Zahlen sagte man ja, die Zahlen waren Sprache mündlich, die Wörter Sprache schriftlich, schloss Irene, und die Schwarze kaufte das Büchlein mit den Kettenrechnungen in der Buchdruckerei, sie hatte Beziehungen, Irene musste mit Zwilling zwei mal sechs mal mit sich selbst üben und sie dachte, wie es gewesen wäre, wenn ganz am Anfang diese Multiplikation gestanden hätte: mal mit sich selbst. Minus einhundertvierundvierzig, erfand sie, mal mit sich selbst, gibt? Zwei, sagte Zwilling. Eins mal eins gibt nicht zwei, du Frosch, sagte Irene im selben Tonfall, wie der Lehrer »das Fundament, das Fundament« sagte, wenn jemand denselben Fehler machte wie Zwilling, was oft passierte. Mit der Zeit wusste Zwilling die Resultate der Kettenrechnungen auswendig, was am Fundament zwar nichts änderte, aber vorübergehend dennoch half, insbesondere bei den Stichproben, aber als die Verwandlungsaufgaben und dann die Zwei- und Dreisätze und schließlich auch noch die umgekehrten Verhältnisse an die Reihe kamen, hatte Paul keine Zukunft mehr, weil er vielleicht doch nicht Gastwirt werden konnte. Ein linkshändiger Wirt, der nicht rechnen kann, sagte die Schwarze manchmal, wenn sie schlechte Laune hatte und mit einem Ohr zuhörte, wie Irene Zwilling die Rechnungen in sein Heft diktierte. Zum Trost bekam Zwilling einen Hund, einen Rauhaardackel, der ins Hundehaus musste, wenn der Lebensmittelinspektor kam, ein Auswärtiger, der es genau nahm. Der Hund hieß Kuno und kackte in die Wiesen und war dem Vater ein Dorn im Auge. Deshalb warf er die Mistgabel nach ihm, einmal traf er, unabsichtlich, zur Strafe musste Zwilling eine ganze Woche sein Gastzimmer verlassen und in der Kammer schlafen, bis die Schwarze nach oben kam, Kuno an einer Leine, und zum Vater sagte: Du drehst die Verhältnisse um. Du schlägst den Sack und meinst den Esel. Der Vater bekam einen roten Kopf und sagte: Wer ist hier der Esel? Dein Bübchen etwa? Da nahm die Schwarze Zwilling bei der Hand, drückte ihm die Leine in die andere Hand und so gingen sie aus dem Haus und entfernten sich langsam und gingen das Sträßchen hinunter, am Garten vorbei, hinunter zum Gasthaus. Die Mutter sagte: Jetzt bist du zu weit gegangen. So wird Paul nicht einmal mehr zum Gutenachtsagen heraufkommen. Was solls, sagte der Vater und ging nicht zur Milchzahlung, die immer am 15. des Monats im kleinen Saal des Gasthauses stattfand, sondern er ließ sich erstmals sein Geld direkt in der Käserei auszahlen. Er ging erst wieder hinunter, als die Blonde mit ihm ein Wörtchen gesprochen hatte.

 Wenn Zwilling es leid war, sich mit dem Hund zu beschäftigen, durfte Irene mit dem Dackel spielen. Lauter Einwortspiele: Lauf, Sitz, Platz, und dann die Belohnung. Innerhalb kurzer Zeit wurde Kuno fett, er japste nach Luft, wenn Irene mit ihm zur Cäcilienkapelle marschierte, um sich das Panorama anzuschauen. Das Panorama bestand aus einem im Boden eingelassenen Metallständer, der einen schweren, rechteckigen Rahmen trug. Hinter Glas eine Tuschzeichnung, im Vordergrund Wiesen, dann der See, und dahinter aufgereiht die Berge, in unterschiedlichen Schraffuren wiedergegeben, Licht- und Schattenfall eingefangen, und alle beschriftet und mit Höhenangaben versehen. Zum Panorama gehörte das Fernrohr, das gleich daneben stand und in der Höhe verstellbar war; Panorama, Fernrohr und die zwei dunkel gebeizten Holzbänke, aufgestellt auf der Ostseite der Kapelle und mit einem Mäuerchen umfriedet, so dass ein kleiner Aussichtsplatz entstanden war, ein Geschenk der Dorfkooperation an die Bevölkerung anlässlich der Kapellenrenovation. Platz, sagte Irene zu Kuno, der sich sogleich unter eine Bank legte und einschlief, und Irene betrachtete das Panorama, las die Namen der Berge, prägte sie sich ein, schaute dann zu den wirklichen Bergen, deren Gipfel noch verschneit waren, ewiger Schnee, sagte sie laut, wieder fiel ihr Blick auf das Panorama, auf den See, auf dem sogar ein paar Dampfschiffe schwammen, klein wie Schwäne, Irene schaute die Wiesen weg, die Obstbäume, die Äcker, packte den Himmel, riss ihn herunter, machte ihn zum See, setzte die Dampfschiffe drauf, schuf dann die Berge, sagte ihre Namen, Kuno hob den Kopf und schlief dann weiter, Irene verstellte das Fernrohr, die Berge fielen ihr entgegen, Zwilling ließ sich mit der Schwebebahn hinauftragen, Irene hielt die Schwebebahn an, spring, Zwilling, sagte sie, und die aufgefrischten römischen Ziffern der Sonnenuhr, auf der Fassade der Kapelle aufgemalt, bohren sich in ihren Rücken, das Sonnengesicht lacht immerzu, hat keine Augen, nur eine Nase und zwischen aufgeblasenen Wangen den lachenden Mund, aus dessen Mitte der Stab ragt, der große Zeiger, der kleine Zeiger, Irene wusste es nicht, der Stab warf einen Schatten, der den andern Zeiger bildete, so konnte man die Uhrzeit ablesen, regnete es, war die Zeit verschwunden, aber der Spruch, unterhalb der Sonnenuhr auf die Mauer gemalt, der blieb: Nutze die Zeit, lang ist die Ewigkeit. Und das Panorama blieb, die Bänke blieben, darauf saßen an Samstagen die Bräute und drapierten ihre weißen Kleider, ihre Schleier, ihre Bräutigame, und ihnen zu Füßen kauerten die Nebenbräute und die Nebenbräutigame und froren ihre Stellungen nach den Anweisungen der Fotografen ein, ewiger Schnee, und vorne bei der Treppe hielt die Brautmutter die Dorfkinder in Schach, indem sie immer wieder einen Bonbonregen auf sie hinunterfallen ließ; die Bonbons waren in farbige Papiere eingewickelt, auf deren Rückseite stand: Glück und Glas, wie leicht bricht das. Im Gasthaus ging fast jeden Tag ein Glas zu Bruch. Gelassen kehrte die Schwarze die Scherben zusammen und irgendein Gast übernahm immer die Rolle des Sprechers: Scherben bringen Glück. Woraufhin die Schwarze je nach Sprecher die Schultern zuckte oder, war der Sprecher ein guter Gast, sagte: Der Krug geht zum Brunnen, bis er bricht. Und wäre die Mutter anwesend gewesen, aber die war nie anwesend im Gasthaus, hätte sie noch ihren Lieblingsspruch beisteuern können, mit dem sie immer kam und der immer den Schlusspunkt unter jedes Quäntchen Fröhlichkeit setzte: Wer sich in Gefahr begibt, kommt darin um.

Berge sind Namen, sagte Irene, sind Ausflüge für die Deutschen, sagte sie, und sie weckte Kuno mit einem Tritt auf, schlug ihn, kniff ihn, zog ihn an den Ohren, am Schwanz, er winselte, sie streichelte ihn, kniff ihn wieder, zerrte ihn an der Leine, hinein in die Kapelle, braver Kuno, braver Kuno, Irene segnete ihn mit dem Weihwasserwedel, sie nickte dem Relief mit den unschuldigen Kindern zu, verstreute ein paar Rosenblätter im Kapellengang, denn an den Holzbänken hing noch immer Blumenschmuck, vielleicht hatten sich die Hochzeitspaare, die am vergangenen Samstag getraut worden waren, abgesprochen und hatten die Kosten für die Kapellendekoration untereinander aufgeteilt. Irene rannte nach Hause, hinter ihr trottete Kuno, das letzte Wegstück fand er von selbst, nach einer Weile hielt Irene Nachschau, Kuno schlief unter der Kücheneckbank des Gasthofs, er hatte Durst, sagte die Blonde und holte für Irene ein Glas Limonade, Zwilling stand in der Gaststube vor dem Flipperkasten, Irene stellte sich neben ihn, du stinkst, sagte Zwilling. Als Kuno vergiftet wurde, war der Vater schon vom Kirschbaum gefallen, zum Glück, sonst hätten die Blonde und die Schwarze sofort ihn verdächtigt. Der Täter wurde nicht entdeckt. Ohnehin war Kuno längst schon in den Schatten gestellt worden von Lassie. Zu den ersten Folgen der Serie durfte Zwilling ein paar Klassenkameraden in den kleinen Saal einladen, wo der Fernseher stand. Die Schwarze brachte Nussgipfel und Orangina, während Lassie apportierte und alten Frauen die Einkaufstasche trug und Leben rettete.

Irene war ins Seehaus gekommen, um Zwilling zu treffen. Zu keinem andern Zweck, als um dich zu treffen, mache ich hier Station, verbringe ich den Sommer hier, blicke auf den See, warte, bis dein Boot auftaucht, betrachte das Wasser, das Licht, das Panorama, ja, unsere Äcker sind verschwunden, die Baumschule fort. Das Wasser da. Das Seehaus umgeben von einem Park, darin stand das Haupthaus, das sich Irene als Villa dachte, mit einem Junggesellen als Besitzer, den sie den Herrn nannte. Der Herr hielt sich einen Diener, der keiner war. Aus Spargründen, legte sie sich zurecht, vermietete er seit einiger Zeit auch die Dépendance, das Seehaus, überließ aber dieses Geschäft ganz seinem Diener, der keiner war. Den Herrn sah Irene nie, er verlasse das Haupthaus nicht mehr, sondern betrachte, wenn er nicht schlafe, aber er schlafe fast immer, seine

Sammlung von Schiffsmodellen und Atlanten. Der Herr heiße Friedrich, sagte Irene zum Diener, der keiner war. Dieser hörte ihr stumm zu, das war seine Pflicht, und er hieß Georg. Noch wusste Irene nicht, wie sie den Diener ansprechen sollte. Ihr war aufgefallen, dass er es vermieden hatte, sie beim Namen zu nennen. Irene Heller, sagte sie, als sie ihm zum vereinbarten Zeitpunkt die Hand entgegenstreckte. Georg Weber, erfreut und willkommen hier, hatte er geantwortet. Er war ja kein Diener, und ganz bestimmt nicht ihr Diener, ihn Herr Georg zu nennen widerstrebte Irene, das hatte sie ihm gleich gesagt, wenn auch verschlüsselt. Der Name sei besetzt, sagte sie, und der Diener, der keiner war, hatte gelächelt und genickt und gesagt: Ich verstehe. Irene hatte einmal einen Georg gekannt, das erzählte sie dem Diener, der keiner war, natürlich nicht, den sie mit Haut und Haaren aufgefressen hatte, von ihm war nichts mehr übriggeblieben, nicht einmal mehr sein Name, der ihr, sprach sie ihn aus, ein Würgen im Hals verursachte, obwohl damit ja nicht mehr ihr Ur-Georg gemeint war, sondern zum Beispiel der Unbescholtene hier, aber die Ungerechtigkeit bestand ja darin, dass in diesem harmlosen Georg auch der Aufgefressene steckte und wieder auferstand. Das Problem wäre nur lösbar, indem jeder Mensch einen Vornamen bekäme, den es nur einmal gab. Ein Namensunikat. So verschwänden viele Schwierigkeiten. Denn Vornamen erinnerten immerzu, erzeugten, kaum ausgesprochen, ein Gedächtnisecho, waren die kompaktesten Speicher, die man sich denken konnte. Menschen erhielten einen Vertrauensvorschuss, den sie gar nicht verdienten, einfach weil sie einen Vornamen trugen, der positiv besetzt war, wie es im Jargon hieß. Irene war nicht Psychologin, sie arbeitete auf dem Fundbüro, und da war ihr auch die Idee gekommen, dass das Gesetz zum Vornamensunikat endlich geschaffen werden sollte. Von ihm erhoffte sie sich, abgesehen vom Auslöschen des Gedächtnisechos, noch andere positive Wirkungen: mehr Vorstellungskraft, mehr Sorgfalt, mehr Genauigkeit, auch den eigenen Dingen gegenüber. Denn die Menschen müssten sich die Namensträger genau merken. Sie müssten sich eine Vielzahl von Vornamen und Gesichtern einprägen, möglicherweise hätte das zur Folge, dass sie sich auch das Aussehen von Dingen besser merken würden. Bei Irene wurden dauernd Gegenstände als vermisst gemeldet, von denen die Leute keine Ahnung hatten, wie sie aussahen. Sie waren nicht in der Lage, zu sagen, ob ihr verlorenes Schlüsseletui schwarz oder blau war, aus Leder oder aus Kunststoff bestand, sie waren nicht in der Lage, ihre Handtasche zu beschreiben, konnten sich mit einmal nicht mehr erinnern, ob sie einen Reißverschluss oder einen Schnappverschluss aufwies, ob sie gefüttert war und wie viele Fächer ihr Inneres enthielt. Wie viele vage Suchaufträge hatte Irene schon entgegengenommen. Wie oft schon hätte sie den Kunden am liebsten befohlen: Schließen Sie die Augen. Wir machen einen kleinen Test, vorgeschrieben vom Suchhilfegesetz. Wie sehen Ihre Schuhe aus, die Sie an den Füßen tragen? Sie wusste, die wenigsten wären in der Lage, ihre Schuhe genau zu beschreiben. Und wie denn sollten solche Menschen sich an Details eines verlorenen Eherings, einer Brosche oder einer Füllfeder genau erinnern können? Die meisten von ihnen fanden die Dinge zu Hause im Badezimmer wieder; die Anständigen unter ihnen riefen wenigstens anderntags an und sagten: Der heilige Antonius hat geholfen, ich habe ihm fünf Franken gespendet! Hat keinen Schimmer von heutigen Tarifen, der Mann, antwortete Irene und hängte ein. Einfaltspinsel, sagte sie und verschob den Eintrag im Computer ins elektronische Archiv.

Irene dachte nach über Georg, den Diener, der keiner war. Ob es überhaupt nötig war, ihn mit Namen anzusprechen? Zwingend war es nicht, zumal Irene auf Umgehen und Vermeiden spezialisiert war. Jedenfalls, sie wollte um nichts bitten, schon gar nicht um andere Namen. Sie presste die Finger auf ihre Augäpfel und hoffte, im entstehenden Dunkelorange ihre Zukunft lesen zu können. Sie konnte es nicht. Sie nahm die Hände vom Gesicht, ging in den Park, betrachtete die Linden, suchte Zwilling, über den Bäumen kreiste ein Milan. Dann sah sie den aktuellen Georg, der sie beobachtete, sie wünschte, er würde ihr ein Zeichen geben. Guten Tag, sagte er, guten Tag, sagte sie. Sie hatten wieder Besuch? Ja, würde sie antworten, Monsieur Paul hat mich auf dem Seeweg besucht. Der Diener nickte. Es ist verboten, ließe sie ihn sagen. Was ist verboten? Es dürfen hier keine Schiffe anlegen. Weshalb, fragte sie und wich einen Schritt zurück. Georg schwieg. Und für Sie ist es zu früh für Besuche. Nach einer Weile ließ Irene den Diener, der keiner war, sagen: Ich zeige Ihnen einen andern Anlegeplatz, nicht weit entfernt von hier, aber verdeckt, nicht einzusehen vom Herrn. Hat der Herr meinen Bekannten gesehen? Er hat das Schiff gesehen, nicht Ihren Bekannten. Personen interessieren ihn nicht, nur Schiffe. Und das Schiff hat ihn nicht überzeugt, ganz und gar nicht, im Gegenteil, der Herr fand das Schiff Ihres Bekannten widerwärtig. Ich verstehe, ließ Irene sich selbst sagen, setzte sich auf eine Bank, hörte auf, Gespräche zu erfinden, und überließ sich dem See. Ich hole Sie ab, sagte da plötzlich der vermeintliche Diener ganz stimmhaft in Irenes Rücken, gegen vierzehn Uhr. Zimmerstunde, sagte er, als Irene ihn forschend anschaute. Sie nickte. Der Umstand, dass ein Mann, den sie auf fünfzig schätzte, Zimmerstunden hatte, beschäftigte sie. Der Herr hält ein paar Traditionen aufrecht, sagte der Diener, der keiner war, als hätte er Irenes Gedanken erraten. Er war ein passabler Mitspieler. Sie nickte wieder und hatte in diesem Moment eine Eingebung: Darf ich Sie Roger nennen, fragte sie. Selbstverständlich, sagte der Diener. Georg, Roger, ein R wiegt ein G mit Leichtigkeit auf. Irene blickte den Diener, der keiner war, verständnislos an. Sie haben die beiden Buchstaben ausgetauscht, sagte er. Irene ließ sich lachen. Das habe ich nicht bemerkt, sagte sie, meine Eingebung ist nicht vollkommen gewesen. Meiner Schwester allerdings wäre dieser Irrtum nicht unterlaufen. Der Diener, der keiner war, nickte. Was solls, sagte er, wir vernachlässigen den einen vertauschten Leiselaut, einverstanden? Irene ließ sich wieder lachen. Helllaute, Leiselaute, ja, Roger musste an die fünfzig sein. Aber, sagte sie, als er schwieg und keinerlei Überraschung zeigte über ihren Vorschlag, wie haben Sie meine Idee so schnell durchschaut? Kreuzworträtsel, antwortete Roger. Wer oft Kreuzworträtsel löst, ist es sich gewohnt, die Wörter zu zerhacken, um sie in die Kästchen einzufüllen. Ich kann Ihnen sehr schnell sagen, aus wie vielen Buchstaben ein Wort besteht, Umlaute zählen doppelt. Erstaunlich, sagte Irene. Nein, fiel ihr Roger ins Wort, jeder vertreibt sich irgendwie die Zeit. Ich bin oft wach in der Nacht. Sind Sie Nachtwächter? Wenn Sie so wollen, sagte Roger. Selbst der Herr, ließ Irene ihn fortfahren, selbst der Herr vertreibt sich die Zeit. Gut, er schläft viel, aber schläft er nicht, ist er gezwungen, sich die Zeit zu vertreiben. Irene nickte fortwährend, als wäre sie mit einem Mal um Jahrzehnte gealtert. Und wie soll ich Sie nennen, ließ sie Roger fragen. Ich heiße

Irene, sage Irene, Irene Heller. Irene, sagte Roger, Irene, und schaute sie zweifelnd an. Irene? Wie viele Irenen kennen Sie? Irene zog die Fäden und Roger zuckte die Schultern. Weiß ich nicht, sagte er. Ich weiß es genau, ich kenne sieben Irenen, alle aus Fleisch und Blut, denn künstliche Personen aus Büchern und später aus Filmen zählten nicht im Spiel, das sie mit Ruth gespielt hatte und noch immer spielte, mit sich selbst. Wie viele Silvias kennst du? Wie viele Peter? Peter hatte stets den Rekord gehalten, schon im Dorf hatte es fünf Peter gegeben und in der Schule waren noch einmal so viele dazugekommen ...

Irene ist nicht möglich, sagte Roger, ich kann Sie nicht Irene nennen.

Ist der Name besetzt?

Roger lächelte. Genau. Irene die Erste, sagte er. Nein, er schüttelte den Kopf, keine Liebesgeschichte.

Ein Trauerspiel?

Das ist dasselbe. Wollen Sie es wissen?

Ich dränge Sie zu nichts.

Meine Schwester heißt Irene.

Sie sind schlau. Sie sind ein Taktiker, ein Stratege. Ich glaube Ihnen kein Wort. Ich halte nichts von Einfühlung. Nichts von Wiederholung. Nichts von Reprisen. Wollen Sie vielleicht auch noch behaupten, Sie und diese Irene die Erste seien Zwillinge?

Nein, obwohl, sagte Roger, die meisten Menschen haben uns für Zwillinge gehalten. Wir sind im selben Jahr geboren worden, Irene im Januar, ich im Dezember.

Der kleine Bruder. Das war taktlos, sagte Irene zu sich.

Der kleine Bruder, ließ sie Roger sie selbst nachäffen, er zuckte die Schultern, der kleine Bruder. Roger sagte nichts mehr, blickte zum Haupthaus, das Irene Villa nannte, der Herr war hinter keinem Fenster auszumachen.

Ich muss, sagte er, ohne sich aber von der Stelle zu rühren.

Nennen Sie mich Paula. Irene blickte Roger direkt in die Augen, um zu überprüfen, wie ihr Wunsch ankommt.

Paula?

Ja, bitte, Paula. Ich bitte Sie.

Sie sind doch eine moderne Frau?

Irene lachte laut auf über den Satz.

Bin ich das? Ich weiß nicht...

Paula? Vielleicht. Roger legte die Stirn in Falten, wirkte älter dabei. Wenn du meinst. Paula!

Irene zuckte zusammen. Das Du war nicht vorgesehen. Der Diener, der keiner war, hatte es vorgeschlagen. Der Diener duzte Paula, dachte Irene, und sie fühlte eine Leichtigkeit in ihrem Körper, eine Leichtigkeit.

Bis zur Zimmerstunde, sagte sie, und Paula möchte nun den Diener berühren.

Ich freue mich, sagte Roger.

Paula freut sich auch, sagte Irene, worauf sie Roger lachen und ihr zunicken ließ, bevor er sich entfernte. Im selben Moment, als sich Irene noch einmal nach ihm umdrehte, wollte sie, dass auch er sich umdrehe. So soll es sein, sagte sie. Was Roger nicht wissen konnte: Irene teilte die Männer ein in jene, die sich nach einem Abschied umdrehten, und in die andern, die stracks ihres Weges gingen und sich nicht einmal im Traum umgedreht hätten nach jener Frau, der sie eben bis bald gesagt hatten.

Was bewegte den See? Kein Schiff war auszumachen, kein Wind, dennoch schlugen die Wellen ans Ufer, als näherte sich ein Sturm. Seebeben, Irene musste lachen über den Streich, den ihr Wortvorrat ihr spielte. Ja, die Wörter wollten gebraucht und bewirtschaftet werden, bevor ihre Haltbarkeit ablief, sie wollten eingesetzt werden wie Kinder, die sich freuen, wenn sie nützlich sein können, deshalb meldeten sich Wörter zur Unzeit und nicht im Ernst, fast wie Fundstücke, auf die jemand stieß, wenn man längst nicht mehr mit ihrem Auftauchen gerechnet hatte. Ein Seebeben konnte hier nicht stattfinden, in dieser winzigen Bucht. Der See nahm sich heraus, mit dem Meer gleichgesetzt zu werden, was in seinem Fall eine Anmaßung war, nur, wollen wir den See entschuldigen, ihn in Schutz nehmen sogar, Roger? Paula spricht schon mit dir, wenn du nicht da bist, wenn sie nicht einmal das Haupthaus sieht, das sie die Villa nennt, es liegt in ihrem Rücken, du stärkst Paula den Rücken, Roger, vor der Zimmerstunde, vielleicht wird nachher alles anders aussehen. Kann ja sein, dass der Herr beschließt, Irene in den Rücken zu fallen, kann sein, dass sein Diener, der keiner ist, ihn tatkräftig unterstützt dabei. Siehst du, Roger, sagt Paula, sagte Irene, viele von uns behaupten ja, eine Tiefe in sich zu haben, behaupten ferner, dass Ideen und Gedanken und Wünsche und Träume aufsteigen, und woher sollen alle diese Regungen kommen, wenn nicht aus der Tiefe? Nehmen wir an, wir tragen alle einen kleinen See mit uns herum, ein Wasser, einen Weiher vielleicht nur, auf dem man im Winter Eislaufen kann, sommers gedeihen die Seerosen, die Schlingpflanzen, auf dem Grund schwimmen schweigend die Fische, schlafen nicht, schlafen nie, steigen nachts nach oben, gut, mein Bruder zappelt an der Angel, gut, Roger, du kennst dich aus in den Angelegenheiten dieses Sees, weißt, wann er aufgewühlt ist, wann er voller Stimmen ist und singt und singt und wann mit angeschwemmtem Strandgut zu rechnen ist; wie lange schon lebst du mit dem Herrn und den andern Gästen im Haupthaus, das ich Villa nenne? Ich lege für Paula eine Frageliste an, damit das Gespräch nicht stocken wird, Paula ist manchmal unbeholfen, wenn sie Konversation machen soll, und ich schweige genug, wenn ich allein bin, oder rede mit mir selbst, was im Grunde dasselbe ist, nur wird dabei das Schweigen sichtbar. Verspürst du manchmal auch den Wunsch – schon wieder eine Frage –, ans andere Ufer zu schwimmen, zur kleinen, vorgelegten Halbinsel, auf der tatsächlich ein Schloss steht? Vielleicht gibt es dort auch einen Diener und auch einen Herrn, der sich die Zeit vertreiben muss, wenn er nicht schläft. Vielleicht gibt es dort auch andere Gäste, die sich zu den Mahlzeiten im Essenstrakt treffen, einem kleinen Nebengebäude des Haupthauses. Und was soll ich tun, Roger, Monsieur Paul kommt, ich kann sein Boot ausmachen, er hält direkt auf das Seehaus zu, er hat den Motor eingeschaltet, und wo ist der geeignete Anlegeplatz? Zu hoffen ist, dass der Herr schläft. Und was, Roger, wenn er über deine Zimmerstunde hinaus bleibt? Ihn mitnehmen? Du wirst sein Boot schon gesehen haben, ich kann ihn nicht verstecken, nass, wie er ist, nein, ich lege keines seiner Badetücher hier für ihn bereit, stell dich an die Sonne, sage ich. Zwilling stand da, ohne sich zu bewegen, er trug nur eine Unterhose, mitten im Zimmer stand er, manchmal saß er auf dem Bett, eine Statue, an die man stoßen, an der man rütteln konnte, sie bewegte sich nicht. Nur über sein Gesicht lief manchmal ein Zucken, ein paar schnelle Lidschläge, dann wieder monumentale Ruhe. Dabei war Sommer, Zwilling verhielt sich widernatürlich, wenn er in der Sommersaison in die Winterstarre fiel, von seinem Zimmerfenster aus konnte man einen See ausmachen.

Zwillings Krise dauerte lange und war ein Tolgg im Reinheft. Abwechselnd besuchten ihn die Blonde und die Schwarze und redeten gegen eine Wand. Als sie einzeln nichts ausrichteten, führten sie im Gasthaus den Wirtesonntag ein und fuhren gemeinsam zu ihm in die Klinik. Die Gäste wähnten Zwilling in einer Saisonstelle oder im Ausland, um Sprachen zu lernen, obwohl sie nicht verstanden, weshalb einer Sprachen erlernen musste, der ein Landgasthaus übernehmen wollte; der will hoch hinaus, sagten sie, und die Blonde und die Schwarze zuckten nur die Schultern. Zwilling bekam Schlafkuren verordnet und wurde dick. Irene besuchte ihn selten, es war ihr unangenehm, mit diesem dicken Monsieur Paul allein in einem Zimmer zu sitzen und die meiste Zeit zu schweigen; die Blonde und die Schwarze hatten für ihn ein Einzelzimmer beantragt und bezahlten den Aufpreis. Was ist eine Schlafkur, fragte Irene. Zwilling gab keine Antwort. Wie macht man Schlaf? Was erlebt man während des Kurschlafes? Träumst du die ganze Zeit? Wollen sie deine Träume aus dir herausholen? Musst du sie aufschreiben? Neben Zwillings Bett lag ein Heft auf dem Nachttisch. Irene zögerte, behielt ihn im Auge, als sie das Heft nahm und es aufschlug. Es war leer, und Zwilling hatte nicht mit der Wimper gezuckt, als sie danach gegriffen hatte. Irene blätterte schweigend Seite für Seite durch, ein blau liniertes Schulheft war es, geeignet für die Reinschrift der Aufsätze: Unsere Familie. Mein schönstes Ferienerlebnis. Bildbeschreibung. Je länger Irene in diesem Zimmer mit Seesicht zusammen mit dem schweigenden Zwilling saß, um so müder und schlafbedürftiger wurde sie. Das Zimmer war groß, erschien ihr aber als klein. Monsieur Paul und ich, die Zwillinge, flüsterte Paula. Engste Verwandte. Hatten nicht die Einsamkeit gekannt im dunklen Bauch der Mutter. Waren zu zweit gewesen. Ein Paar. Ohne dass es jemand gewusst hatte. Nicht einmal die Mutter. Eine geheime Zweisamkeit, ungerufen, zufällig, absichtslos. Pulsierende Nähe. Hatten sie sich gegenseitig wahrgenommen? Die Anwesenheit des andern? Sein Echo? Die Bewegungen im Fruchtwassersee, ausgelöst durch den andern, hatten sie sie registriert als Interferenzen? Hatten sie Bewegung mit Bewegungen beantwortet? Wellen mit Wellen? Oder hatten sie sich als zwei Seiten eines einzigen Wesens gewähnt? Die nächste Nähe des andern als den zweiten Satz, der unausweichlich dem ersten folgen muss: Es war einmal ein Königspaar. Es wünschte sich von ganzem Herzen ein Kind. Im Leben nie wäre das Königspaar auf die Idee gekommen, sich auf einen Schlag zwei Kinder zu wünschen. Einäuglein und Zweiäuglein waren eine Warnung, dass die Wünsche nicht in den Himmel wachsen sollten. Sich die Zeit vertreiben im Innern der Bauchtrommel, die Träume und der Schlaf des andern, stimmlos, blicklos, gehörlos, Eindrücke, nicht zu ordnen, Schatten. Allein sein und eine Anwesenheit orten, bist du wach, ein Innen und ein Außen, ein Drunter und ein Drüber, die Welt steht Kopf, hat weder Hand noch Fuß, ein Gespinst erst, ein Gespenst, das mit dir herumgeistert in der Dunkelheit. Erzähl die Nacht. Die Verborgenen wachsen, die Verstecke werden weniger, im Mutterinnern zunehmende Enge. Schlagabtausch, Schattenboxen, gegen Körperwände stoßen. Ganz aneinander gepresst in Hüllen verpackt daliegen und sich entwickeln fort und fort. Längst da Augen, Nase, Mund und Ohren, nur verschlossen, zusammengefaltet. Der Platz ist knapp, aber Planet und Trabant erfahren die Enge als gegeben. Noch nirgends eine geöffnete Tür, aber drinnen drängt die Gegenwart des andern, und draußen fällt Mitte Mai nervöser Schnee. Und wo lagerte diese Vorzeit? War es wahr, dass sich niemand an den eigenen Anfang erinnern konnte? Weil der Anfang sich wortlos vollzog, ohne den Singsang der Gedanken, ohne die Mühlen des Gedächtnisses. Arglos. Wasser und Land noch nicht geschieden. Vegetative Existenzen. In Häute und Hüllen verpackt. Irene riss die Vorhänge auf, wollte das Fenster öffnen, aber es ließ sich nicht öffnen. Zwilling saß fest, zwischen den Leibern von Frauen, die nie geboren hatten, die Blonde und die Schwarze schliefen in einem Zimmer, ihre Betten standen nebeneinander wie Ehebetten, neben dem Bett der Blonden war auch noch das Hundebett von Kuno gewesen, früher, Zwilling schlief direkt über den Tanten, auf der Gästeetage, ein dienlicher Pfleger kam, brachte ein Glas Saft und drei Tabletten, die Zwillinge tranken, spülten die Tabletten hinunter, indem sie wie Hühner dazu den Kopf in den Nacken legten und schluckten, schluckten, schluckten, drei Dosen. Ade, sagte Zwilling, als Irene ging, drei Buchstaben, in Druckschrift wahrscheinlich, unverbunden, die Mutter hatte die drei Buchstaben immer verdoppelt zum Abschied, ade ade, hatte sie gesagt, und den Namen der Person angehängt, die wegging. Zwilling hatte der Mutter ein Geschenk gemacht und ihr einen Kummer erspart: Die Nervenkrankheit tauchte erst nach ihrem Tod auf – siehst du, Roger, tauchte auf –, und die Blonde und die Schwarze konnten damit ganz nach Belieben verfahren. Man schickt sich drein, sagten sie und nahmen Zwilling aus der Klinik und setzten ihn an den Stammtisch und verkündeten, ihm fehle eine salzähnliche Substanz. Als es ihm ein wenig besser ging und er ab und zu die Zeitung las, schlossen sie das Gasthaus für zwei Wochen, es war Nachsaison, und sie fuhren zu dritt nach Lourdes.

Ach, Roger, wenn du doch nur Monsieur Paul kenntest! Ich bin teilen gewöhnt, seit es mich gibt. Manchmal teile ich einen Geliebten, kann immer wieder wählen, ob ich den oberen oder den unteren Teil haben will, die erste Hälfte der Woche oder die zweite, die Sommer- oder die Wintersaison. Ist er nicht da, sagt er, er sei im Ausland, aber ich weiß, dass er sich im innersten Inland aufhält. Ich tue, als bemerkte ich nichts, als bemerkte ich seinen Herzfehler, seine kleine Herzschwäche nicht, ich tue, als hörte ich den Doppelschlag nicht. Ein Meister des Schwindels. Wir essen zusammen Trennkost, und manchmal piepst sein Handy und er schickt einer meiner Zwillingsschwestern schnell eine Message, während ich dusche, aber mein Gehör ist geschult und mein Körper von Beginn weg trainiert auf die halbe Ration; wenn du nie gewusst hast, wie viel das Ganze ist, neigst du dazu, die Hälfte für hundert Prozent zu halten und überhaupt, Frauen seien fürchterlich treu, sagt der nette Schwindler, und ich denke… na gut, ist ja egal, nimm dein Bett und geh nach Hause, sage ich zu mir. Aber dass du Monsieur Paul kennst, woher denn, seit wann, und wie habt ihr euch kennen gelernt? Irene schrieb dem Diener, der keiner war, einen Brief. Ließ Paula Roger einen Brief schreiben, der fünfzig Schritte von ihr entfernt war, beschäftigt mit den Verrichtungen des Abends, die sie nicht kannte; vielleicht las er dem Herrn vor oder sie schauten zusammen fern oder er mixte ihm einen Schlummertrunk; ob der Herr früh schlafen ging? Irene schrieb Zwilling einen Brief, schrieb den an den Diener gerichteten Brief ab, übersprang nur die Passage über den Geliebten, weder wollte sie persönlich werden noch Zwilling einweihen. Sie ließ Paula also praktisch nur die Fragen abschreiben: Warum kennst du Georg und seit wann und woher denn und wie habt ihr euch kennen gelernt? Muss also Roger vorübergehend, für die Dauer des Kopiervorganges, wieder Georg nennen; Irene war dankbar, dass Roger sie während des Besuchs von Monsieur Paul nie mit Namen angesprochen hatte; Diener, die keine sind, sind einsame Meister in Diskretion, in Irenes Leben wimmelte es nur so von Meistern, schrieb Zwilling einen Brief, Irene, erwog den Seeweg, eine Flaschenpost, aber Paul wäre wohl über das Netz zu erreichen: www.bluesky. Möchte den Diener anrufen, Paula, möchte ausprobieren, ob sie hören würde, dass im Haupthaus, das sie Villa nannte, das Telefon klingelt, könnte auflegen, wenn der Herr selbst sich melden würde, tat es nicht; Taschenspielertricks für Anfänger, dachte sie, Methoden, die sie längst hinter sich gelassen hatte. Nur, wie sollte sie den Brief an Roger loswerden? Der Postweg war umständlich; sollte sie den Umschlag eigenhändig in den Schlitz des Briefkastens werfen, vorher noch eine Briefmarke aufkleben? Und wann? Jetzt gleich oder erst morgen? Es war anzunehmen, legte Irene sich zurecht, und sie sagte es zu Paula, dass der Gang zum Briefkasten in den Aufgabenbereich Rogers fiel. Irene wollte vermeiden, dass der Herr sehen könnte, dass sein Diener, der keiner war, einen nicht abgestempelten Brief erhielt, den er zum Zeitvertreib öffnete. Roger hatte nicht gesagt, dass ihm Umgang mit Gästen der Dépendance, der über die Vereinbarungen hinaus ging, verboten war, aber Irene konnte sich denken, dass der Herr solche Verbindungen nicht wünschte. Irene ließ Paula ein PS anfügen: Müssen wir die Zimmerstunde im Zimmer verbringen? Noch einmal Gruß, Paula.

Im Schlaf war Zwilling aufgetaucht, endlich, er hatte altes Brot mitgebracht, und Irene und er hatten eine Entenformation gefüttert, von der schwer zu sagen war, ob es sich um eine

Familie handelte, weil alle Exemplare ungefähr gleich groß waren. Nach einer Weile waren zwei Haubentaucher zu den Enten gestoßen, scheu und vorsichtig hatten sie sich genähert, aber die Enten hatten keine Notiz von den Eindringlingen genommen, plötzlich waren auch ein paar Möwen dagewesen und ein Geschrei; wie die Tiere merken, dass Futter da ist, möchte ich gerne wissen, sagte Zwilling ziemlich laut in Irenes Schlaf hinein; Instinkt, hatte jemand von hinten gesagt, erschreckt hatten sich Zwilling und Irene umgedreht und Roger bemerkt, der hinter ihnen stand, lächelnd, und Monsieur Paul schon die Hand entgegenstreckte, sehr erfreut, dich zu sehen. Georg, hatte Paul gesagt, ist das möglich? Wie du siehst, hatte Roger geantwortet und sich Irene zugewandt und Madame gesagt, ohne ihr die Hand zu geben. Monsieur, hatte sie im selben Tonfall geantwortet. Das Boot muss hier weg, sagte Roger, komm, ich zeige dir einen Anlegeplatz, den der Herr nicht einsehen kann, und er war mit Zwilling abgetreten, Irene war stehen geblieben, unschlüssig, ob sie den beiden Männern folgen sollte, sie war ihnen nicht gefolgt; vom Fenster aus hatte sie sich beobachten lassen, wie Zwilling ins Boot gestiegen war, nach kurzer Zeit war er aus ihrem Blickfeld verschwunden, Roger hatte sie nicht mehr gesehen. Zwilling war nach einer Weile wieder ins Seehaus gekommen, er könne nur kurz bleiben, das Hündchen sei krank, er müsse es zum Tierarzt bringen, Rita sei dazu nicht in der Lage, weil sie sich zu große Sorgen mache. Und sonst, wie geht es dir, hatte Zwilling gefragt. Sonst geht es mir gut, hatte Irene geantwortet. Und dir, wie geht es dir? Schlecht. Titi macht mir Sorgen. Sie fällt dauernd in Ohnmacht, wird wieder und wieder von den Nachbarn gefunden, auf dem Boden liegend, mit einem Puls, fast nicht mehr spürbar, und verwirrt ist sie obendrein. Die Nachbarn rufen mich an, und ich weiß nicht mehr, wie es weitergehen wird. Irene zog die Brauen hoch. Du weißt genau, wie es weitergehen wird, sagte sie. Die Blonde ist eine Zumutung für die Nachbarn und muss ... dorthin, wo Tata nach drei Tagen gestorben ist, fiel Zwilling Irene ins Wort. Ausgeschlossen, sagte er. Das kann kein Mensch von mir verlangen. Und fort war er, und Irene sagte Titi und Tata vor sich hin im Schlaf, immer schneller, Paul habe sehr spät richtig sprechen gelernt, sich lange Zeit einer Silbensprache bedient, welche die Blonde und die Schwarze in Entzücken versetzt habe.

Auf dem See kreuzten sich zwei Ruderboote. Ein Wind trieb schwere Wolkenpakete über das grünliche Wasser, auf das Schloss der Halbinsel fiel ein Sonnenstrahl, weiß leuchtete es auf, blinkte hinein in den Morgen, die Berge dahinter waren nicht zu sehen, nicht einmal das Haus, das Zwilling bewohnt hatte, war in der Morgenfrühe auszumachen; Irene hielt den Brief in der Hand, ließ Paula damit durch den Park gehen; wie lange der Herr und der Diener, der keiner war, und die andern Gäste wohl schliefen? Sie warf den Brief in den Kasten, wünschte sich eine schriftliche Antwort, wollte etwas in den Händen haben, einen Beweis, eine Fährte, konnte sich eine Dienerhandschrift nicht vorstellen; ob er einen Kugelschreiber benutzte, einen Bleistift oder die Antworten auf Paulas Fragen gar tippte, weil er sich gewohnt war, Korrespondenzen auf der Schreibmaschine zu beantworten, Korrespondenzen, die er für den Herrn erledigte, nach Diktat? Weshalb sollte der Diener, der keiner war, überhaupt antworten? Weshalb sollte er sich auf Paulas Seite stellen und ihr dabei helfen, Zwilling zu fassen, ihn am Schopf zu packen, an ihm zu zerren, so wie es der kräftige Viehhändler getan hatte, geistesgegenwärtig, als Zwilling in die geöffnete Jauchegrube gefallen und nur noch sein blondes Haar zu sehen gewesen war; Bloch hatte ihn herausgezogen, schnell Zwillings verschmiertes Gesicht mit seinem Taschentuch gesäubert und ihn beatmet und ihm das Leben gerettet, ein Drama, das Zwillings Existenz noch kostbarer machte und die Blonde und die Schwarze darin bestärkte, unverzüglich Nachschau zu halten, wenn er nach oben ging, auf den Hof, weil dort Gefahren lauerten, denen er nicht gewachsen war und vor denen ihn niemand beschützte, am wenigsten die Mutter, die eine Mädchenmutter war, und Mädchen fallen nun mal nicht in geöffnete Jauchegruben, das ist den Knaben vorbehalten, die damit ihren Entdeckergeist bekunden, eins zu null für die Blonde und die Schwarze, mit Zwillings Sturz in die Jauchegrube hatten sie etwas in den Händen, das sie gegen die Mutter ins Feld führen konnten: Und damals, als er in die Jauchegrube fiel und fast gestorben wäre, wer hat da auf ihn aufgepasst? Wäre die Mutter den beiden auch nur einigermaßen gewachsen gewesen, hätte sie zum Beispiel sagen können: Man lässt einen Dreijährigen auch nicht auf eigene Faust losziehen! Denn Zwilling war der Schwarzen entwischt, hatte sich einen Moment lang befreit von ihrem Zugriff und sich ganz allein auf das kleine Verbindungssträßchen begeben, das hinaufführte zum Hof der Eltern, aus eigenem Antrieb war er weggegangen, was er wohl so schnell nicht mehr getan hatte nachher, denn dort oben, das hatte Zwilling gelernt, stürzte man in Jauchegruben und wurde an den Haaren gerissen und nachher kam der Doktor, und für den Fall, dass er es nicht gelernt hatte, hatten ihm die Blonde und die Schwarze gedroht: Willst du vielleicht wieder in die Jauchegrube fallen? Sie hatten den Doktor gerufen, hatten darauf gedrängt, dass Zwilling, dem nichts fehlte, untersucht wurde, im Gasthaus natürlich, während Bloch und der Vater handelseinig wurden und Bloch dann wegfuhr; jedes Mal, wenn Bloch wieder kam, allein oder mit einem Stück Vieh, kam der Retter, darauf bestand selbst der Vater, jedes Mal musste Irene Zwilling unten abholen, Zwilling musste Bloch die Hand geben als Beweis, dass es ihn noch gab, unversehrt, dass er existierte, Bloch hätte, wäre er in den Gasthof eingekehrt, was er nie tat, sein Getränk nicht bezahlen müssen, bestimmt hätte ihm die Schwarze auch einen kalten Teller hingestellt, aber Bloch ging nicht, ging nie ins Gasthaus, und so begleitete manchmal die Schwarze Zwilling, um dabei zu sein, wenn er Bloch die Hand gab, sie nahm den Fotoapparat mit und drückte im Moment des Händedrucks ab, Zwilling wurde wieder und wieder gerettet, auf den Fotos konnte man verfolgen, wie er heranwuchs, sein Retter hingegen wirkte immer gleich alt, trug immer ein Übergewand, Stallstiefel, und man sah ihm an, dass ihm das Aufheben um seine Tat peinlich war.

Könnte Irene dem Diener, der keiner war, diese Episode erzählen, oder kannte er die Geschichte schon in der Version von Zwilling? Nichts wusste sie über ihre Bekanntschaft. Es war eine Vermutung, wenn sie annahm, dass Roger die Geschichte nicht kannte; Zwilling hatte zwar kein Gedächtnis gehabt, aber vielleicht waren sogar ihm manchmal Bloch und seine Geistesgegenwart eingefallen; Irene jedenfalls verband mit dem Wort Geistesgegenwart immer diese eine Geschichte, für sie war in der Kindheit das Wort reserviert gewesen. Sonst wurde es nie verwendet, für keine andere Person als für Bloch wurde es benutzt. Dank der Geistesgegenwart Blochs, hieß die Wendung, die nie fehlte, wenn irgendjemand Zwillings Rettung nacherzählte. Was Irene auch tat. Während der Zimmerstunde.

Sei nicht aufgeregt, sagte Irene zu Paula, sei nicht aufgeregt, du bist ganz präsentabel, dein Haar gewaschen, die Nägel gefeilt und lackiert, und gebräunt bist du, auf deiner Haut zeichnet sich der Umriss des Badeanzugs ab. Sie saßen sich gegenüber, Paula und Roger, draußen regnete es, im Raum war es kühl; möchtest du, dass ich ein Feuer mache, ließ Irene Roger sagen, ließ ihn aufstehen, ließ ihn die Aschenschublade des Gussofens herausziehen, sie war voll, vorsichtig schob er sie zurück, nein, kein Feuer, sagte Paula, ich kann dir einen Pullover leihen. Roger zog Paulas blauen Pullover über, passt, sagte er, und er steht dir, sagte Paula, ich rieche dein Parfüm, hieß der nächste Satz, unangenehm, fragte Paula, im Gegenteil. Und die Zimmerstunde zerrann. Konnte nicht sprechen, Irene, schickte Paula los, die Sprecherin, nein, wir müssen die Zimmerstunden nicht immer im Zimmer verbringen, sagte Roger. Paula nickte. Und? sagte sie. Und? sagte Roger. Monsieur Paul? sagte Paula. Du sollst Monsieur Paul einen Anlegeplatz zeigen. Wer ist Monsieur Paul? Ist er dein Bruder? Monsieur Paul ist mein Zwilling, sagte Paula. Und ich will, dass du ihn kennst. Ich will, dass du mit ihm gearbeitet hast, früher. Im Haupthaus, das ich Villa nenne, bist du seit fünfzehn Jahren. Zu Beginn gab der Herr noch Empfänge, versammelte die Modellbauer aus aller Welt, und es brauchte jemanden, der die Empfänge organisierte, die Diners überwachte, die Herren stilgerecht unterbrachte. Das warst du. Du hast den Herrn in einem Nobelhotel kennen gelernt, aber das ist eine andere Geschichte. Monsieur Paul ist auch ein Diener. Ein hoher Diener, wenn du so willst. War dein Chef, früher, Chef de service, du warst Kellner, ein

Subalterner, wenn du so willst, aber unter Zwilling zu arbeiten war angenehm, er hat niemanden herumkommandiert, sondern geführt, angeleitet, wenn du so willst, hat nicht gebrüllt, nie, sondern die Etikette gewahrt auch im Umgang mit seinen Untergebenen, die er das Team nannte, als dieses Wort noch nicht abgewirtschaftet war, verstehst du? Roger antwortete mit einem Achselzucken. Du verteilst die Rollen, sagte er. Gut, ich verstehe. Aber ich verstehe nicht, sagte Irene leise, Zwilling, ein Chef, ein umsichtiger Chef de service, du hast unter Monsieur Paul gearbeitet, bist älter als er und hast unter ihm gearbeitet? Ja, und er beförderte mich zum Oberkellner, ganz wie du willst, sagte Roger. Du hast Monsieur Paul gemocht? Ja, sagte Roger, ich mochte ihn, wenn das recht ist. Und jetzt, magst du ihn nicht mehr? Das weiß ich nicht, es ist lange her, wir haben uns aus den Augen verloren, wenn du das Team verlässt, kommt ein anderer, du wirst ersetzt, und ein gutes Team zeichnet sich dadurch aus, dass die Übergänge von einem zum andern nahtlos passieren, dafür hat der Chef zu sorgen, und Monsieur Paul hat dafür gesorgt, da bin ich mir sicher, übrigens, gehen wir einen Schritt weiter. Monsieur Paul hat mich dem Herrn empfohlen. Du bist ihm dankbar dafür? Ich war ihm dankbar, sagte Roger und schaute Paula zum ersten Mal während des Gesprächs an, schaute ihr in die Augen, nachdenklich, soll ich ihm besser nicht dankbar sein? Seht ihr euch ähnlich, du und Monsieur Paul? Nein, ihr seht euch überhaupt nicht ähnlich. Ich weiß, sagte Paula, zum Glück nicht. Siehst du deiner Schwester ähnlich? Können sich ein Bruder und eine Schwester ähnlich sehen, gab Roger zu bedenken. Ähneln sich nicht Schwestern oder Brüder, insistierte Roger, als Paula nichts sagte und zum Fenster schaute. Vielleicht ist es leichter, bei ihnen die Ähnlichkeit zu sehen, meinte Roger. Paula indes befürchtete, Roger könnte auf die Uhr an seinem Handgelenk schauen und feststellen, dass die Zimmerstunde schon bald um sei, und befürchtete zusätzlich, dass ihre Befürchtung gleich wahr würde, wollte also nicht befürchten, sondern die Furcht loswerden und mit ihr auch das Zeitgefühl. Paula wusste immer auf drei Minuten genau, wieviel Uhr es war. Immer wieder machte sie die Probe, und immer wieder zerschlug sich die Hoffnung, sie habe sich getäuscht, die Zeit sei, von ihr unbemerkt, vorgerückt, verflogen gar, oder sie sei gekrochen, aber weder kroch die Zeit, noch flog sie, kein einziges Mal.

Monsieur Paul war ein stiller Mensch, sagte nun Roger. Glaubst du? Ich weiß es nicht. Irene ließ Paula zögern. Ein stiller Mensch ist ein schweigender Mensch, von dem die andern glauben, er sei dauernd in Gedanken, ja er wälze dauernd Gedanken. Von Monsieur Paul hingegen hatte ich nicht diesen Eindruck, von ihm glaube ich, dass er gar nichts dachte, dass er schwieg, weil ihm nichts zu sagen einfiel, wenn er seine berufliche Geläufigkeit nicht einsetzen konnte, dieses comment allez-vous, Madame, how are you, Sir, have a nice day, du hingegen, Roger, wo hast du sprechen und schweigen gelernt? Hier, sagte Roger, hier, im Haupthaus, mit den Gästen, während der Zimmerstunden, sagte er und stand auf, er hatte nicht auf die Uhr geschaut, darf ich, wünschte Irene, dass er fragte und dass er sie küsste, Paula auf die Wange küsste und wegging, in ihrem blauen Pullover, und Irene ließ Paula dem Diener, der keiner war, einen zweiten Brief schreiben: Das ist nicht die ganze Geschichte. Ich möchte alles wissen, von A bis Z, der Reihe nach. Aber das hat Zeit, schrieb sie, weil sie nicht fordernd sein wollte, und sie stellte sich vor, wie sie mit Roger zum andern

Ufer schwimmen würde, zur Halbinsel mit dem weißen Schloss; hätte er die Kraft, ihr schwimmend alles zu erzählen, alles, was er von Monsieur Paul wusste und dachte und erfahren hatte in der Zeit, als er ihn täglich gesehen hatte? Hätte er die Kraft, ihr zu erklären, wie er dazu kam, zu behaupten, Monsieur Paul sei ein stiller Mensch gewesen? Noch bin ich mir nicht sicher, ob ich Monsieur Paul kennen lernen will, schrieb Paula. Vielleicht lerne ich dich kennen, schrieb sie und schaute lange aus dem Fenster. Es regnete nicht mehr, und ein paar unentwegte Schwimmer durchpflügten das Wasser, obwohl es kühl war. Sie arbeiteten einen Vorsatz ab oder ein Gebot, überwanden sich, übertrafen sich, und die kleinen, selbstgeschaffenen Wunder machten sie zufrieden. Stolz saßen die Schwimmer nachher auf der Wiese, bemüht, die Kälteschauer ihrer Körper nicht wahrzunehmen, und maßen mit Blicken den See aus, markierten im Geist die Stelle, bis zu der sie geschwommen waren, prägten sie sich ein, als wäre es möglich, Wegmarken in den See zu setzen, morgen würden sie noch weiter hinaus schwimmen, ein Ziel, ein Ziel, und Irene, die Schwimmer beobachtend, war überzeugt davon, und sie sagte die Überzeugung hinein ins Zimmer, sagte sie laut vor sich hin: Mich gibt es nicht. Sagte sie. Mich gibt es nicht. Und sie stellte sich vor, wie ihr blauer Pullover in der Villa von Roger getragen würde, von Zimmer zu Zimmer, ein Hauch ihres Parfüms würde in den Räumen sein. Es war einmal eine Biografie. Die ich bewohnte. Am andern Morgen lag der blaue Pullover zusammengefaltet vor der Tür, ohne das kleinste Zeichen dabei, und Irene zerriss Paulas zweiten Brief an den Diener, der keiner war, in kleine Schnipsel, ging zum See, warf sie ins Wasser und zog den Pullover über und dachte sich einen Moment lang als Mann; die Haut eines Menschen macht sieben Quadratmeter aus. Den Mantel für Zwilling hatte die Schneiderin genäht, die auch der Blonden und der Schwarzen die Kleider schneiderte, der Mantel war Irene zugefallen, weil Zwilling darin weibisch aussah und der Vater ihm verbot, diesen Mantel zu tragen. Die Schneiderin, überzeugt davon, sie hätte einen Knabenmantel genäht, bezog den Kragen und die Manschetten nachträglich mit Kunstpelz, wenigstens eine weibliche Note, sagte sie, als Irene den Mantel im Gasthaus abholen kam. Sie durfte dazu das Ankleidezimmer betreten, einen kleinen Raum, ausgestattet mit einem großen Spiegel. Das Zimmerchen befand sich direkt neben dem Schlafzimmer der Blonden und der Schwarzen. Allerdings zogen sich die beiden nur hier um, wenn die Schneiderin da war, denn das Ankleidezimmer war die Vorratskammer. Hier lagerten Würfelzucker, feiner Zucker, Teigwaren, Reis, Biskuits in Blechschachteln, deren Deckel sich nur mühsam öffnen ließen; luftdicht verpackt, sagte die Blonde, wenn sie mit geübtem Griff einen Deckel öffnete. Stapel von Toilettenpapier und Kartons mit Gläsern waren hier aufgeschichtet; die Blonde trug den Schlüssel für das Ankleidezimmer immer auf sich, schon einmal hatte Irene dort ein Kleid anprobieren müssen, das die Schneiderin für sie genäht hatte, Irene die Vorbraut, Zwilling der Vorbräutigam, für das Fest hatte sie ein Kleid bekommen, das die Braut bezahlte, irgendeine entfernte Verwandte, die ziemlich spät im Leben noch zu einem Mann gekommen war und eine Hochzeit mit Vorbraut und Vorbräutigam haben wollte, Irene durfte das Kleid behalten, auch den steifen Unterrock, der dazu gehörte, und die schwarzweißen Lackschuhe, Zwilling hatte einen Anzug bekommen, dazu ein weißes Hemd und eine Krawatte mit einem

Gummiband, das über den Kragen gerutscht war, das sah man auf den Fotos.

In der tiefsten Nacht erwachte Irene im Seehaus. Paula, hörst du, flüsterte sie. Keine Antwort, Paula regte sich nicht, nur das Geschrei vernahm Irene wieder, Kindergeschrei, meinte sie zuerst zu hören, hoch, gellend, nur, weshalb sollte mitten in der Nacht im dunklen Park ein Kind schreien? Das Geschrei kam näher, musste sich jetzt, vermutete Irene, direkt vor der Haustür befinden, und innen, merkte sie, war die Angst, wuchs, füllte sie aus. Geängstigt hatte sie sich hier noch nie, Roger ist in der Nähe, hatte sie gedacht, im Notfall, und sich unter dem Notfall nichts vorstellen können, sicher nicht ein Kindergeschrei, das mit einem Mal verstummte, und nun sagte Paula, es sind Tiere, halte Nachschau, es sind bestimmt Tiere. Irene stand auf, trank ein Glas Wasser, machte kein Licht, am Himmel war ein Sichelmond zu sehen, und Sterne, ein ganzes Sternenheer, Irene öffnete die Haustür, ohne Angst, nichts war zu sehen, kein Kind, kein Mann, kein Mensch, erst am Morgen bemerkte sie Tierkot vor der Tür, Füchse, Marder, vermutete sie und wunderte sich über ihren nächtlichen Angstanfall, wunderte sich, dass sie einen Moment lang erwogen hatte, Roger anzurufen; ich habe Angst, hätte sie gesagt, sie hätte den Herrn aufgeweckt, seinen Zorn, hätte auch Roger aus dem Schlaf gerissen, der keinen Nachtdienst hatte; Leute, die sich selbst vor der Natur fürchten, sind hier nicht am richtigen Ort, hätte er wohl gesagt.

Die Ängste der Nacht erlöschen mit den Sternen, sagte Irene zu Paula, auf dem See tauchte das erste Kursschiff auf, und im Haupthaus, das Irene Villa nannte, wurde ein Fenster geöffnet; möchte die Anordnung der Zimmer kennen, Irene, möchte wissen, ob Herr und Diener auf derselben Etage schlafen, Zimmer an Zimmer womöglich, damit der Diener hört, wann der Herr seine Dienste benötigt nachts, möchte wissen, ob der Herr und der Diener elektronisch miteinander verbunden sind, möchte wissen, wo sich die Küche befindet und wo die Räumlichkeiten mit den Schiffsmodellen, möchte die Geografie der Villa kennen, Irene, die Villa erschien ihr als ein Kontinent, nein, als ein Gestirn mitten im Park, in den Bäumen lachten die Krähen über Irenes Wünsche, lacht nur, sagte sie, und als das Telefon klingelte, war es nicht Roger, sondern der Mann, der aus dem Ausland zurück war und Besuchslaune hatte. Als Irene ihn am Empfang begrüßte, küsste er sie, und als über den See das letzte Kursschiff glitt, hell erleuchtet, küsste er sie wieder, die Wunder des Fahrplans, sagte Irene und ließ den Mann, der aus dem Ausland zurück war, ihre Hand im Schlaf halten, eine Vorstellung, eine Vorstellung, und kein Tier weinte oder schrie oder kreischte, kein Laut, nur der nächtliche Takt des Wassers, und oben im Haupthaus, das Irene die Villa nannte, plagten die Alpträume den Herrn, dass er sterben muss, dass er sterben muss, und der Diener nicht da, ihm die Zeit zu vertreiben; passe-temps heißt Zeitvertreib, sagte Irene in der Morgenfrühe zum Mann, der aus dem Ausland zurück war, sie sagte es zärtlich, nannte ihn Schwindler, was ihm missfiel, denn er hatte für die Wahrheit noch nie viel übrig gehabt, Irene erfand ihm Namen, was schlecht ankam, denn der Mann hieß natürlich schon längst. Gimane hieß er, und dieses Kleid passte wie eine zweite Haut. Dem Frühstück am See ließ Irene einen leichtfüßigen Abschied folgen, ließ Gimane das Schiff nehmen, drängte ihm den Seeweg auf, genoss seine Verlegenheit, wie er mitten in einer Touristengruppe auf dem Oberdeck stand und ihr kurz zuwinkte, während sie seelenruhig an der Schiffstation stand und zuschaute, wie das Schiff langsam wegfuhr. Als sie sich umwandte, traf sie auf Roger, Irene plante gut, sie kehrten gemeinsam zurück, schritten durch die Lindenallee, stumme Sommerparade, Irene, Paula, Georg, Roger. Wer war der Mann, den du zur Schiffstation begleitet hast, fragte Roger. Tauschgeschäft, sagte Paula, was bietest du mir dafür? Er biete ihr die Hortensien, sagte Roger, die Hortensien des Parks, alle für sie, Sträuße zu binden, Grünzeug dazuzugeben; dir fehlt eine große Vase, dir fehlt wohl auch die Übung, Hortensiensträuße zu binden, und um vierzehn Uhr ließ Irene Roger an der Dépendance klingeln, er trat ein und stellte den Hortensienstrauß auf den Boden des Wohnzimmers, die zartesten Blumen, die er kenne, sagte er, ein Augenblau, ein Augenblau, der Mann, hat Paula gesagt, heißt Gimane, und über ihn will ich nicht sprechen, und er hat manchmal graue, manchmal bläuliche und ganz selten braune Augen, braune Augen wie du, hat Roger gesagt, wie ich, Paula nickte, mit einem Stich ins Graue. Von Blumen verstehe Gimane nichts, er kennt keinen einzigen Blumennamen, kennt nicht die Namen der Bäume im Park, wäre im Stand, eine Eiche mit einer Pappel zu verwechseln, du hingegen, du bindest Blumensträuße. Hortensien, sagte Roger, waren früher die Lieblingsblumen des Herrn. Rosen hat er nie gemocht, auch keine Orchideen, und Nelken schon gar nicht, aber von Hortensien konnte er nicht genug bekommen, deshalb wachsen sie nun überall im Park. Werden aber nicht mehr gepflückt? Das hat seine Gründe, sagte Roger, worauf sich denn der Wechseläugige verstünde, wenn nicht auf die Flora. Auf die Gegenwart. Auf die Ankunft. Und auf das Fortgehen.

Arrivée grandes lignes. Départ grandes lignes. Übrigens schenke er ihr auch Blumen, wähle sie mit Bedacht aus, er habe ein Gefühl dafür, ohne dass er ihre Namen kenne. Und weshalb werden die Hortensien nicht mehr gepflückt für den Herrn? Weil er sie nicht mehr als Hortensien sieht, nur noch als bläuliche Flecken, die ihn ängstigen. Das heißt, der Herr ist blind? Die Glaukome schreiten fort, seine Sehkraft nimmt stetig ab. Bist du traurig, wenn der Wechseläugige geht? Ließ Irene Roger sagen. Erscheine ich dir als traurig? Roger schwieg. Traurigkeit sei etwas für Anfänger, und mit Gimane stünde sie schon lange nicht mehr am Anfang. Oder doch? Immer wieder am Anfang? Auch Paula schwieg nun, stellte sich den ersten Anfang mit Gimane vor, der kein Paukenschlag gewesen war, sondern ein zögerndes Vor und Zurück, harmlose und linkische Versuche, etwas zu sagen, was den andern für kurze Zeit aufmerken ließe und ihn abends dazu brächte, die Sätze und Gesten nachzuerzählen und sich eine Fortsetzung auszudenken, aber bald hatten sie es aufgegeben, Einfälle zu haben. Eine Liebe musste nicht notgedrungen zwei Leben verändern, das hatten sie schon ausreichend gehabt, diese generalstabsmäßig geplanten Lebensveränderungen, die, kaum ausgeführt, den Beteiligten die Sprache verschlugen, sie hatten getan, als ob nichts wäre, möglicherweise war ja auch nichts, wer kann das denn wissen, obwohl, am Anfang, sagte Paula, war es dennoch ein ziemlicher Kraftakt, diese neue Liebe ganz unaufgeregt hinzunehmen und ihr nicht allzu viel Bedeutung beizumessen. Er verstehe kein Wort, sagte Roger, besser so, sagte Paula, du brauchst auch nichts zu verstehen. Was aber, wenn ich verstehen will? Wie kommt der Herr zurecht mit seinen kranken Augen? Er ist still geworden, seit er so schlecht sieht. Obwohl er noch immer in Atlanten blättert, sich vor die Regale mit den Schiffsmodellen stellt. Allerdings, sehen kann er weder die Karten noch die Modelle, doch er ist weit gereist und kann sich vieles vorstellen. Und für mich heißt das, dass ich die Ordnungssysteme noch genauer einhalten muss, noch besser darauf achten muss, dass nichts durcheinander gerät, sonst kennt sich dieser Mensch nicht mehr aus. Er sei angewiesen auf ein durch und durch strukturiertes Leben, sagte Roger und schaute zu Paula, das wäre wohl nichts für dich, sagte er, halb belustigt, halb herausfordernd. Bitte sehr, sagte Paula, bitte sehr. Kannte Gimane Monsieur Paul? Paula lachte laut auf über Irenes Frage, die sie Roger in den Mund gelegt hatte, und war erleichtert, dass auch der Diener, der keiner war, einstimmte in das Gelächter. Und du, fragte sie dann, mutiger geworden durch die Heiterkeit, wie geht es dir mit deiner Wechseläugigen? Bei mir gibt es keine Wechseläugige, sagte Roger und stand auf und betrachtete den Hortensienstrauß, einen Moment lang glaubte Paula, er würde ihn wieder mitnehmen. Und ging schnell weg, Roger, ging durch den Park, hinauf zum Haupthaus, die Zimmerstunde zu Ende, und Irene stellte nicht ohne Befriedigung fest, dass Paula bereits neue Sorgen hatte: War sie Roger zu nahe getreten mit ihrer letzten Frage? Hatte sie damit eine Grenze überschritten? Und was hatte sie eigentlich vor mit dem Diener, der keiner war? Weshalb genügte es ihr nicht, zu wissen, dass er Zwilling aus beruflichen Gründen kannte? Und weshalb beschäftigte sie sich plötzlich mit Glaukomen? Und stellte sich mit einem Mal die Frage, wie es möglich war, dass Menschen auch in fortgeschrittenem Alter bereitwillig den ganzen Aufwand betrieben, den eine weitere Liebe mit sich brachte. Weshalb sie glaubten, es sei möglich, noch einmal einen Körper einem andern Körper auszusetzen und jeden zweiten Satz mit einem »Du kannst noch nicht wissen, dass« zu beginnen. Wie sie es schafften, noch einmal zu entscheiden, was zu sagen sich lohnte, damit das Terrain einigermaßen vorbereitet war. Je genauer Irene Paula alle die nötigen Handgriffe für eine neue Liebe vorstellen ließ, desto größer wurde beider Bewunderung für diese unglaubliche Leistung. Und würde Zwilling in nie gekannter Anhänglichkeit anrufen, fragte ihn Irene als erstes, ob er sich vorstellen könne, sich neu zu verlieben in seinem Alter. Was soll die Frage, antwortete er. Nichts, es interessiert mich einfach. Machst du vielleicht eine Umfrage oder willst du mich testen? Paula lachte und schwiege und Irene übernähme. Gesetzt der Fall, sagte Zwilling schließlich, die Bedingungen wären optimal, warum nicht, nur befinde er sich ganz und gar nicht in dieser Lage. Was sind optimale Bedingungen? Keine Ahnung, Zwilling klänge gereizt, lassen wir das. Weshalb ich Georg kenne, möchtest du wissen. Er war mein Untergebener, ein hervorragender Kellner übrigens. Hast du ihn gemocht, nicht bloß geschätzt? Ich weiß nicht, sagte Zwilling. Was heißt das schon, jemanden mögen? War er dir sympathisch, hast du mit ihm nach Feierabend ein Bier getrunken, mit ihm über mehr als die Dienstpläne geredet? Wie soll ich das noch wissen, das ist lange her. Und kannst du dich daran erinnern, weshalb Georg weggegangen ist, da er doch der geborene Kellner war, wie du selber sagst, um eine Stelle in relativer Abgeschiedenheit anzutreten? Nicht jedem, sagte Zwilling nach einer längeren Pause, ist es gegeben, sich von Saison zu Saison neu einzurichten. Obwohl Georg ja die beiden Stellen auf sicher hatte, er war einer der wenigen, die sowohl in der Sommer- wie auch in der Wintersaison in meinem Team bleiben konnten, hat also mit mir vom Eden zum Grand Hotel und wieder zurück gewechselt. Eden und Grand Hotel, sagte Irene automatisch, und zum ersten Mal bereute sie es, Zwilling dort nie besucht zu haben. Es fehlte ihr jedes Bild, sich die Örtlichkeiten vorzustellen, Eden und Grand Hotel. Doch, einmal hatte sie es versucht, einmal hatte sie mit Ehemann Nummer eins an einem Sommertag Zwilling im Grand Hotel besuchen wollen, aber der Besuch war schon am Eingang gescheitert. Ein unifomierter Hotelangestellter hatte diskret darauf hingewiesen, dass er Madame und Monsieur nicht einlassen könne in Freizeitbekleidung. Fehlte also Irene jedes Bild, wie Zwilling im schwarzen Jackett neben Roger, ebenfalls in Schwarz, gestanden hatte, die Gäste begrüßte, lächelnd, lächelnd. Und dann, stimmt, würde Zwilling zögernd fortfahren, Irene lachte vor Vergnügen über ihren Einfall, da war die Geschichte mit der Portugiesin. Genau erinnere er sich nicht mehr, möglicherweise habe Georg der Portugiesin wegen seine Karriere aufgegeben, möglicherweise habe er es aber einfach satt gehabt, stets in einer Kammer, so klein wie ein Abstellraum, zu wohnen, und das in einem Luxushotel, wohlverstanden, die Bediensteten bewohnten üblicherweise die oberste Etage oder das Souterrain. Ein Mensch, der einigermaßen bei Trost ist, sagte Zwilling, hält das früher oder später nicht mehr aus, ein Bett, ein Schrank, ein Tischchen, ein Lavabo, Dusche auf der Etage, irgendwann möchten alle eine richtige Wohnung haben, nur seien die Gehälter in der Branche meist nicht so hoch, dass das möglich sei. Irene wusste, dass Zwilling nie so gewohnt hatte, ein Bett, ein Schrank, ein Tischchen, ein Lavabo, nie, die Blonde und die Schwarze hatten ihm von Beginn weg kleine Wohnungen gemietet, aus einer Angst heraus, er könnte in

Dinge hineingezogen werden, die ihm nicht zuträglich wären. Wer war die Portugiesin? Das weiß ich nun wirklich nicht mehr, sagte Zwilling. Kann ich Georg fragen? Das nicht, das bestimmt nicht. Tu das nicht, Zwilling klänge eine Spur aufgeregt. Überdies wäre es ihm unangenehm, wenn Georg erführe, dass er mit Irene über ihn gesprochen habe. Sei nicht indiskret, Irene, ich bitte dich, Neugierde ist etwas für Kinder, und weshalb interessierst du dich für Georg, hast du nichts Besseres zu tun?

Ist kein Gegenstand, Roger, dachte Paula, ist kein Fundstück, das abgegeben wurde, aufgefunden und abgegeben, hat ihn auch niemand als verloren oder als vermisst gemeldet, Roger, hat auch Zwilling nicht vermisst, Paula, nicht die erste halbe Stunde, als sie endlich allein war und er bereits auf der Welt, hat Zwilling auch nicht vermisst, wenn er nicht neben ihr in der Schulbank saß, war krank, Zwilling, war oft krank, Mandelentzündungen eins übers andere Mal, wurden herausoperiert, seine Mandeln, wurde besucht im Krankenhaus, Zwilling, war der Erste und der Einzige in der Familie, der ins Krankenhaus musste, waren gesund, Klara, Ruth und Irene, auch Vater und Mutter, auch die Blonde und die Schwarze, alle gesund und rotwangig, von drahtiger Gestalt sie alle, nur Zwilling war immer wieder krank, und in der Schule fürchtete er sich vor den Reihenuntersuchungen, den Schutzimpfungen, den Schirmbildaufnahmen, für die man klassenweise in der Turnhalle antrat, Mädchenreihe und Knabenreihe, alle trugen nur eine Unterhose, schämte sich, Zwilling, war zu dick. Breitete mitleidlos ihre Hefte auf der Schulbank aus, Irene, entfaltete sich, bekam ein Löschblatt für die schöne Schrift, bekam Bleistifte, wurde Vorbild, Zwilling hatte Beispiel zu nehmen, aber seine Schrift war winzig klein, die Buchstaben und Sätzchen verschwanden fast, als wollten sie sich verkriechen in den Häuschen der Schulhefte, und Zwilling schrieb Vater mit F und anstelle von Hausierer schrieb er Hausirrer, und er stand allein am Flipperkasten in der Gaststube, gelegentlich spielte er mit den Gästen Karten, lernte dabei nicht besser rechnen, die Taktik der Schwarzen erwies sich als falsch, und die Lehrerin hatte wohl vergessen, dass Zwilling der ältere war und Irene ihm unmöglich Vorbild sein konnte. Verhältnisse ließen sich nicht beliebig umkehren, obwohl, mahnte Paula, so etwas passiert war, am See: nach Zwilling suchen, auf Roger stoßen, den Diener, der keiner war. Richtete ein kleines Fundbüro ein im Seehaus, eine Dépendance in der Dépendance, Irene, legte das Wort Hortensie in ein Fach und das Wort Mammutbaum; im Park hatte ein freundlicher Mensch die Bäume mit Namensschildern ausgestattet, damit die Gäste nicht suchen mussten, sich nicht ärgern, sich nicht schämen mussten, weil die Namen nicht mehr aufzutreiben waren, kämpften hier alle mit Wortfindungsschwierigkeiten, mit Gedächtnisschwächen, die Gäste, mit dünnen Stellen, mit Löchern gar, die gestopft werden mussten, das Hirn gab keine Ruhe, bis es fand, bis es fand, fahndete nach Wörtern, Irene, fahndete nach Namen, wie sie sonst nach verloren gemeldeten Gegenständen fahndete: Wann haben Sie die Uhr zum letzten Mal getragen? Wo legen Sie die Uhr normalerweise hin, wenn Sie duschen? Schlafen Sie mit der Armbanduhr oder legen Sie sie ab, ziehen sie aus wie ein Kleidungsstück? Gimane zum Beispiel, dachte Irene, mochte es nicht, wenn sie eine Uhr trug, oder einen Ring, wenn sie schlafen gingen. Die nackte Haut gefiel ihm, die unbekleidete Haut; Irene hatte noch eine andere Vermutung: Gimane befürchtete Zeichen; dass Uhr oder Ring auf seiner Haut Zeichen hinterlassen könnten, Spuren, die jemand anders lesen könnte, und richtig lesen könnte, aber Gimane wollte nicht zur Kenntnis nehmen, dass es Frauen gab, die sich auf solche Lektüre wirklich verstanden, nein, nicht die Wünsche lasen sie ab, von den Augen, das war einmal, sondern die Wahrheit lasen sie darin, und die Haut um die Lippen verriet Kussspuren, feine bläuliche Zeichen, Männer waren Säuglinge, ein Leben lang, saugen, saugen. Gab den Verzweifelten Suchhilfe, Irene, das war einmal ihr Beruf gewesen, brachte System hinein in ihr Wühlen und Stöbern; kann es sein, sagte sie, dass jemand die Uhr gestohlen hat? Wer sollte denn die Uhr stehlen, sagte die Frau und war entrüstet, als hätte ihr Irene eine Ungeheuerlichkeit unterstellt, viele waren noch immer vertrauensselig, obwohl die Uhren, die Ringe, die Armbänder verschwunden waren, behaupteten sie wenigstens. War das Uhrband defekt, fragte Irene, kann es sein, dass die Uhr sich unmerklich gelöst hat vom Arm? Das hätte ich doch bemerkt, sagte die Frau. Offenbar nicht. Es bereitete Irene Vergnügen, die Leute zu verwirren. Suchen Sie weiter, befahl sie, und halten Sie mich auf dem laufenden. Nein, gestern ist keine Uhr abgegeben worden, log sie am andern Tag, wenn die Verzweifelte anrief. Wissen Sie, ich hänge an der Uhr. Ein Erbstück. Die letzte Erinnerung an meine Mutter. Was sind Sie für eine Person, wenn die letzte Erinnerung an Ihre Mutter ein Ding ist, ein Gegenstand, eine tickende Uhr? Sagte sie natürlich nicht, den Satz, sei nicht indiskret, mahnte Zwilling. Kann ich mal alle Uhren anschauen, die Sie aufbewahren, vielleicht ist ja die meine darunter? Das ist nicht möglich, wir führen keine Kollektionen, sind kein Fachgeschäft. Sie tun besser daran, mir Ihre Uhr genau zu beschreiben. Die Form, die

Größe, vielleicht fällt Ihnen die Marke ein? Aus welchem Material bestand sie? Wie sah das Zifferblatt aus? Das Uhrband? Sie war wertvoll, das sagte ich schon, antwortete die Frau am Telefon, sie war wertvoll, obwohl sie dauernd stehenblieb, ich bin für Armbanduhren nicht geschaffen, ich bringe jede Uhr mit Handaufzug zum Stehen, etwas stimmt nicht mit mir, sagte die Frau, mein Rhythmus, mein Magnetfeld ... Ich bitte Sie, erwiderte Irene und hängte ein, andertags rief die Frau wieder an, hatte die Uhr gefunden, sie lag auf der Küchenablage, ich musste ausnahmsweise das Geschirr von Hand spülen, der Geschirrspüler war defekt, und ich legte die Uhr dafür ab. Hat die Hausaufgaben nicht gemacht, die Frau, dachte Irene, hatte sich nicht systematisch erinnern wollen, obwohl ich sie dazu aufforderte, sie anleitete. Meine Mutter hat mir den Hinweis gegeben, sagte die Frau. Irene schwieg. Im Traum, präzisierte die Frau, hat mir die Mutter den Hinweis gegeben, ich nehme oft Kontakt mit meinen Toten auf. Irene legte auf, organisierte einen Katzentransport in ein Tierheim, ein junger Polizist holte die verschmutzten Käfige ab, in denen durchgedrehte Kissenkatzen hockten.

Zur gleichen Zeit, Irene ging hin und her und sprach laut vor sich hin, zur gleichen Zeit wird Roger Kissen schütteln oben im Haupthaus, jemandem seinen Arm bieten, einem andern Korrespondenz unterbreiten, ein leichtes Mahl zubereiten, isst der Diener mit dem Herrn am gleichen Tisch? Gleichzeitig wird Zwilling in der langen Ewigkeit Rita zuschauen, wie sie ihr Hündchen füttert und ihm die Wünsche von den Augen abliest, die umgekehrten Verhältnisse, gleichzeitig wird Ruth ihre Kundinnen frisieren und Klara in der Buchhandlung den Kunden Kriminalromane verkaufen. Und gleichzeitig schwimmt wieder ein Gast im See, arbeitet an seinem Rekord, überbietet sich selbst und wird beobachtet von einem, der Roger ähnelt, dem Diener, der keiner ist. Irene verstummte, warf sich auf das grau bezogene Sofa, ein Glück, dass sie ihren Arbeitsort wieder verlassen hatte, war nur kurz dort gewesen, Abstecher im Alltag. Der Schwimmer schwamm gut, schwamm schnell, gleichzeitig befand sich Roger in der Villa, beobachtete auch er den Schwimmer, gleichzeitig strengte der Herr seine Augen an und der Augendruck stieg, gleichzeitig besprach Gimane ein Bauvorhaben mit seinen Untergebenen, hatte wieder Lust, Listen anzulegen, Irene, der Schwimmer hatte sich auf den Rücken gedreht, trainierte seine Beinmuskulatur, woran er dachte, im Wasser, vielleicht an nichts, vielleicht zählte er die Schwimmzüge, stellte er Berechnungen an, gleichzeitig gab es eine Portugiesin, die atmete, vielleicht putzte sie sich in diesem Moment die Zähne, oder sie telefonierte oder erwartete einen Anruf, sie atmet, schrieb Irene in ihre Liste der Gleichzeitigkeiten, Atmen als der kleinste gemeinsame Nenner, die Portugiesin atmete, das war gewiss. Wenn sie nicht tot ist, flüsterte Paula, und die Gewissheit des Atems verschwand; als Irene ein Kind war und nachts erwachte und nicht mehr einschlafen konnte, hatte sie sich damit getröstet, dass wenigstens alle andern Hausbewohner schliefen, einen Moment lang hatte sie es genossen, dass sie die Nacht für sich hatte und sich darin nach Belieben umtun konnte, bald aber wurde der Wunsch stärker, zu sein wie die andern, dass sie dazu gehörte, dass sie dazu gehörte, zu den Schläfern. Sie hatte sich vorgestellt, wie alle Dorfbewohner im Schlaf waren, alle Menschen der Schweiz hatte sie in Schlaf versenkt, alle Menschen Europas und schließlich alle Menschen der ganzen Welt, und als sie selber schon fast wieder eingeschlafen war, hatte sie der Gedanke der Zeitzonen wieder aufgeschreckt, dass nicht auf der ganzen Welt zur gleichen Zeit Nacht war, also nicht alle Menschen gleichzeitig schlafen konnten, das hatte der Lehrer anhand des Globus erklärt, der von innen beleuchtet wurde, hatte den Stock wandern lassen, mit ihm die Welt durchgeschnitten in Abendland und Morgenland, was Irene beunruhigte, es wäre ihr lieber gewesen, es hätte eine übersichtliche Schlafordnung gegeben, die Gleichzeitigkeit von Tag und Nacht auf der Welt brachte sie durcheinander, und dann war ihr eingefallen, dass in dieser Zeit, in der sie wach lag, Menschen geboren wurden und Menschen starben und dass es überhaupt keine Übersicht gab, dass alles die ganze Zeit aus den Fugen geriet und an- und abschwoll und Lichter aus- und angingen, ganz nach Belieben, und eine Panik hatte sie ergriffen, eine Panik, aus dieser ungeordneten Welt zu fallen, und schon stürzte sie und fiel und fiel, in ein dunkles Loch, wo immer noch eine Art Welt war, aber wo keiner hinkam, und sie war stocksteif im Bett liegen geblieben, hatte kaum mehr zu atmen gewagt, weil der eigene Atem ihr so laut erschienen war, und im Kopf war ein Dröhnen gewesen, in den Ohren ein Rauschen, da hatte im unteren Stockwerk der Wecker geklingelt, halb fünf Uhr, der Vater stand auf und erlöste Irene, er war nun wach und sie durfte schlafen, Schichtwechsel, und am Vormittag wurde ein Stierkalb geboren, ein Name musste gefunden werden mit dem Anfangsbuchstaben N, Irene schlug Nero vor, was dem Vater sofort gefiel, und weil er gut gelaunt war, bat ihn Irene zum hundertsten Mal darum, die Kühe im Stall in alphabetischer Ordnung zu platzieren, was er natürlich ausschlug, aber wenn Irene nachts wieder nicht schlafen konnte aus lauter Angst, in den Riss zwischen Abendland und Morgenland zu stürzen, dachte sie an Nero, das Stierkalb, für das sie den Namen geliefert hatte, und sie dachte daran, dass ihre Schreckensnacht gleichzeitig seine letzte Nacht gewesen war, die es im Kuhinnern verbracht hatte.

Spazierte im Park, Roger, an seinem Arm ein Herr im dunkelblauen Anzug, ging vornübergebeugt, dieser Herr, machte kleine Schritte, blieb immer wieder stehen, hatte graues Vogelhaar, dachte sich seine Haut über den Wangenknochen zart, Irene, wollte den Alleeweg nehmen, das Haupthaus umrunden und auf dem schmalen Weg dem Paar zufällig begegnen, wagte es nicht, blieb auf der kleinen Veranda der Dépendance stehen und schaute und schaute, musste die Blicke spüren, Roger, die Pfeile in seinem Rücken, die Paula abschoss, konnte sich nicht umdrehen, Roger, war ganz konzentriert, ganz Georg, der Herr machte winzige Schritte, krallte sich in Georgs Arm, Kies knirschte, wünschte sich, dass der Herr stürzte, Paula, dass sie behilflich sein könnte, aber er stürzte nicht, der Herr, Roger war eine gute Stütze, und schon war der Spaziergang zu Ende, verschwanden die beiden, betraten das Haupthaus, das Irene Villa nannte, den See hatte der Herr nicht angeschaut, ob er noch hören konnte, das Gekrächze der Krähen, die im Park einen Schlafbaum hatten, die Rufe der Ruderer auf dem See, das Klingeln des Telefons; einen Moment lang plante Irene, es rufe die Portugiesin an, aber es meldete sich Gimane. Machst du Fortschritte, fragte er. Ja, ich schreite fort. Besuche einen langen Anstandskurs. Damit sie elegant sein konnte, Irene, wenn Gimane sie einlud, sie passte zu seinen eleganten Möbeln, zu seinem weißen Geschirr, und sah sich in eines seiner Bilder hinein, das in der Küche hing: Zwei Frauen sitzen auf einem Sofa, sitzen unbequem, auf dem äußersten Rand, die eine im roten

Kleid, die andere im blauen, Irene setzte sich dazwischen, in Schwarz, die Frauen rückten ohne ein Wort zur Seite, es gab Platz genug, und so, von der Wand her, spürte Irene ihre Anhänglichkeit zu Gimane, die sie nicht zeigte, er aber kannte. Sie war klug genug, nicht nach den Damen zu fragen, nach den Nächten nicht, nach der Reihe von Tagen nicht, war aber nicht stolz darauf, klug zu sein. Hätte sie Mut gehabt, hätte sie gefragt, hätte sie die Frauen vom Sofa gestoßen, Spielchen, Spielchen, dreht euch nicht um, die Liebe geht um, ist ein böser Wind, der an den Kleidern zerrt, Irene ließ sich fangen, hatte sich fangen lassen, der Wind hatte gedreht, blies ihr als ein warmer Hauch ins Gesicht, das Leben könnte so leicht sein, man könnte es in einem Zug austrinken, Zwilling hatte gekonnt gemixt, Gimane liebte mit Zartheit, geh noch nicht, sagte er, wenn Irene sich ankleidete. Irene aber hatte den See schon nach ein paar Stunden zu vermissen, sie durfte nicht bleiben, bei diesem Namensträger, an dem sich Frauen Zähne ausbissen. Wo warst du eben, fragte Roger. Einkaufen, sagte Paula, die Dinge des täglichen Bedarfs. Du wirkst abwesend. Wie geht es Monsieur Paul, fragte Roger. Wird langsam anhänglich, dieser Monsieur, sagte Paula, und ob Roger sie dem Herrn vorstelle oder ihr mindestens die Villa zeigen könne, auch den Dachboden, ob der Herr gut höre. Welche Villa? fragte Roger. Es lohne sich nicht, das Haupthaus anzuschauen, es sei renoviert worden, und nur sie, Irene, beharre darauf, dass es heruntergekommen und verlottert sei, voller Schiffsmodelle, Seekarten und Atlanten, das war einmal, das war einmal, einmal waren die Räume damit voll gestopft, überall Regale, überall Schränke und Kisten. Alles verschwunden. Und dein Zimmer, Roger? Nicht der Rede wert. Ein Dienstzimmer bloß. Ein Bett, ein Tisch, ein

Stuhl, ein Schrank, ein Lavabo? Kein Lavabo, sagte Roger belustigt. Warum hängt in der Dépendance kein einziges Bild? Weil Bilder Geschmackssache sind, sagte Roger. Jeder Gast hätte andere Vorstellungen von passenden Bildern, der eine wünschte ein Blumenaquarell, der andere sehnte sich nach modernem Zeug, Roger lachte wieder. Der See ist das Bild, sagte Paula, man müsste den See einrahmen, in den Park einen riesigen Bilderrahmen stellen, und immer wäre der See das Bild, immer in Bewegung, der See ein fortwährendes Motiv. Ein paarmal schon hatte Irene eine Malgruppe hingestellt, lauter Frauen, die mit Zeichnungsmappen und Malkästen in den Park kamen, begleitet von einem graubärtigen Lehrer, der ihnen die Motive zuteilte: die Eiche, die nackte Brunnenfrau in Stein, den Mammutbaum, das Seehaus, die Hortensien, und die Frauen pinselten, trugen Farben auf, zart, zart, und keine bewältigte das Motiv, der Kurs war ein Anfängerkurs, der Lehrer gab die Hoffnung nicht auf, ging von Frau zu Frau, ermunterte, erklärte, bald packten die Frauen ihre Sachen zusammen, die Sonne trocknete die Farben zu schnell, fraß sie weg, fraß die Motive auf und nagte am geheimen Wunsch der Frauen, entdeckt zu werden.

Hast du mit Monsieur Paul gesprochen? Hat er mir eine Nachricht hinterlassen? Nein, habe er nicht. Übrigens sei er auf dem Landweg gekommen, sei mit dem Wagen vorgefahren, und er sei gleich wieder weggefahren, als ihm nicht geöffnet wurde. Du sollst ihm aber öffnen, sagte Roger und schlug einen Spaziergang vor. Heftig schlug das Wasser gegen die Ufermauer, Roger und Paula machten einen Sprung, um nicht nass gespritzt zu werden, Paulas Frage wurde übertönt von den peitschenden Wellen: Hat der Herr Monsieur Paul gekannt?

Roger blickte zum Himmel, der sich gelblich verfärbt hatte. Ich muss hinauf, sagte er, und dir rate ich, die kommende Stunde im Haus zu verbringen. Blätter wirbelten durch die Luft, das Wasser schlug und schlug gegen die Ufermauer, der See schäumte grünlich, am andern Ufer blinkten Signale: Sturmwarnung. Hast du Angst, fragte Roger und beobachtete Paula, die mit großen Augen bald zum See, bald hinauf in die Parkbäume blickte, wo kein einziger Vogel auszumachen war. Ein Schauspiel, sagte sie, das ihr nicht Angst mache. Gut, sagte Roger, und der erste Blitz leuchtete auf, ihm folgte ein lang anhaltender Donner. Es sind andere Dinge, die mir Angst machen, sagte Paula, war aber nicht sicher, ob Roger den Satz verstanden hatte, er wandte sich ab und entfernte sich im Laufschritt, blieb noch einmal kurz stehen, drehte sich um, winkte Paula zu und rannte los. Paula betrachtete die Bäume des Parks, an deren Kronen die Winde heftig rissen. Ein Baummitleid überkam sie, Anflug einer ungefährlichen Erbkrankheit. Sie betrat die Dépendance, schwere Tropfen schlugen gegen die Fenster, dann trieb der Wind wahre Regenwände über den See. Eine halbe Stunde später lag eine grünlich braune Schicht auf dem Wasser, Blätter und Zweige, der Sturm war vorbei, stumm lag der See da, kein einziges Schiff war zu sehen, kein Seevogel; wie muss ein Mensch geartet sein, der mit einem See aufgewachsen ist, dessen Ufer gesäumt sind von Bäumen, so alt, so alt, und am andern Ufer die Halbinsel mit dem Schloss? Wie muss ein Kind die Märchen verstanden haben, in denen Könige und Königinnen in verwunschenen Schlössern wohnten und sich sieben Brüder in sieben Raben verwandelt hatten und hinter den sieben Bergen bei den sieben Zwergen Schneewittchen im Glassarg lag, ein Kind, das oben im Haupthaus, das einmal eine Villa gewesen war, aufgewachsen ist? Das Kind hat auf den gleichen See geschaut, auf dieselbe Bucht mit derselben Halbinsel und demselben Schloss am andern Ufer, wie es Irene nun tat, dahinter dieselben Berge, alles schon da, schon so lange da, ein paar Häuser waren wegzudenken am andern Ufer, ein paar eingezäunte, verbarrikadierte Betonklötze mit Alarmanlagen auf den Dächern, aber das Villa-Kind hatte seine Verstecke hinter dem Mammutbaum und im Bootshaus gehabt, das jetzt eine Ruine war. Was vermochte Umgebung? Paula jedenfalls entwarf eine neue Liste mit neuen Kriterien: Land- und Wassermenschen, und für die Wassermenschen wiederum eine Feineinteilung: Meer, See, Fluss. Die Landmenschen wären einzuteilen in die Landschafts- und die Stadtgruppe, ferner die Stadtmenschen aufzuführen in Kolonnen, überschrieben mit Kleinstadt, Großstadt und Weltstadt, und zu bedenken wären die unterschiedlich gearteten Sehnsüchte all dieser Menschen, Sehnsucht nach Wasser, Hügelsehnsucht und Waldsehnsucht und Sehnsucht nach Straßen, die so breit waren, dass die Häuser auf der andern Seite schon nicht mehr zum innersten Bezirk gehörten und der Blick abprallte an den Mauern und den Balkongeländern und die Menschen auf den Balkonen Schemen waren, so es überhaupt Menschen gab, die solche Balkone zu betreten wagten und in der Lage waren, jeden Tag die Idee, auf die Straße zu springen, zurückzudrängen. Wann denn füllte ein Kind, das noch nie einen See gesehen hatte, das Wort mit Wasser und teilte es in die Liste der blauen Wörter ein? Und wann denn begriff es, dass ein See tief war und die Tiefe gleichzeitig die Ruhe und die Möglichkeit zu ertrinken enthielt? Irene war eine gute Schwimmerin, bald würde es so weit sein, dass sie morgens und abends im See schwimmen könne, hatte Roger gesagt; dreihundert Meter tief sei er an seiner tiefsten Stelle. Vater und Mutter hatten an Seeangst gelitten. An Tiefenangst wohl eher. Ein Schiffsausflug machte ihnen keine Freude, sondern stellte sie vor schwierige Aufgaben. Zwar bewunderten sie, noch an Land, die Schiffe, beneideten sie die Menschen, die auf dem ersten und dem zweiten Deck saßen und sicher zu den Orten gebracht wurden, deren Namen die Eltern mit einer Hochachtung aussprachen. Die wenigen Male aber, an denen sie selber auf Deck saßen, mussten sie nie gekannte Ängste in Schach halten, mussten mit dem Gefühl fertig werden, keinen festen Boden unter den Füßen zu haben, und sie mussten ihre Scham über diese Angst überspielen. Sie bewältigten diese Probleme, indem sie fast ohne Unterlass in ihren Rucksäcken wühlten und Nachschau hielten, was sie eingepackt hatten, und die ganze Zeit aßen sie, ein hart gesottenes Ei, ein Schinkenbrot, Dörrfrüchte, oder sie lutschten Pfefferminzbonbons und betrachteten immer wieder die Fahrkarte, schauten mit Zweifel den Manövern zu, wenn das Schiff eine Station anfuhr und die Stege ausgefahren wurden. Warum die Mutter in ihren Träumen immer wieder ertrunken war, wie sie erzählt hatte, Irene wusste es nicht. Natürlich konnten die Eltern nicht schwimmen, natürlich hatten sie nicht ein einziges Mal das Meer gesehen in ihrem Leben, der Bodensee mit der Mainau waren Meer und Insel genug, und natürlich war es Zwilling, der als Erster die Eltern auch in diesem Punkt überholt hatte; in Rimini ist es schön, schrieb er auf eine Karte, auf der auch die Blonde und die Schwarze grüßten. Wo sie nur den Mumm hernehmen, zu reisen, sagte die Mutter, als sie die Karte gelesen hatte. Mumm, sagte der Vater und schaute die Karte nicht an, und Irene schrieb von Rimini und den Liegestühlen und schrieb vom Hotel, das sie bewohnten, indem sie sich mit dem Gasthaus behalf, das sie nach Rimini versetzte, an den Strand, und für Zwillings schönstes Ferienerlebnis erschuf sie einen gleichaltrigen Freund, Pietro, erschuf Pauls Zwilling, Pietro, der in Rom wohnte und mit seinen Tanten in Urlaub war, die beiden Jungen, beide zu dick, beide blond, lernten sich endlich kennen und waren unzertrennlich, und nicht einmal dem Lehrer, der noch nie in Rimini gewesen war, weil er in den Ferien die Abrechnungen für die Gemeindekrankenkasse schrieb, fiel auf, dass die beiden ja nicht miteinander reden konnten, was auch Irene übersehen hatte und ihr erst eingefallen war, als sie gegen einen Zuschlag Zwillings Reinschrift durchgelesen hatte und es zu spät war für Korrekturen. Rimini war das letzte schönste Ferienerlebnis, das sie für Zwilling aufsetzte. Zu Beginn des neuen Schuljahres luden die Blonde und die Schwarze einen neuen Lehrer zum Essen ein, er kam immer wieder, brachte auch seine Frau mit, und Zwilling wurde ein guter Schüler. Irene freundete sich mit Susanne an, und als sie zum ersten Mal zu ihr nach Hause kam, hatte Irene von einem der Tische der Gartenwirtschaft der Blonden und der Schwarzen zwei Nussgipfel gestohlen. Sie schmeckten wie Karton; dass wir eine Diebin im Haus haben, hätte ich nicht gedacht, sagte der Vater, als Irene überführt worden war. Zur Strafe musste sie Susanne erzählen, dass die Nussgipfel gestohlen waren. Susanne reagierte gelassen und brachte anderntags einen Schokoladeriegel mit in die Schule, die Mutprobe im Dorfladen, sagte sie. Auf dem Pausenplatz begrüßten Susanne und Irene Zwilling mit »Guten Tag, Goldschatz«, bis die Schwarze verbot, Goldschatz Goldschatz zu nennen in der Pause. Möchtest du vielleicht Blechschatz gerufen werden, fragte sie. Lach nicht so frech, sagte sie, und dann kam die Blonde und schaute Irene freundlich an: Seid nicht kindisch, sagte sie, und Irene half ihr, Berge von Bettlaken zu falten, und schaute ihr zu, wie sie den Bügelautomaten bediente; die Blonde hatte immer Brandwunden an den Armen, denen sie aber keine Bedeutung zumaß; Spuren der Arbeit, sagte sie, wurde sie auf eine besonders markante Wunde angesprochen. Die Schwarze hingegen pflegte ihre Hände, salbte und massierte sie und ging jede Woche zum Friseur, das bin ich den Gästen schuldig, sagte sie und achtete darauf, sich nicht in der Küche aufzuhalten, wenn die Blonde Fleisch briet, Küchengeruch konnte sie den Gästen nicht zumuten, deshalb schloss sie auch die Durchreiche von der Gaststube in die Küche, öffnete sie nur rasch, um eine Bestellung durchzugeben: Ein Schnitzel für Herrn Sigrist, Balz Sigrist, und eine Schweinsbratwurst für den Müller. Vergaß die Schwarze einmal zu sagen, wer die Gerichte bestellt hatte, riss die Blonde ungehalten die Durchreiche auf, winkte die Schwarze herbei: Für wen ist das Schweinskotelett? Denn im großen Eisschrank in der Küche hatte sie eine Fleischordnung geschaffen, fetteres, durchzogenes Fleisch für die Dorfbewohner und für jene, die wie die Dorfbewohner aussahen, mageres, gut gelagertes Fleisch für die Gemeinderäte, die Lehrer, den Pfarrer und die Leute aus der Stadt. Kannte die Schwarze einen Gast nicht, meldete sie das der Blonden, worauf diese unauffällig die Gaststube betrat, einen Augenschein vom Unbekannten nahm und dann entschied, welche Art Fleisch sie ihm vorsetzen wollte. Die Blonde mochte es nicht, wenn die Schwarze die Durchreiche schloss, weil sie dann vom Betrieb drinnen nichts mitbekam und die Schwarze nicht im Auge behalten konnte, nicht wusste, mit wem sie redete, an welchem Tisch sie sich länger aufhielt. Blieb die Durchreiche während längerer Zeit geöffnet, wussten die Gäste, dass beide guter Laune waren. Blieb hingegen das Türchen einen ganzen Sonntagnachmittag lang geschlossen, war die Blonde in Aschenputtelstimmung und von der Schwarzen nicht dazu zu bewegen, sich umzuziehen, um dann in der Gaststube die Runde zu machen, den Gästen die Hand zu geben und jedes Mal »Freut mich« zu sagen. Wurde die Durchreiche aber die ganze Zeit von der Blonden geöffnet und von der Schwarzen gleich wieder geschlossen, hatten die beiden Streit, der oft so ausging, dass die Schwarze in die Küche kam, wo Irene der Blonden beim Abwaschen half, und sich über eine Aushilfsbedienung lautstark beklagte, worauf die Blonde die Aushilfe in Schutz nahm: Man muss die Leute nehmen, wie sie sind, und das kannst du einfach nicht, was für die Schwarze das Stichwort war, die Blonde anzufahren: Wer muss immer freundlich sein vor den Gästen? Wer muss immer lächeln, auch wenn ihm die Füße wehtun? Wem haben wir es zu verdanken, dass auch der Stadtrat bei uns einkehrt, wer muss nach Feierabend noch aufräumen, die Gläser spülen und die Gaststube aufräumen?

Und wer macht hier die ganze Drecksarbeit, während jemand anders gewisse Gäste hofiert und die ganze Zeit die Schneiderin kommen lässt? Irene genoss das schnelle Hin und Her zwischen der Blonden und der Schwarzen, eine Art Federballspiel war es, und sie wusste, dass sie sich ganz ruhig zu verhalten hatte, am besten, sie rührte sich nicht, so vergaßen die beiden, dass sie da war. Wenn hingegen Zwilling zugegen war, flehte er eins übers andere Mal, hört auf, Titi und Tata, bitte bitte hört auf, er hängte sich an den Arm der Schwarzen, die ihn aber nicht beachtete, sondern hervorstieß: Es ist meine Sache, wie oft die Schneiderin kommt, ich bezahle meine Kleider aus der Trinkgeldkasse! Eben, schrie die Blonde, aus der Trinkgeldkasse, glaubst du vielleicht, ich kriege hier in der Küche jemals ein Trinkgeld?

Manchmal öffnete ein Gast die Durchreiche und bestellte einen Zweier Magdalener, und wenn dann auch noch Kuno unter der Küchenbank hervorkroch und winselte, konnte es vorkommen, dass die Schwarze sich vergaß und ihm einen Tritt versetzte, was die Blonde vollends aus der Fassung brachte. Sie hob Kuno hoch, verließ mit ihm die Küche und ging mit rotem Kopf in den ersten Stock, in ihr Zimmer, das auch das Zimmer der Schwarzen war, die Schwarze ging zurück in die Gaststube, und wenn jemand ein Schinkenbrot bestellte, bereitete sie es selber zu in der Küche, grimmig bediente sie die Schneidemaschine, vor der sie sich normalerweise fürchtete, weil sie sich damit vor vielen Jahren ein Stück ihres Zeigefingers abgeschnitten hatte. Manchmal ging die Schwarze gar so weit und briet selber ein Schnitzel, weil die Blonde noch immer nicht wieder erschienen war. Meist betrat sie aber genau in dem Moment wieder die Küche, wenn die Schwarze das Schnitzel anrichtete. Sofort riss sie ihr den Teller aus der Hand, goss zerlassene Butter auf das Fleisch, legte ein Stück Zitrone daneben und fuhr die Schwarze an: Du hast vom falschen Stück genommen und überdies nicht den Fasern nach geschnitten. Später brachte die Schwarze der Blonden einen Kaffee in die Küche, Zwilling hatte sich unterdessen unaufgefordert in der Gaststube nützlich gemacht, die Blonde holte den Rahmbläser hervor und garnierte ihren Kaffee mit einer Extraportion Schlagrahm, setzte sich an den Tisch, die Schwarze blieb stehen und sagte, wir teilen uns doch das Trinkgeld. Weiß man, sagte die

Blonde, es handelt sich auch gar nicht um das Trinkgeld, übrigens, für wen war das Schnitzel? Für den Rest des Tages blieb die Durchreiche geöffnet, die Blonde gab Irene den Lohn, wenn alle Arbeiten gemacht waren, oben erzählte Irene vom Streit. Weiber, sagte der Vater, die Mutter meinte manchmal, die Blonde habe schon Recht, die Schwarze sei ein Hoffartsnarr, Weiber, sagte der Vater lauter, und die wollen unsern Buben erziehen, ist doch zum Lachen, sagte er, meinen, sie könnten es besser als unsereiner, Ruth und Irene wechselten einen Blick, schauten gespannt zur Mutter, die wieder nur mit den Schultern zuckte oder mit den Fransen des Tischtuches spielte, wüsste man nur, was da gespielt wird, sagte der Vater; am Sonntagabend gab es immer belegte Brote. Abends im Bett fragte Irene Ruth: Wen kannst du besser leiden, die Blonde oder die Schwarze? Ruth antwortete ausweichend: Kommt drauf an. Nun gut, Ruth war Mutters Liebling, und ihr konnten die Blonde und die Schwarze egal sein. Sie half auch nie im Gasthaus, weil sie zu schüchtern sei, sagte die Mutter, ungeeignet für den Betrieb dort, aber in Wahrheit wollte die Mutter Ruth um sich herum haben, spielte mit ihr Eile mit Weile am Sonntagnachmittag. Die Blonde war Ruths Patin und schenkte ihr zu Weihnachten Silberbesteck. Die Schwarze war Klaras Patin, ihr Bestecksatz war bereits komplett, sie bekam kein Geschenk mehr zu Weihnachten, aber jedes Mal die Versicherung, mit einem rechten Hochzeitsgeschenk rechnen zu können, wenn es dann so weit sei. Weshalb die Blonde und die Schwarze ihre Rollen ausgerechnet an jedem Weihnachtstag tauschten, konnte niemand erklären. Am Fünfundzwanzigsten waren alle jedes Jahr im Gasthaus eingeladen. Im ungezwungenen Rahmen. Die Schwarze kochte, die Blonde servierte. Nach den Liedern gab es warmes Bündnerfleisch mit Dosenspargel, Kalbssteak an Morchelsauce, Nudeln, Gemüsebouquet und zwei Stunden später Cassata mit Rahm. Der Tisch war mit Weihnachtsschokolade dekoriert, die niemand essen durfte, weil sie den Appetit verdarb. Klara, Ruth und Irene durften die Schokolade aber einsammeln und mit nach Hause nehmen. Der Fünfundzwanzigste war das Familienfest. Onkel Werner, der jüngste Bruder des Vaters und der Blonden und der Schwarzen, ein Nachzügler, bald zahm, bald unberechenbar, wurde vom Dorfkäser im Opel Rekord abgeholt. Werner lebte in einem Behindertenheim. Tante Rosa reiste mit dem Zug an. Sie war Pfarrköchin im Oberland, dünn und klein und grauhaarig, und belesen, zwischen dem Hauptgang und der Nachspeise wollte sie zur Kapelle. Irene begleitete sie, Ruth und Paul spielten mit Werner Schwarzpeter, Klara spülte zusammen mit der Mutter das Geschirr, damit die Blonde und die Schwarze auch einen Moment lang Weihnachten hatten. Vor Werner hatte Irene Angst. Sie hatte nur einmal mit ihm Schwarzpeter gespielt, als sie ihn zusammen mit der Blonden zu seinem Geburtstag im Heim besuchte. Als er aus Versehen eine Partie verlor, bekam er einen Zornesanfall, er schnaubte und schnaufte und geriet außer Atem, nachher heulte er. Rosa hingegen war ganz und gar ungefährlich und in einer überraschenden Weise unterhaltsam. Sie war die Einzige, die Irene die Namen der vierzehn Nothelfer, die das Altarblatt einrahmten, der Reihe nach aufsagen konnte, und sie hatte ihr die Namen in der eisigen Kälte der Kapelle so lange vorgesagt, bis Irene sie auswendig wusste: Ägidius, Akazius, Barbara, Blasius, Christophorus, Cyriac, Dionysius, Erasmus, Eustachius, Georg, Katharina, Margaretha, Pantaleon und Vitus. Rosa war auch die

Einzige, die über die Geschichte der Kapelle Bescheid wusste. Ein erblindeter Ritter habe jahrelang darum gebetet, wieder sehen zu können. Eines Nachts habe er über dem Hügel des Dorfes ein Licht erblickt und innig zur heiligen Ottilia gefleht, um sein Augenlicht, um sein Augenlicht. Er sei wieder sehend geworden und habe zum Dank die Kapelle erbauen lassen. Rosa wusste auch, dass die beiden Glocken im Glockenturm Marien- und Ottilienglocke hießen und dass die Kapelle einer ganzen Heerschar von Heiligen gewidmet war: der heiligen Anna, der heiligen Ottilia, dem heiligen Jakobus, den vierzehn Nothelfern und den Unschuldigen Kindern. Irene gefielen an all den Heiligen nur ihre Namen, und sie bedauerte, dass die Unschuldigen Kinder keine Namen trugen, sondern nur diese Sammelbezeichnung. Und an Rosa beeindruckte sie, dass sie ihr auch nicht ein einziges Mal mit einer Aufforderung zum Beten gekommen war, vielmehr teilte Rosa Irenes Namensleidenschaft. Zu jedem Fünfundzwanzigsten brachte sie ihr ein paar neue Namen mit: Wendelin, Bonifazius, Serafina, Ludmilla. Gerne hätte Irene mit Rosa korrespondiert, denn man sagte von ihr, dass sie erstens eine gestochene Handschrift habe und zweitens setzen könne. Aber die Mutter wollte nicht, dass Irene Rosa Briefe schrieb. Nicht noch eine mehr in der Familie, sagte sie. Du siehst Rosa am Fünfundzwanzigsten, das genügt. Und an jedem Fünfundzwanzigsten saßen am oberen Tischende die Eltern, an der einen Längsseite des Tisches Rosa, Onkel Werner, die Blonde, Zwilling und die Schwarze und ihnen gegenüber Klara, Ruth und Irene. Manchmal erweiterte Irene die Tischrunde im Geist mit den Brüdern der Mutter, an denen sie nichts hatte, weil sie nichts galten bei der Blonden und der Schwarzen, und mit den Kindern von Rosa, der Blonden und der Schwarzen, die es nicht gab. Für Onkel Werner kamen Kinder deshalb nicht in Frage, weil kein Kind seinen Vater im Spiel immer gewinnen lassen will. Klara konnte sich schwach an die Eltern des Vaters und seiner ledigen Geschwister erinnern. An eine große, schwere Frau mit einer Knotenfrisur, für die sie eine Unzahl von Haarnadeln gebraucht habe, über den Knoten habe sie ein Haarnetz gespannt. Der Großvater habe sich vor der Großmutter gefürchtet.

Nach Feierabend chauffierte der Käser Werner wieder ins Heim. Wenn das die Mutter wüsste, sagte die Blonde jedes Mal, wenn sie zu ihm in den Wagen stieg, vorher hatten alle dem Onkel die Hand gegeben. Rosa blieb bis zum Stephanstag. Sie kam auf den Hof, um sich zu verabschieden. Kaum war sie weg, sagte der Vater zur Mutter: Die kippt eines Tages. Der Vater hatte sich geirrt. Er kippte. Vom Kirschbaum. Starb als Erster. Irene war vierzehn Jahre alt. Im selben Jahr starb auch Onkel Werner an einem überaus starken Kopfgewitter. Und viel später, lange nachdem die Mutter in der Ambulanz gestorben war und auch Rosas Domherr verschieden war, bezog Rosa eine kleine Stadtwohnung und kaufte sich eine Unzahl Vögel, die in ihren Käfigen einen solchen Lärm vollführten, dass man, besuchte man Rosa, mit ihr kaum sprechen konnte. Und manchmal kam sie auf die Idee, die Vögel frei fliegen zu lassen in ihrer Wohnung. Das Geflatter und Gepiepse und Geschrei war unerträglich, Federn stoben durch die Luft, Vogelkot lag auf dem Boden und auf dem Tisch, und überall Krümel von Knäckebrot, mit dem Rosa sowohl sich selbst als auch die Vögel ernährte, und mitten im Zimmer saß sie und lauschte, und plötzlich rief sie »König, Kaiser, Lump«, und eines Tages hob sie ab und flog auf direktem Weg zum Himmel. Rosa musste in eine Urne, weil das Familiengrab schon ziemlich voll war; die Blonde und die Schwarze aspirierten für sich selbst auf Erdbestattungen.

3

Der Herr soll zur heiligen Ottilia beten, sag es ihm. Ottilia ist mächtig, den Augendruck des Herrn zu vermindern. Roger schaute Paula aufmerksam an; weder er noch der Herr hätten etwas mit den Heiligen am Hut. Ich dachte ja nur, sagte Paula und erzählte Roger die Geschichte vom Ritter und seiner Kapellenspende. Soll doch Monsieur Paul nun stiften, worauf er gerade Lust hat, ließ Irene den Diener, der keiner war, sagen. Monsieur Paul war kein Stifter, fuhr Paula fort, und Roger stimmte ihr zu. Denn Zwilling, sagte Paula, Zwilling hatte einen Finanzberater, und er kaufte und verkaufte Häuser, allerdings, sagte Paula, ist es ihm nie gelungen, die alte Post und die Käserei zu kaufen, und auch das Gasthaus hat er nicht wieder erwerben können. Hat sie unbedacht verkauft, die Goldgrube, in einem Moment, als er alles loswerden wollte, das Gasthaus und die grüne Schreibunterlage und das Umkleidezimmer und die Kegelbahn, die Gartenwirtschaft und überhaupt die Wirtschaft, hat alles verkauft, was er geschenkt gekriegt hatte. Warum hatte Monsieur Paul keine Kinder? Ein gutes Stichwort, Roger. Wer in der Hotellerie aufgewachsen ist, kommt nicht auf die Idee, Kinder zu wollen. Monsieur Paul hatte Rita, eine Expertin im Gastgewerbe. Kennst du Rita? Roger verneinte. Schade, dass du sie nicht kennst. Rita ist eine beeindruckende Person. Paul wechselte von der Obhut der Blonden und der Schwarzen direkt zu ihr, die für ihn die Kalorien berechnete, ihm Konturen gab, aus seinem Mondgesicht ein Männergesicht schnitt und ihn heiratete. Alles in allem eine Arbeit, die sich sehen lassen durfte, denn Paul zog nun Frauen an, die ihn mit Bienenfleiß beleckten und bemutterten und begehrten. So dass er nicht mehr ein und aus wusste und Rita, der er das alles zu verdanken hatte, zwei Hündchen kaufte, ein schwarzes und ein weißes, Boss und Chef. Genau wie auch ich kinderlos geblieben bin, abgesehen von diesem einen Windei, das ja nicht zählt, obwohl ich zwei Ehemänner hatte, die sich aber beide nach kurzer Zeit als Nieten erwiesen, allerdings nicht, was ihre Zeugungsfähigkeit betraf, sondern sie taugten nicht als Ehemänner, sie trugen den Müll nicht runter, kauften samstags nicht ein, sie unterhielten sich nicht mit den Gästen im Wohnzimmer oder kauften ab und zu Blumen oder einen neuen Wagen, nichts von all dem, mit ihnen war kein Staat zu machen, im Gegenteil, ich war nur geplagt mit ihnen, und was hätte ich mir da auch noch ein Kind aufhalsen lassen sollen von einem von ihnen, obwohl sie danach gierten, alle beide, Vater zu werden, nun gut, Zwilling jedenfalls hat sich auch nicht fortgepflanzt, die Gründe für die Unterlassung kenne ich nicht, ich weiß auch nicht, ob er sich Kinder gewünscht hat. Dass Rita eine Weile lang einen Kinderwunsch hatte, das ist durchaus möglich. Aber bald hatte sie ja die Hündchen, Boss und Chef, klein und handlich und jederzeit mitzunehmen, egal wohin, Hundeschulen gibt es überall und Hundeausbildungen dauern nicht ewig. Einmal hat mich Rita besucht mit den Hündchen, es ist schon lange her, Zwilling wollte auch mitkommen, aber er hatte sich im Datum geirrt und war auf einem Kongress. Und ich, die ich mit Rita noch nie länger als fünf Minuten allein gewesen war, wusste nicht, was ich mit ihr anfangen sollte. Reden? Die Hündchen streicheln? Mich betrinken? Shopping kam nicht in Frage, die Hündchen gerieten in Panik in den Geschäften. Rita redete. Ehegeschichten sind selten Liebesgeschichten, sagte ich, als ihre Stimme bedrohlich stockte und Boss und Chef nervös wurden, so gewohnt waren die Tiere, auf die Stimmungen ihrer Herrin zu reagieren, sie zu unterstützen in guten und in schlechten Tagen. Sie hätte lieber einen hässlichen Ehemann, sagte Rita, einen dicken, unbeholfenen und etwas schusseligen Mann, den keine andere Frau beachten würde. Selber schuld, sagte ich, du hast ihn geformt, das weißt du doch. Die Hündchen knurrten, weil ihnen der Ton nicht gefiel, in dem ich mit ihrer Herrin redete. Schwägerin, dachte ich, geh zum Teufel. Eine Weile gelang es mir, mich abzulenken, weil ich nach dem französischen Ausdruck für Schwägerin suchte. Schöne Schwester, übersetzte ich wortgetreu, die Übersetzung traf zu, Rita war von einer Schönheit, die einen frieren machte. Trenn dich von ihm, sagte ich, friss ihn nicht auf, trenn dich von ihm. Rita weinte, ich griff nach einem Buch und begann zu lesen, Rita redete leise zu Boss und Chef, es war an der Zeit, mit ihnen eine Runde zu drehen. Verirr dich nicht, sagte ich; die Schöne lächelte schon wieder. Keine Sorge, sagte sie, ich bin nicht wie dein Bruder, der keinen Fuß vor die Tür eines Hotels setzt und sich nur in Taxis durch Städte bewegt aus lauter Angst, er finde den Weg nicht mehr. Rita verschwand. Ich atmete auf. Lächelte. Wusste ich denn, wie ihr Mann war? Ich hörte zum ersten Mal, dass sich Zwilling so gut wie gar nicht orientieren konnte, sich nicht zurechtfand mit Stadtplänen. Kurze Zeit darauf starben Chef und Boss an bakterieller Lungenentzündung. Rita bekam ein neues Hündchen, ein einziges nur noch, Lord, the white beauty, es lebt noch immer bei ihr, sie nennt das Hündchen manchmal Boy. Braver Boy, sagt sie, wenn das Hündchen pisst und einen Haufen setzt, braver Bub, sagt sie auch. Und Monsieur Paul, kam er nicht zu kurz in diesem Hundetheater? Nein, nein, er war integriert. Er machte mit. Aus ganzem Herzen. Geh zu Frauchen, sagte er zum Hund, wenn irgendeine Maßnahme oder eine Entscheidung zu treffen war. Und Frauchen entschied, hatte also Kompetenzen, und so funktionierte die Kleinfamilie ganz gut. Roger gab Paula einen Blick und Irene wollte, dass er Ritas Vorgängerin gekannt hatte, ja, sagte der Diener, der keiner war, die Geschichte mit der Portugiesin, und Paula nickte so heftig, dass Irene mit Dirigieren kaum nachkam und die Fäden sich verhedderten und Ruths Stimme auf einmal ganz deutlich zu hören war: Nimm ab, sagte sie, und Irene sah Ruths Hände vor sich, die mehrfach durch einen kunstvoll geschlungenen Wollfaden, der ein Muster bildete, miteinander verbunden waren. Der Faden war so abzunehmen, dass ein neues Muster entstand. Die Finger hatten sich dabei mit System durch die verschiedenen Schlingungen vorzuarbeiten, ohne sie durcheinanderzubringen, mussten sie aber neu arrangieren. Nun du, sagte Irene zu Ruth. Das Fadenspiel endete dann, wenn sich ein entstandenes Muster durch eine Fehlmanipulation der Finger in nichts auflöste. Eine Portugiesin also, nahm Paula den Faden auf. Ist Zwilling einem Oberkellner dazwischengefahren, hat er zarte Anfänge schnell schnell fortgesetzt, hat mit dem portugiesischen Saaltöchterchen die Zimmerstunden verbracht, hat dann die Portugiesin zurückgegeben, hat dem Oberkellner ein nächstes Kapitel überlassen, zu schreiben mit ihr, hat einen Schnitt gemacht, Zwilling, und ist unvermutet zurückgefallen, hinein in eine andere, in eine alte Geschichte, der Rückfall hat die Blonde und die Schwarze auf den Plan gerufen, haben ihm verziehen, dem Goldschatz, dass er immer noch nicht zurückgekehrt ist, endlich das Haus zu führen, die Zimmer mit fl. Kalt- und Warmwasser mit Gästen zu füllen, dass er die Wirtin und die Köchin noch immer warten ließ. Ist auf dem Parkett ausgerutscht, Zwilling, noch einmal aus dem Tritt geraten, es dauerte, bis er wieder Fuß fasste im Eden und im Grand Hotel, aber konnte zurückkehren, Paul, an seinen Platz zurück, und die Portugiesin fuhr nach Hause mit ihrem dicken Bauch, in dem sich, wer weiß, ein kleiner Oberkellner die Zeit vertrieb. Und es war Rita, die Monsieur Paul rettete. Sollten keine Kinder haben, die beiden. Hat ihr Hündchen geschenkt, Zwilling seiner Frau, wer in der Hotellerie aufgewachsen ist, will nicht unter allen Umständen ein Kind, insbesondere nicht unter diesen Umständen. Paula sagte: Ich hatte ein Vorkind, ein Windei, das abging, und stell dir vor, die Namenssorge, wie denn hätte mein Kind heißen sollen? Wie denn einen Namen finden, der ein ganzes Leben lang vorhält, den ein Mensch tausend und tausend Mal zu hören bekommt, in allen möglichen Tonlagen, Namenssymphonie, die nie abbricht. Natürlich, jeder Mensch heißt, heißt irgendwie, bei den Erstlingskleidchen liegt auch schon sein Name bereit, heute bedarf es nicht einmal mehr zweier Versionen, das Geschlecht des Kindes ist keine Überraschung mehr. Die Menschen müssen in die Namen hineinwachsen, sich notfalls hineinzwängen und den Atem anhalten ein ganzes Leben lang. Ich kenne Frauen, die schämen sich jedes Mal von neuem, wenn sie ihren Namen nennen müssen. Sie sagen ihn leise, in ihrem Tonfall ist die Entschuldigung bereits enthalten, sagen Irma oder Marlis und darin schwingt ein »leider« mit; leider ist meinen Eltern nichts Besseres eingefallen, ich heiße nach einer Tante, nach einer Großmutter, nach einem Filmstar, oder sie wissen noch nicht einmal, weshalb sie Marlis heißen, kennen die Geschichte der Namensfindung nicht, zucken die Schultern, wenn man sie danach fragt. Und lernen wir irgendwann einen Menschen kennen, heißt er schon seit Jahrzehnten, und auch wenn unser Widerwille gegen seinen Namen noch so groß ist, der Name ist da. Steht Rolf vor uns, oder Dieter oder Franziska, können wir zwar ungläubig den Kopf schütteln, aber sie heißen so, Rolf, Dieter, Franziska, Namen wie eine Faust aufs Auge, wir behelfen uns mit Kosenamen, bemühen die Zoologie, Ehemann Nummer eins nannte ich nach einer gewissen Zeit und nur für mich selbst Kalb, und meine Schwester, sagte Paula zu Roger, nennt sich Claire. Heißt Klara und nennt sich Claire, seit sie zwanzig Jahre alt ist. Übersetzt sich selbst ins Französische, fährt nicht schlecht damit, obwohl sie die einzige war, die einen Volltreffer von Namen hat: Klara. Die zwei A stehen ihr ins Gesicht geschrieben. Graue Augen braucht eine Klara, die hat sie, und nennt sich Claire... War schon wieder vorbei, die Zimmerstunde, morgen wieder, sagte der Diener, der keiner war, und ging, verschwand im Haupthaus, das Irene Villa nannte, drehte sich nicht um auf halbem Weg. Dachte sich als Mann, Paula, als Zwilling von Zwilling, hieße Peter, hätte die Zimmerstunde mit dem Saaltöchterchen verbracht, Peter, wäre Zwilling zuvorgekommen, hätte geweint, das Saaltöchterchen, sich nach Zwilling gesehnt, hätte bereitwillig das Feld geräumt, Peter, hätte die Portugiesin ziehen lassen, wären doppelt gewesen, Chef de service und Chef de service, in der Schule hätten sie die üblichen Verwechslungsspiele gemacht, ich bin Peter, ich bin Paul, die Verhältnisse umgedreht, mal mit sich selbst mal mit sich selbst, die

Kettenrechnungen gelöst, die Zwei- und die Dreisätze und Deutsch mündlich und Deutsch schriftlich beide linkshändig gemeistert, wären Goldschatz und Goldschatz gewesen, der eine für die Blonde, der andere für die Schwarze, wäre gerecht gewesen, zwei Kinder für die Mutter, zwei Kinder für die Tanten, Tante Rosa hatte nie ein Kind, nein, hatte nie einen Mann gewollt, das nun nicht, hatte sie gesagt, es muss nicht sein, man kann es bleiben lassen, und wieder ist der See grün, ein einziges grünes Auge, hatte drei Mütter, Zwilling, und keine Augen im Kopf.

Oder noch anders die Geschichte, sagte Irene zu Paula. Die Portugiesin mochte beide Männer, mochte den Chef de service und den Oberkellner, sie verdoppelte das Begehren, und beide Männer waren scheu, befangen vor dem andern, vor sich selbst, vor der Portugiesin. Die Saaltochter war stark, ihre Stärke war die Jugend, während den Zimmerstunden machte sie sich schön, verschloss ihre Kammer, bügelte den schwarzen Rock und die weiße Bluse, makellos war sie, ließ Chef de service und Oberkellner antanzen, empfand Vorfreude, aber keine Vorliebe, waren zwei, wie Zwillinge, empfand auch ein wenig Angst davor, dass zwei Männer, um Jahre älter als sie selbst, angetanzt kamen. Und der Oberkellner gewann. Weil er ihr besser gefiel? Ihr sanfter vorkam? Weil er ihr näher war? Hatte den Höchsten, den Chef de service, verletzt, die Portugiesin. Unerreichbar, so unerreichbar war sie für ihn, und wurde immer unerreichbarer, immer noch ferner, und er konnte in der dünnen Luft nicht mehr arbeiten, ließ das Tablett fallen und wollte fort, weg, irgendwohin, mit den besten Empfehlungen des Hoteldirektors, aus den Augen, allen aus den Augen, aber es verschwand die Portugiesin und gewann dadurch noch mehr an Kontur, an Anwesenheit, er sah sie vor sich, der Chef de service, in weißer Bluse und schwarzem Rock, ihr schwarzes Haar gebändigt in einem langen, dicken Zopf, der wippte, wenn sie durch den Speisesaal ging, der wippte und sprach und flüsterte: Fang mich doch, fang mich doch. Und gewährte ihm zwei Riesenschritte und zwei Gänsefüßchen, sich ihr zu nähern, befahl Zwilling, die Augen zu schließen, griff ins Leere, Zwilling, seine Augen brannten, durchbohrten die Dunkelheit. Jede Nacht war ein Paket, das Zwilling öffnete. Im Paket fand sich ein weiteres Paket, darin ein nächstes, darin wieder ein nächstes, er löste Schnüre, riss Papier auf, öffnete Kartons, um wieder und wieder einen Karton zu finden, immer kleiner, immer kleiner, winzig schließlich, und noch winziger, dass es solch winzige Kartons überhaupt gab, solch winzige Knoten, aber es gelang ihm, sie zu öffnen, selbst die winzigsten Knoten zu lösen, der Morgen war ein schlechter Geruch, lauwarme Milch, Molke, fuhr die Milch in die Käserei, Zwilling, mit dem Handwagen, begegnete andern, die schon auf dem Rückweg waren, einige hatten Zughunde vorgespannt, er schleppte die Kannen auf die Waage, blickte ins Milchmeer, öffnete den Molkenhahn, grünlich schoss es heraus, lud die Kannen auf, kehrte zurück, erst nachher bereitete ihm die Blonde das Frühstück. Vor den Forderungen eines Vaters an einen Sohn konnte sie ihn nicht verschonen. Bis der Vater vom Kirschbaum fiel und es keine Milch mehr abzuliefern gab. Tagsüber war der Chef de service müde, die Augen fielen ihm zu, er begann, sich schon am Tag vor der Nacht zu fürchten, vor den Paketen, er kippte zum zweiten Mal und kam in eine wunderschöne Klinik, eine Villa fast von einer Klinik, in einem Park gelegen, an einem See, der bläulich schimmerte wie der Wunsch, schlafen zu können.

Zwilling schämte sich, dass er einer Saaltochter wegen in einer Klinikvilla gelandet war, wo er gesund werden sollte. Und er schämte sich, dass er die Geschichte nicht von A bis Z erzählen konnte, nicht sein Leben erzählen konnte, nicht seine Träume, dass er überhaupt nicht erzählen konnte, dass ihm nichts einfiel, dass er schwieg und sich vorstellte, der Psychiater, dem er gegenüber saß, sei sein Oberkellner, sich vorstellte, wie der Psychiater im Thomas-Mann-Saal des Eden stünde, die Tische im Auge, wo den Gästen bereits der Hauptgang serviert worden war, das Personal im Auge, das Posten bezogen hatte, auf Winke wartend, Winke der Gäste, Winke des Oberkellners, der Psychiater müsste zum Friseur, wollte er ein guter Oberkellner werden, sein Haar war zu lang, hing ihm ins Gesicht. Zwilling konnte ihm das unmöglich sagen, dass er zum Friseur müsse, dringend, Zwilling war diskret, ein Artist im Stillhalten, ein Meister des Taktgefühls, die Schweigepflicht des Psychiaters, das Berufsgeheimnis, das kannte Zwilling gut, wahrte es, wahrte es, und öffnete die Pakete nicht mehr, nachts, schloss sein Vorleben ab und begann sein Leben und löste elegant das Problem, dass sein Platz im Eden besetzt war: Er verliebte sich in seine Stellvertreterin. Heiratete die Frau vom Fach. Der Blonden und der Schwarzen gefiel sie nicht. War eine Nummer zu groß für ein Landgasthaus. Aber Hauptsache, Heirat, Hauptsache, keine Kuren mehr, Hauptsache, sie konnten in absehbarer Zeit ins zweite Glied treten, die Blonde und die Schwarze, aber die Probe missglückte. Eine Wintersaison mit nichts als den Bauern und gelegentlich ihren Frauen, den Kleinstädtern, den Generalversammlungen, den Jahresabschlussessen und der Blonden und der Schwarzen, die ein Haus suchten im nächsten Dorf. Wollten es Zwilling in die Hand drücken, das Zepter, daran hingen neben dem Gasthaus die Wiesen rundherum und die Wälder und das Pachtland und die Pachtverträge. Es war nun an der Zeit, dass Zwilling sich seinem Geschenk widmete, das ihm an einem Fünfundzwanzigsten in Aussicht gestellt worden war. Klara, Ruth und Irene waren eingeladen gewesen, noch einmal einen Fünfundzwanzigsten zu feiern. Ohne Onkel Werner und ohne Tante Rosa und ohne die Eltern. Dafür mit den Ehemännern oder mit jenen, die für den Posten vorgesehen waren. Der nur in einem Falle keine Stelle auf Lebzeiten bedeutete, aber Irene wusste das noch nicht an jenem Fünfundzwanzigsten, wusste noch nicht, dass sie sich getäuscht hatte, in die Irre geführt worden war und in die Irre geführt hatte, dass die Versprechen Versprecher waren, zum Glück wusste sie das alles noch nicht, dass sie der Liebe überdrüssig werden würde, dass sie der Atem eines Menschen nicht mehr schlafen lassen würde, dass sie Mordszenarien entwarf, Flugzeuge abstürzen ließ, Züge entgleisen, und dass sie nicht so leicht davonkommen würde, Irene. Ehemann Nummer eins war der Kandidat gewesen an jenem Fünfundzwanzigsten, als Zwilling und Rita den Überschreibungstermin des Grundbuchamtes erhielten und alle anstießen auf die Zukunft des Gasthauses und auf die Zukunft der Blonden und der Schwarzen. Als Zwilling und Rita probeweise das Gasthaus führten, zogen sie ins nächste Dorf. In ein Haus mit Umschwung, sagte die Blonde. Die Schwarze hatte durchgesetzt, dass sie beide im Haus mit Umschwung nicht mehr im selben Zimmer schliefen. Nach drei Wochen gab sie auf, weil die Blonde nicht mehr mit ihr sprach. Nach drei Wochen waren die Möbelmänner noch einmal erschienen und fügten das Doppelschlafzimmer wieder zusammen. Und Zwilling und

Rita hatten die Sommersaison bereits wieder im Eden verbracht, hatten für den Gasthof einen Pächter gesucht, ihm die Küche nach seinen Wünschen umgebaut und die Gartenwirtschaft überdacht, so dass der Garten nicht mehr draußen war, sondern drinnen als eine Ausstülpung der Gaststube. Und als der erste Pächter fortzog, ließ Zwilling dem zweiten Pächter die Küche nach seinen Wünschen umbauen und den Parkplatz vergrößern und die Kegelbahn in den überdachten Garten einfügen, und dem dritten Pächter verkaufte er den Gasthof, bevor dieser dazu kam, ihm seine Umbauwünsche zu unterbreiten. Die Blonde und die Schwarze drohten, sich zu hintersinnen, sie gaben zuerst Rita die Schuld, nachher sich selbst, weil sie ja dafür gesorgt hatten, dass Zwilling eine gute Ausbildung bekam, dass er Einblick hatte in große Häuser, dass er etwas von der Welt sah, und wer konnte es ihm nun verargen, dass er in der Welt Fuß fasste und nicht im Dorf? Aber es dauerte lange, bis die Blonde und die Schwarze den Schlag verdaut hatten. Vielleicht haben sie ihn gar nie verdaut. Jedenfalls, nach dem Verkauf haben sie sich nie mehr gezeigt im Gasthaus, nicht ein einziges Mal. Haben drei Kilometer davon entfernt gewohnt und sind nie mehr dort gewesen. Man muss vorwärts schauen, sagte die Blonde.

Es ist alles nicht wahr, sagte Paula, und Irene stellte sich vor, der Herr schlafe, und der Diener, der keiner war, habe keine Lust, diesen Schlaf zu bewachen, die Fieptöne zu hören, die der Herr von sich gab im Schlaf, wie ein kleiner Junge, der unter einer verstopften Nase litt. Mir ist, als sei alles nicht wahr, sagte Paula, als sie Irene die Geschichte erzählt hatte, die nicht zu Ende war, natürlich nicht, die immer weiterging, Stimmen, Stimmen, eine Fortsetzungsgeschichte für die Dorfchronik.

Die Blonde schaute nun allein vorwärts, seit einiger Zeit schon, großartig war die Schwarze gestorben. Nur, sagte Paula, es ist nicht wahr. Die Zeit hielt an, als Zwilling in der Klinikvilla war. Ist stehen geblieben, als ich ihn dort besuchte, ein einziges Mal. Ich habe ihn beschworen, zu sprechen, endlich zu sprechen, habe gesagt, Vater fiel vom Kirschbaum, sechs Jahre später starb Mutter in der Ambulanz, du warst zwanzig Jahre alt, und es blieben dir noch immer zwei Mütter. Zwilling hat mich aus grünen Augen angeschaut und gesagt: Was weißt du denn schon? Ja, ich weiß nichts, ich weiß nicht mehr von ihm, als dass er nachher dieses saisonale Leben hatte, diese Frau, diese Hunde. Roger würde fragen: Was willst du denn wissen? Nichts, sagte Paula. Alles, dachte sie sich. Auf dem See war eine Leuchtgirlande zu sehen, das Nightboat, auf dem fröhliche Menschen eine Soirée dansante verbrachten, sollen wir uns küssen, könnte Roger an dieser Stelle fragen. Ich weiß nicht, sagte Paula. Halbherzige Küsse. Mein Gott, warum musste der Diener, der keiner war, fragen? Sollte er doch einfach damit beginnen. Sollen wir uns küssen, gab es denn eine dümmere Frage? Und, nein, Irene ließ Paula den Diener, der keiner war, nicht küssen. Wäre ihr vorgekommen, als küsste sie Zwilling, küsste sie Roger. Dachte an die Portugiesin, dieses Bindeglied. Wollte nicht, wollte nicht Roger, Paula. Wollte nicht die klassische Kusssituation nutzen: draußen das Tanzschiff, die Nacht, der See und innen im Haus ein Mann und eine Frau und oben im Haupthaus, das Irene Villa nannte, ein fiepender Herr, möglicherweise Gäste, möglicherweise Personal. Strich diese Vorstellung, Irene. Hatte vielleicht Gimane gefragt, bevor sie sich zum ersten Mal geküsst hatten? Die Lehrerin den Architekten. Der das wunderschöne Schulhaus gebaut hatte, in dem zu unterrichten Irene nicht mehr die Gelegenheit hatte. Es war ihr nahe gelegt worden, zu kündigen. Sie hatte das Naheliegende getan. Mochte alles, was in der Nähe lag. In nächster Nähe. Hatte zu viel Zeit verbracht mit den Namenlisten, Irene. Hatte Statistiken geführt über alle Namen. Wie viele Esther sie schon unterrichtet hatte. Wie viele Beat. Hatte die Schüler ihre Stammbäume zeichnen lassen. Alle hatten ein Herkunftswörterheft geführt. Endlos die Stammbäume. Hatte die Vornamen der Eltern, der Geschwister, der Großeltern in die Statistiken eingetragen. Hatte die Kinder schreiben lassen: Mein Lieblingsname. So würde ich gerne heißen. Weshalb ich Monika heiße. Namen auf Probe hatte sie geübt mit den Kindern, mit ihnen Neues ausprobiert, spielerisch, spielerisch, neue Namen, es hatte einen Jungen gegeben, der wollte ganz ernsthaft nicht mehr Ueli heißen, sondern Samuel, es hatte ein Mädchen gegeben, das machte den Eltern Szenen, weil es Cornelia hieß und nicht Eva, das Namentheater hatte nicht aufgehört, Irene war Lehrerin geworden, weil man es in diesem Beruf mit vielen verschiedenen Namen zu tun hat, das Namenreservoir wurde gefüllt, Jahr für Jahr, natürlich, es gab Wiederholungen, es gab Namenspitzen, das zeigte die Statistik, wie wunderbar, Irene arbeitete darauf hin, zu Beginn eines neuen Schuljahres die Namen der Kinder zu erraten. Sie anzuschauen und zu sagen, du bist Isabelle, und du Alexander. Sie erreichte ihr Ziel nicht. Es wurde ihr nahe gelegt, sich nach einer andern Tätigkeit umzuschauen. Eine stillere Tätigkeit, sagte der Rektor. Irene hatte den Mann verstanden, der Josef geheißen hatte, Josef mit f, leider, nicht ph, der Mann hatte nur seine Pflicht getan, und Gimane wäre es nicht im Traum eingefallen, sie zu fragen, sollen wir uns küssen, nach der Einweihungsfeierlichkeit des

Schulhauses, das er geplant hatte. Dass dieses elegante Gebäude künftig Schulhaus Feld hieß, war ein Hohn. Das hatte Irene dem Architekten mitgeteilt, als er zufällig neben ihr stand. Er hatte sie angeschaut und gefragt, wie würden Sie denn das Schulhaus nennen? Tabea, hatte sie ohne zu zögern geantwortet. Gimane hatte sie erstaunt angeschaut. Weshalb soll ein Schulhaus nicht einen Frauennamen tragen? Weshalb soll ein Schulhaus Feld heißen? Gimane war nach den Feierlichkeiten noch einmal mit Irene durch das Haus gegangen, ein kleiner Abschied, hatte er gesagt, ohne zu wissen, dass die Bemerkung auch für Irene zutraf. Ein kleiner Abschied vom Schuldienst. Im Lehrerzimmer hatten sie sich geküsst, nachdem Irene Gimane erzählt hatte, dass es Lehrer gab, die in den Pausen darauf achteten, dass niemand zwei Brötchen aß, der nur eines bezahlt hatte, sie hatten sich geküsst, voilà, und so weiter.

Anderntags ließ Irene Roger eine Schnellbildkamera mitbringen. Hieß Paula, sich ans Seeufer zu setzen. Positionierte die Kamera auf einer Bank, programmierte den Selbstauslöser, eilte herbei, Roger, platzierte sich neben Paula, per Selbstauslöser wurde eine Zimmerstunde festgehalten, verbracht im Freien, ein Augenzwinkern. Wie langsam sich das Bild aus dem Apparat schob. Fast verlor Irene die Geduld. Wie undeutlich die zwei Figuren waren. Und wie sie allmählich Konturen annahmen. Sich in Biografien zwängten. Paula und Roger schauten der Entwicklung zu. Roger schenkte Paula das Bild. Als er in das Haupthaus ging, schnitt sie den blauen Streifen See aus. Es zählte der Hintergrund. Es zählte der See. Die Figuren und ihre Posen waren nicht wichtig. Es könnte auch Zwilling sein, der neben Paula gekauert hätte, gemeinsam hätten sie auf den Selbstauslöser gewartet, hätten angestrengt und aufgeregt zur

Kamera geblickt, klick, das Leben beleuchtet, klick, und schon vorbei, so schießen Gedanken durch den Kopf und Fragen: Wie lange ist es her, seit Irene und Zwilling zum letzten Mal zusammen fotografiert worden sind? Eine Ewigkeit ist es her, sagte Paula, seit Brüderchen und Schwesterchen gemeinsam auf einem Bild waren, Jorinde und Joringel, und Irene sang in einem fort: »Mein Vöglein mit dem Ringlein rot singt Leide, Leide, Leide. Es singt dem Täubelein seinen Tod, singt Leide, Lei – zucküth, zicküth, zicküth.« Und weder die Blonde noch die Schwarze konnten zaubern, nicht die Spur, nur das Tischlein deckte sich für Brüderchen, und Brüderchen wurde fett dabei und litt und litt und passte nicht mehr in die weiße Kochbluse, die ihm die Blonde geschenkt hatte, zusammen mit einer Kochmütze, damit er sich häufiger in ihrem Reich aufhalte, bei den Töpfen und den Gerüchen, aber es war alles vergebliche Liebesmüh, und Irene setzte sich selbst die Kochmütze auf und schlüpfte in die Kochbluse, nachts, wenn sie nicht schlafen konnte und sich selbst unterhielt, auf eigene Kosten, alles umkehrte und alles eine Wende nehmen ließ, und sie wäre das Bübchen, und er wäre das Mädchen. Warf Zwilling die fünf Buchstaben zu, spendete sich. Im Winter trug Vater einen Nierenwärmer, wenn er in den Wald ging, um Bäume zu fällen, und in der Nacht ging Irene mit ihm in den Wald und war stark genug, die schwere Motorsäge hochzuheben, deren Kreischen man weit herum hörte, deren Kreischen die Mutter lauschte, hört hört, sagte sie, die Bäume werden ihn noch umbringen, sagte sie, womit sie zwar Recht bekommen sollte, aber es waren nicht die fallenden Bäume, die Vater erschlugen, sondern er fiel, von der Leiter, angelehnt an einen beinahe zahmen, an einen kultivierten Baum des Kirschgartens, der geduldig Jahr für Jahr Früchte trug und sich im Vorsommer in ein Netz einhüllen ließ, damit die Stare nicht über die Kirschen herfallen konnten. Und in der nächsten Nacht kam die Fortsetzung, war Irene wieder im Wald, bei Vater, war ein Junge, ein Mädchen wird nicht mitgenommen in den Wald, nicht im Winter, und weil Irene Zwilling war, führte sie seine Schwester immer tiefer in den Wald hinein und immer tiefer und machte ihr ein Feuer, und die Schwester fiel in Schlaf und fiel in Schlaf, wie süchtig fiel sie in Schlaf, und wenn Irene wieder Irene war, spürte sie die Schlafsucht an sich selbst nagen, sie hätte hundert Jahre schlafen können im Schlaflabor. Aber bis der Vater vom Kirschbaum fiel, überwand sie die Sucht, gab ihr nicht nach, der Vater verachtete Leute, die viel Schlaf brauchten, und Irene tat es ihm gleich. Ach, wäre doch dieser Vater nicht so schnell und nicht so dumm gestorben, so hätte er sehen können, wie ähnlich sie ihm wurde. Irene war wie Vater, wenn sie noch vor dem Tag aufstand und zuschaute, wie es Tag wurde. Sie war wie Vater, wenn sie nichts aß. Auf Essen verzichtete, einfach so, und kein Aufheben davon machte. Sie war wie Vater, wenn sie ins Freie ging abends, ging und ging, und nirgendwohin wollte, nur draußen sein. Sie spürte des Vaters Knochigkeit, seine Zähigkeit in ihrem eigenen Körper. Spürte sein Herz, das ab und zu Sprünge machte und in einer ungehörigen Art schlug, über die Stränge, und sie überhörte wie er diese Sprünge und spielte wie er alle Herzschmerzen herunter. Sie war dieser Wille. Dieser braun gebrannte Wille, diese dunklen Arme, diese betonten Wangenknochen. Leibeigenschaften. Und konnte nicht sich vorstellen, dass in ihrem Körper je ein Wesen wachsen würde, noch ohne Namen, ein Gestältchen, ein Seelchen, oder gar zwei davon, und ohne Namen, konnte sich nicht vorstellen, so dehnbar zu sein und ganz rund zu werden und gefüllt und zum Platzen gespannt. Und lag wach. In zwei Wochen, rechnete sie aus, war sie genau so alt, wie Vater war, als sie zur Welt kam. So viele Nächte also hatte er bereits geschlafen, bevor sie auf die Welt kam. Spät in seinem Leben. Und blieb nicht über die Maßen lang, der Vater. Was sind vierzehn Jahre im Vergleich zu fünfundvierzig Jahren? Fiel dann vom Kirschbaum. Irene konnte sich nicht vorstellen, wie es war, als Erwachsene noch Eltern zu haben. Ein altes Kind zu sein. Unfasslich, sagte sie. Kannst du die Vorstellung beschreiben? fragte der Diener, der keiner war. Irene sah Zwilling, wie er die Blonde am Arm hat, daneben geht Rita mit Lord an der Leine. Wer ihnen begegnet, denkt: Der Sohn und die Mutter und seine Frau. Vor ein paar Jahren ging Zwilling zwischen der Blonden und der Schwarzen. Flankiert von Müttern. Noch ohne Lord. Es gibt eine Familienaufnahme, sagte Irene, es gibt eine Familienaufnahme, Schoch hieß der Fotograf, wir traten an einem Pfingstsonntag an. Vater und Mutter vorne, sitzend, hinten Klara und Ruth, stehend, gegen den Sessel der Mutter lehnt Zwilling, ich klebe am Sessel des Vaters. Die Bildfamilie, die reine Erfindung. Die Hauptfiguren, die Drahtzieher, fehlen. Die Blonde und die Schwarze sieht man nicht. Das Bild ist eine Fälschung. Und ist eine Sehnsucht: Vater, Mutter, zwei Töchter und die Zwillinge. Zwilling schaut zu Boden auf dem Bild, und mein Mittelscheitel, den die Mutter im letzten Moment gezogen hat, ist auf die rechte Seite gerutscht. Ruth trägt das Kleid mit den Pfauenfedern und schlägt das Rad. Sie ist die Schönste, schon immer war sie die Schönste, und Klara trägt ein Deuxpièces, tatsächlich, ein Deuxpièces, und in ihrem Haar, sagte der Vater, nisten Krähen. Während Ruth und ich uns Abend für Abend mit Klebeband die Stirnfransen und die Seitenhaare festklebten, damit die Naturwellen verschwanden und unser Haar glatt wurde und wir jeden Morgen rote Striemen auf Stirn und Wangen hatten, türmte Klara ihr Haar hoch und sprühte es mit Spray ein und die Mutter ließ sich eine Kurzhaarfrisur machen, kaum war der Vater vom Kirschbaum gefallen. Andere Bilder gibt es nicht, sagte Irene. Pfingstmontag war Feiertag, was den Fotografen, Schoch hieß der Mann, Otto Schoch, nicht daran hinderte, die Aufnahme sofort zu entwickeln, übrigens hatte er einen Bruder, Heinz Schoch, der hat das Panorama gemalt, das bei der Kapelle steht. Waren verwandt, die beiden, waren Gebrüder, wie die Gebrüder Grimm, und Zwilling nannte ich Gebruder, als ich die Märchen gelesen hatte, und Otto und Heinz Schoch machten sich beide an Panoramen zu schaffen, Berge und Familien. Wir waren vom Dienstag nach Pfingsten bis zum Herbst ausgestellt. Standen im Schaufenster des Fotografen und machten Werbung für Familienaufnahmen. Manchmal ging ich hin, stellte mich vor das Schaufenster und schaute uns an: Ruth, die das Rad schlug. Klara im Deuxpièces, damals nannte sie sich wenigstens noch nicht Claire, Zwilling, der auf den Boden schaute. Meinen verrutschten Mittelscheitel schaute ich an und die Hände meiner Eltern, die sie beide übereinander geschlagen hatten, als wollten sie zeigen, dass Sonntag war und ihre Hände ruhen durften. Im Schoß. Wir waren ausgestellt bei Schoch. Wenn niemand vor dem Fenster war, stellte ich mich davor und rief, leise, aber ich bekam keine Antwort. Meine Mutter schaute mich nicht an, mein Vater stand nicht vom Sessel auf, sagte nicht unwillig »die reine Zeitverschwendung«, meine Schwestern schauten durch mich hindurch und blickten geradewegs in die Zukunft,

Zwilling hob nicht den Blick. Und ich selbst, ich sagte auch nichts. Ich wollte uns herausholen, weg aus dem Schaufenster, aber es ging nicht, Schoch hatte uns ausgestellt, ich schämte mich, schämte mich dieser Anordnung, vorne Vater und Mutter, sitzend, daneben aufgeteilt die Zwillinge und im zweiten Glied, hinter Vater und Mutter, stehend, Klara und Ruth. Diese Formation. Diese hingegossene Familie. In Eis und in Schnee, konserviert für immer. Ich konnte mich kaum lösen von diesem Schaufenster. Ich konnte kaum weggehen, weil ich dachte, es wäre der falsche Moment. Dass gerade dann, wenn ich wegging, der Vater aufstünde. Oder die Mutter zu sprechen anfinge. Und ich hatte keine Ahnung mehr, wie es im Atelier dieses Fotografen, das sich gleich hinter diesem Schaufenster befand, ausgesehen hatte. Nicht die geringste Ahnung mehr. Und ich trennte mich von der ausgestellten Familie und ging nach Hause und betrat die Familie wie eine Ausstellung, nur saß die Mutter nicht im Sessel, es gab überhaupt keinen Sessel, sondern sie kochte den Schweinebrei, und es war ganz und gar unglaublich, dass wir bei Schoch im Schaufenster standen und gleichzeitig in diesem Haus waren und Zwilling fort, und Ruth musste wieder Diktat üben, sie weinte und alles war versprengt, die Ordnung, die Aufnahme, die Familie, und wenn ich jetzt meine Hände betrachte, wenn Irene Paula jetzt ihre Hände betrachten ließ, dann merkte sie, dass sie immer deutlicher den Händen der Mutter auf dem Familienfoto glichen: faltige, blasse, ein wenig müde Hände, und auf Gimanes Händen zeigten sich die ersten Altersflecken. Wollte sie dem Diener, der keiner war, sagen, dass Gimane manchmal plötzlich, mitten in der heftigsten Liebe, Irenes Hände nahm und dass sie manchmal aufhörten mit der Heftigkeit und nur ineinander lagen und ruhten und ihre Hände Muster um Muster entwarfen und abnahmen und ergänzten? Das Fadenspiel. Das Fadenspiel. Augen geschlossen. Zwei Riesenschritte und zwei Gänsefüßchen. Nein, so weit ging Irene nicht, nicht in das Innenohr des Dieners, der keiner war.

4

Hatte vergessen, Irene, das Schwesterchen Paula. War lange Zeit nicht abgeholt worden im Fundbüro, dieses Kind aus der Zeit der Erfindungen. Eine kleine Selbstabschaffung, sagte Roger, der Diener, der keiner war. Irene mochte seine Stichworte nicht mehr, seine Stimme mochte sie nicht mehr, die ihr dauernd ins Wort fiel, mochte nicht mehr, wie er auf dem Silbertablett präsentierte, was der See über Nacht angeschwemmt hatte. Lauter Reizwörter. Wollte weder in sein Innenohr noch in seine bohrenden Augen, nahm sie selbst, Irene, die Riesenschritte, nur in die entgegengesetzte Richtung, weg vom Diener, der keiner war, weg vom Haupthaus. Beugte sich über die Namenlisten, beugte sich über die Bilder. Wollte erwachen, Irene, erwachen. Eine musste schließlich wach sein. Denn tief in Irene schlief Paula. Little Paula. Das Schwesterchen. Schlief schon seit Jahren. Mit ihm hatte Irene geschaltet und gewaltet nach eigenem Ermessen, manchmal war Paula erwacht, damit Irene jemanden zum Reden hatte, vor allem abends vor dem Einschlafen, das Innerste nach außen; der Einfachheit halber erschien auch die erwachsene Paula als Irenes Ebenbild. Hielten kleine Versammlungen ab, Irene und Paula, und Zwilling, obwohl nicht anwesend, war dennoch zugegen. Konferenzschaltung. In ihrem Wesen war Paula ruhiger als Irene, das kam vom vielen Schlafen. Sie nahm Irene ein paar Arbeiten ab, träumte für sie, speicherte ab für sie und lieferte an, was immer sie gerade brauchte. Waren Auftritte als Zwillingspaar unvermeidlich, schickte Irene die geduldigere Paula los. Diese Paula verstand sich mit Zwilling, interessierte sich für ihn, half ihm, flüsterte ihm in der Schule die Antworten ein, die er nicht wusste, diese Paula wählte als Erste Zwilling, wenn im Turnunterricht zwei Gruppen zusammenzustellen waren, ließ ihn nicht stehen, bis er als Überzähliger einer Mannschaft zugeteilt wurde. Auch wenn in der Küche des Gasthauses Hilfe gebraucht wurde, ging Paula nach unten und machte sich zusammen mit der Blonden an die Geschirrberge. Geschickt trocknete sie die Teller, rieb Schüsseln und Besteck trocken, bis alles glänzte, und lächelte die Blonde an; diese gab ihr einen Blick, der immer in derselben Bemerkung gipfelte: Ich weiß gar nicht, was die andern die ganze Zeit haben, das Kind ist doch ganz in Ordnung. Irene wusste, was die andern hatten, aber sie hütete sich, der Blonden anders als mit einem Schulterzucken und einem Lächeln zu antworten. Sie hängte das nasse Geschirrtuch in das Fach neben dem Herd, setzte sich an den Tisch und wartete, bis ihr die Blonde ein Stück Cassata servierte. Nichts auf der Welt schmeckte ihr besser als dieses Eis, durchsetzt mit kandierten Früchten, und selbst wenn es von zu langer Lagerung schon ein wenig zäh geworden war, so stiegen in Irene die Düfte von Jahrmarkt und Kirchweih und Weihnachten alle zugleich auf, wenn sie die Cassata ganz bedächtig in kleinsten Portionen löffelte, und wie durch ein Wunder waren diese Düfte essbar. Zwilling mochte Cassata nicht, er zog Halbgefrorenes vor. Die Schwarze nannte das Halbgefrorene Parfaitglacé, und Zwilling bekam nur kleine Portionen davon, weil Parfaitglacé – die Blonde blieb stur bei dieser Bezeichnung – Alkohol enthalte. Tauchte Zwilling in der Küche auf, ließ Irene

Paula verschwinden und sagte halblaut zu ihm: Eis macht dick, bevor sie nach Hause ging. Abends moralisierte Paula: Musst du ihm die ganze Zeit vorwerfen, dass er zu dick ist? Glaubst du nicht, dass er es selbst weiß und genug leidet unter seinem Fett? Unwillig schob Irene Paula beiseite, streckte der Familie die Zunge raus und schwieg, eine Weile später nahm sie sich vor, am anderen Tag besonders nett zu sein mit Zwilling, aber als er es wieder nicht schaffte, zwischen den Langbänken durchzukriechen, weil sein Hintern von den beiden Hölzern eingeklemmt wurde, zischte ihm Irene im Vorübergehen Fettsack zu, was auch nicht mehr half; ihre Gruppe hatte bereits verloren im Hindernislauf. Das Hindernis bist du, sagte Irene zu Zwilling, und für sein Nicken hätte sie ihn beinahe geschlagen, hätte nicht Edith, die Flinkste der Klasse, gesagt, lass gut sein! Denn ausgerechnet jene Edith, die so schnell laufen konnte, dass man mit Zuschauen gar nicht nachkam, verkehrte seit einiger Zeit regelmäßig im Gasthaus. Ihre Mutter hatte im Hauptort ein Lebensmittelgeschäft übernommen, und weil die Blonde und die Schwarze nur im kleineren der beiden Dorfläden einkauften, dessen Sortiment sich auf Grundnahrungsmittel und Suppenwürfel beschränkte – mit dem Besitzer des größeren Ladens lagen sie in einem Dauerstreit, weil die Äste zweier Tannen in seinem Garten zu weit ausgriffen und in den Parkplatz des Gasthauses hineinragten; unser Grundstück wird verschandelt und verdreckt von zwei Krüppeltannen, sagte die Blonde –, waren sie gezwungen, sich im Hauptort einzudecken mit Konserven und Trauben und haltbar gemachtem Rahm und hauchfeinen Teigwaren und mit vielen verschiedenen Teesorten und riesigen Dosen von Streuwürze und Ovomaltine und mit den großen Maggi-Flaschen, von deren dunklem Inhalt sich die Schwarze manchmal ein wenig auf eine Brotscheibe träufelte und behauptete, davon könnte sie leben. Auch Gemüse und Salat kauften die beiden im Hauptort, wenn die Salat- oder Kohlköpfe in den Gartenbeeten der Mutter aufstengelten und zu bizarren Figuren heranwuchsen. Schon bald nach der Eröffnung des neuen Ladens machten sich die Blonde und die Schwarze nicht mehr die Mühe, persönlich im Hauptort einzukaufen oder Zwilling damit zu beauftragen; Ediths Mutter garantierte zuverlässigen Hauslieferdienst, die Blonde bestellte via Zwilling, und Edith oder ihre um ein Jahr ältere Schwester Anna brachten die Ware mit dem Fahrrad. Die beiden Mädchen erhielten von der Blonden jedes Mal ein Trinkgeld und wurden zu einer Limonade am Küchentisch eingeladen, wo meist auch Zwilling saß und Nussgipfel aß. Edith und Anna waren von ihrer Mutter zu Freundlichkeit gegenüber den Kunden angehalten worden, deshalb waren sie auch zu Zwilling ausgesprochen freundlich, weil er gewissermaßen zu ihrem Kundenkreis zählte. Zwilling war zu Beginn gar nicht begeistert von dem häufigen Erscheinen der Mädchen; er war schüchtern und es fiel ihm nichts ein, was er mit ihnen hätte bereden können. Du kannst auf der ganzen Linie nur profitieren von den beiden Rebsamen-Mädchen, sagte die Blonde einmal zu ihm, als Irene, kurz nachdem Edith weggefahren war, in die Küche kam, um Buschbohnen anzutragen, die billiger seien als jene von Rebsamens. Hoffentlich auch, sagte die Blonde und gab Irene einen jener taxierenden Blicke, verglich sie mit den Rebsamen-Mädchen, so wie sie die fremden Bohnen mit jenen aus dem Garten von oben verglich. Die Rebsamen-Mädchen haben einfach Charme, sagte die Schwarze. Schau nur die Mutter an. Und erst den Vater, den Dachdeckermeister. Das nenne ich einen richtigen Mann, diesen Rebsamen Josef, einer, der über Dächer geht wie unsereiner über eine Wiese. Die Blonde schwieg zu den Ausführungen der Schwarzen, Irene hätte gerne einen Blick mit Zwilling gewechselt, aber der schaute weg. Für den Austausch von Blicken hätte sie Ruth gebraucht, die verstand sich darauf. Zusammen mit Ruth konnte sich Irene in endlosen Spekulationen ergehen, weshalb weder die Blonde noch die Schwarze einen Mann bekommen hatte, und zwar einen richtigen, einen in der Art des Dachdeckermeisters. Wer konnte damals wissen, dass der charmante Rebsamen Josef vom Dach fallen würde, Jahre nachdem der Vater vom Kirschbaum gefallen war, der zweite Sturz, der im Umkreis viel zu reden gab, und wer konnte damals wissen, dass seine Frau, die so viel Charme hatte und rotes, dichtes Haar, das sie ihren Töchtern vererbt hatte, wer konnte damals wissen, dass für Alice Rebsamen die Übernahme des Ladens im Hauptort eine Rettung in letzter Minute gewesen war? Der Laden oder die Anstalt, hatten die beiden Möglichkeiten geheißen, der Laden war ein letzter Versuch, und die beiden Töchter hatten gewusst, was auf dem Spiele stand, und hatten mitgearbeitet, zusammen mit der Schwester der Mutter, welche die Geschäfte im Hintergrund führte. Damals war man überzeugt davon, dass eine Frau, die es mit dem Gemüt hatte, unter die Leute musste. Zuerst zur Kur in irgendein Mütterheim und nachher unter die Leute. Dass der Zustand meiner Mutter so etwas wie eine Krankheit war, haben wir irgendwie begriffen, und deshalb haben wir ihr einen Gefallen um den andern erwiesen, hatte Edith viel später in ihrem Antwortbrief an Irene geschrieben. Denn Irene hatte Edith schriftlich angefragt, ob es nicht angezeigt wäre, dass sie beide Kontakt hätten miteinander, weil ihre Väter beide durch einen Sturz zu Tode gekommen seien. Ich schreibe zurück, hatte Edith geantwortet, obwohl ich keine Briefe schreiben kann. Was macht Paul? Er ist in der Saison, hatte Irene geantwortet, und als sie sich nach fünf immer etwa gleich lautenden Briefen mit Edith getroffen hatte, waren dem Treffen keine Briefe mehr gefolgt. Aus Edith war eine Sportlehrerin geworden. Ungebändigt nur ihr rotes Haar, sonst schien alles an ihr, jedes Glied, jeder Muskel, jede Faser, für irgendeinen Zweck trainiert zu sein, ihr Körper wirkte elastisch und für ewig jung und etwas in Edith war wegtrainiert für immer, vielleicht der Charme, der ihr in die Wiege gelegt worden war. Meine Mutter hätte ein Lauftraining machen sollen damals, hatte Edith gesagt. Laufen löst negative Gefühle auf. Irene hatte geschwiegen und vor sich die Familie Rebsamen gesehen, wie sie jeden dritten Sonntagnachmittag im Gasthaus eingekehrt war, die Eltern tranken zusammen einen Dreier, die beiden Mädchen teilten sich ein Fläschchen Orangina. Was habt ihr an den andern Sonntagen gemacht, hatte Irene gefragt. Edith hatte sie zuerst verständnislos angeschaut, und nachdem Irene gesagt hatte, früher, meine ich, geantwortet: Wir waren im Restaurant Löwen und in der Hinteren Post. Dorthin konnten wir auch liefern. Der Vater hat einen Sonntagsplan gemacht und ihn in der Küche aufgehängt.

Mit der Zeit begannen die Blonde und die Schwarze damit, Edith vor den Gästen als Zwillings Schulschatz auszugeben. Man kann nicht früh genug anfangen, sagten die Gäste mit einem Blick auf die Blonde und die Schwarze und nickten Zwilling aufmunternd zu, nickten Edith zu, die neben ihrer Mutter saß und lächelte. Nur in der Schule wollte Edith nicht Zwillings Schulschatz sein. Dort lächelte sie nicht, wenn Zwilling sie anstarrte und nicht wusste, wie man einen Schulschatz behandelte. Sie schaute weg, und einmal weinte sie seinetwegen. Zwilling ließ einen Zettel für sie durch die Bankreihen wandern, den der Lehrer abfing und vorlas: Fünf Kilodosen Erbsen mit Karotten, drei Kopfsalat, vier Tuben Senf. Die Liebe geht durch den Magen, sagte der Lehrer, die Klasse brüllte vor Lachen, Edith weinte, Zwilling, über und über rot, schaute aus dem Fenster, Irene brüllte nicht, weinte nicht, errötete nicht, blickte nicht aus dem Fenster, sondern saß einfach in ihrer Bank neben Zwilling und wünschte sich fort. Dass sie mit diesem Zettel nichts zu tun hätte, wünschte sie sich, sie hatte damit nichts zu tun, sie hatte ihn nicht in Umlauf gebracht, und dennoch hatte sie mit allem etwas zu tun, mit dem Gebrüll, dem Weinen, dem Erröten, in der Schule war Zwilling ihr Zwillingsbruder, er war zu fett, schlecht in Sprache mündlich, da saß er, neben ihr, sie schaute ihn von der Seite her an, hörte, wie er schluckte, seine Ohren standen ab, seine Finger waren übersät mit Tintenflecken. Irene schwieg. Tat nichts. Auch Paula schwieg. Irene schnitt sich heraus aus der Klasse und dann verebbte das Gelächter, der Lehrer entrollte die Schweizerkarte, zeigte auf Flüsse, auf Seen. Wollte alle Namen wissen. Edith sei krank und könne die Ware nicht liefern, ihre Mutter habe angerufen, sagte die Blonde, die gegen fünf Uhr an diesem Nachmittag auf den Hof gekommen war. Und auch Zwilling habe sich nach der Schule gleich hingelegt, vielleicht eine Sommergrippe. Irene fuhr mit dem Fahrrad in den Hauptort und holte die Ware ab: fünf Kilodosen Erbsen mit Karotten, drei Kopfsalat, vier Tuben Senf.

Die Rebsamen waren längst nicht die Einzigen aus dem Hauptort, die an Sonntagnachmittagen im Gasthaus einkehrten. Immer häufiger erschienen auch der Uhrmacher mit seiner Familie, der Baumeister, der Jung Hans und der Jung Fritz, die Sägereibesitzer, es kamen die Lehrer und die Gemeinderäte, und alle brachten ihre Familien mit, und in vielen dieser Familien gab es ein Mädchen, das in dieselbe Klasse ging wie Zwilling. So fanden an Sonntagnachmittagen kleine Klassenversammlungen in der Gartenwirtschaft statt, Zwilling zeigte den Mädchen seine Kaninchen, die Schwarze brachte eine Literflasche Orangina an den Extratisch, offeriert vom Haus, sagte sie, und wenn Irene der Blonden half, so schaute sie durch das Küchenfenster in die Gartenwirtschaft und sah Zwilling, wie er mit den besser gestellten Mädchen an einem Tisch saß und mit ihnen Orangina trank und jedes der Mädchen ein Kaninchen im Schoß hielt, Edith und Silvia und Priska und Beatrix und neuerdings auch Verena; ich glaube nicht, dass du wirklich hier wohnst, hatte offenbar gerade eines der Mädchen gesagt, denn nun stand Zwilling auf, kam in die Küche und fragte die Blonde, ob er den Mädchen sein Zimmer zeigen dürfe. Er durfte. Als alle wieder herunterkamen, stand die Küchentür offen, und die Mädchen erblickten Irene mit dem Geschirrtuch in der Hand. Lebst du auch hier, fragte Verena, die noch nicht lange im Hauptort wohnte.

Zwilling bekam eine Position in der Klasse, die einflussreichen Mädchen betrachteten ihn als eine Art Gastgeber, und bei schönem Wetter besuchten sie ihn auch nach der Schule, kamen mit dem Fahrrad, immer zu zweit oder in kleinen Grüppchen, und Zwilling durfte ihnen jedes Mal etwas anbieten, weil ihre Väter gute Gäste waren und nicht nur an Sonntagnachmittagen einkehrten, sondern auch abends, ohne ihre Frauen, und sie brachten weitere gute Gäste mit, die teure Flaschenweine tranken, und wenn am Abend des Fünfzehnten die Bauern kamen für die Milchzahlung, so hängte die Schwarze nicht mehr das Kartonschild mit Irenes Aufschrift »Geschlossene Gesellschaft« an die Eingangstüre, sondern sie zog die neu angebrachte Faltwand quer durch die Gaststube, so dass die nobleren Gäste den hinteren Teil des Raumes für sich hatten, der jetzt Saal genannt wurde und an dessen Wänden Zeichnungen von Pferdeköpfen hingen, signiert von Heinz Schoch. Und auch an Sonntagen wurde die Faltwand ausgezogen, wenn die Gartenwirtschaft nicht benutzt werden konnte; keiner der Bauern, die immer weniger wurden, setzte sich je in die Gartenwirtschaft. Wir sind die ganze Zeit an der Sonne und sitzen sonntags gerne im Schatten, sagte der Vater, wenn er die Gaststube betrat, was selten vorkam; er ging lieber in den Wald, am allerliebsten allein und in Werktagskleidern, damit er Hand anlegen konnte, wenn ein Strauch über einen Gehweg wucherte oder schönes Holz herumlag, das er rasch stapelte.

Und das alles hatte Zwilling vergessen. Hörte nicht mehr das Geräusch, wenn die Schwarze an der Faltwand zog. Hörte nicht mehr das Getuschel, wenn die einflussreichen Mädchen in der Pause die Köpfe zusammensteckten und in Zwillings Richtung blickten und ihn herbeiwinkten und zusammen lachten und ihn in die Seite stießen und ihn einweihten in die Gesprächsfetzen, die sie wohl zu Hause aufgeschnappt hatten: Welche der beiden ist es denn, die den Fehltritt gemacht hat, fragten sie ihn, und Zwilling schaute sie verständnislos an und lachte auch ein wenig. Dann läutete die Pausenglocke und vorne im Schulzimmer stand der Kaplan und fragte den Katechismus ab: Wozu sind wir auf Erden? Wozu sind wir auf Erden, blöde Frage, wenn man das wüsste, wozu wir auf Erden sind, dachte Irene, und nicht nur Zwilling stotterte, als er mit Antworten an der Reihe war, und am selben Tag kam er beim Beten nicht weiter, er hatte kurz vor der Firmung oben zu erscheinen, weil er den einzigen Bruder der Mutter zum Firmpaten nehmen musste, Onkel Leo hatte sich angetragen, und die mütterliche Verwandtschaft hatte im Gasthaus nichts verloren. Zwilling kam zu früh, noch vor dem Abendgebet, das immer am längsten ausfiel, morgens und mittags wurde je ein Vaterunser und ein Gegrüßt seist du Maria gebetet, abends hingegen zuerst der Englische Gruß, dann der Glaube und schließlich noch das Gutenachtgebet. Schon beim Glauben hatte der Vater auf Zwilling geschaut, weil er bemerkt hatte, dass ihm das Gebet nicht geläufig war. Beim »Bevor ich mich zur Ruh' begeb« verstummte Zwilling gänzlich. Vaters Stimme schwoll an, sein Blick bohrte sich in Zwilling, der schon fast weinte, und als alle schon die Hand hoben, um das Kreuzzeichen zu schlagen, fügte die Mutter noch einen Zusatz an: Herr, gib ihr die ewige Ruhe; vor einer Woche war die Baumann Kathrin gestorben, und bis zum Dreißigsten wurde ihre Seele jeden Abend in das Gebet eingeschlossen.

Was lernst du eigentlich im Gasthaus, sagte der Vater zu Zwilling, als die Mutter sich sofort nach dem Beten erhob und ein Zeichen gab, das Geschirr zusammenzustellen. Wer den Glauben nicht kann, verdient es nicht, gefirmt zu werden, fuhr der Vater fort. Dummerweise blieb Zwilling einfach sitzen, weil ihm das Zusammenspiel der Schwestern beim Abräumen des Tisches überhaupt nicht vertraut war und er auch nicht wusste, dass Klara, Ruth und Irene bestrebt waren, sich um so schneller nützlich zu machen, je bedrohlicher Blick und Stimmlage des Vaters waren. Der Vater holte sein Laudate, dessen Goldschnitt schon ganz stumpf war, setzte sich die Brille auf und blätterte im Kirchenbuch, bis er das Glaubensbekenntnis fand. Du bleibst hier sitzen, bis du es kannst, sagte er und schob Zwilling das Gebetbuch zu. Hilf ihm, sagte die Mutter zu Irene, aber der Vater sagte, da gäbe es nichts zu helfen, es läge einzig und allein an Zwilling, den Glauben zu lernen, und zwar auswendig. Onkel Leo hatte die ganze Zeit geschwiegen. Mit einem Blick auf Zwilling, dem bereits die Tränen über die Wangen flossen, sagte er schließlich, das Auswendiglernen falle nicht jedem gleich leicht, seine Sache jedenfalls sei es nicht. Den Glauben könne er natürlich, sagte er schnell und schaute den Vater an, dieser nickte und sagte bloß: Das will ich auch hoffen. Nach einer Ewigkeit rührte sich Zwilling, er wolle es versuchen, sagte er und reichte dem Vater das Gebetbuch. Dieser schlug das Laudate zu. Er habe den Glauben im Kopf, sagte er, und als Zwilling eben ansetzen wollte, ging die Tür auf und die Schwarze kam herein, um nachzuschauen, wo das Kind so lange bliebe. Du kommst gerade zur rechten Zeit, sagte der Vater, jetzt kannst du mal hören, was dein Bübchen kann. Und wehe, er kann es nicht, sagte er, und Zwilling weinte schon wieder und schniefte und sagte: »Ich glaube«, und schniefte wieder und die Schwarze reichte ihm ein Taschentuch und Onkel Leo war ganz bleich geworden, und natürlich konnte Zwilling den Glauben nicht, bekam aber zur Firmung trotzdem eine Uhr und schenkte Onkel Leo eine Laubsägefigur, die er von einer Vorlage auf das Holz kopiert, ausgesägt und bemalt hatte: Hans im Glück mit einem riesigen Goldklumpen auf dem Rücken.

Das alles, ließ Irene Paula zu Roger sagen, hatte Monsieur Paul vergessen. Er hat sich nichts gemerkt. Wie ist es möglich, dass zwei Menschen, die über Jahre dasselbe oder fast dasselbe erlebten, sich ganz verschiedene Dinge merkten? Wie ist es möglich, dass nichts übereinstimmt, dass es keine gemeinsame Spur gibt? Wo bist du, Roger? Paula richtete sich in ihrem Stuhl auf, sie war eingeschlafen und über einem Geräusch erwacht, einem Traktorengeräusch, es musste früher Morgen sein, der Vater fuhr oft vor dem Frühstück mit Traktor und Ladewagen weg, um Gras auf einer entfernteren Wiese zu holen. Wie ist es möglich, Roger, dass man von einem Geräusch träumt, das man seit fast dreißig Jahren nicht mehr gehört hat, dass man sich in einem Zimmer glaubt, sich in einem Zimmer erwachend glaubt, in dem man vor über dreißig Jahren erwacht ist? Wie ist es möglich, im Seehaus zu erwachen und gleichzeitig im Mädchenzimmer zu erwachen und von außen Traktorengeräusche zu hören und zu wissen, heute ist Firmtag? Irene erzählte nichts von diesen Begebenheiten dem Diener, der keiner war, mutete ihm die Zeitsprünge und die Sprünge überhaupt und die Hüpfer und die kleinen Hüpfer und die Gänsefüßchen nicht zu, erzählte die Begebenheiten Paula und ließ Paula die geborene Erzählerin sein und Paula setzte an und Irene erlebte eine Zwillingsgeschichte. Begann von vorne, Paula, mit Zwilling, begann noch einmal von vorne, das Dingwort stand auf und wandelte sich zum Namenwort, und der Name war ein Wind, ein Orkan, er schüttelte und rüttelte an den Bäumchen der Baumschule und an den Bäumen im Park und es fielen die Namen in Irenes Schoß und sie sammelte sie ein und legte sie in Körbe und erntete und erntete und es fielen immer weitere Namen von den Bäumen und wollten verwendet werden, eingekocht, und keiner half, am wenigsten Zwilling, den Irene ins Seehaus bat, immer wieder, und der sagte,

Titi bereite ihm Kopfzerbrechen. Der Name Titi rief sofort Tata auf den Plan und ihre grandiose Art des Sterbens. Die Schwarze war nur drei Tage in einem Altenheim gewesen, weil sie zu Hause mehrmals aus dem Bett gefallen war und die Blonde beim letzten Versuch, sie ins Bett zu hieven, einen Hexenschuss bekommen hatte. Am Morgen des dritten Tages im Heim ließ die Schwarze die Blonde rufen und befahl ihr, alles daranzusetzen, dass auch Zwilling erscheine, weil sie sich auf der ganzen Linie schlecht fühle. Dann schlief sie ein. Ein paar Stunden später war Zwilling zur Stelle, die Schwarze erwachte, gab der Blonden die Hand, gab Zwilling die Hand, schloss die Augen und starb. Ein Glanzstück, dieser Tod. Und die Blonde sagte, ihr sei damit ein Herzenswunsch in Erfüllung gegangen. Ein Leben lang habe sie sich gewünscht, dass ihre Schwester vor ihr gehen könne. Denn allein hätte die es keinen Tag gemacht. Aber die Blonde machte es allein, jahrelang, und nicht einmal schlecht. Erst als sie schon über achtzig war, musste ihr ein Herzschrittmacher eingesetzt werden, ihr, dieser ehemals Blonden, deren Haar nun alle Farbe verloren hatte, nicht grau, sondern farblos und stumpf und strohig geworden war es, und diese winzig gewordene Blonde, die hatte Zwilling eine ganze Zeit lang Kopfzerbrechen bereitet. Denn seit sie zum ersten Mal im Krankenhaus gewesen war für das Einsetzen des Schrittmachers, schlug ihr Herz wieder im schönsten Rhythmus, und es schlug nur für Zwilling. Paul, Paul, Paul, sagte dieses Herz, und der Kopf, der zum gleichen Körper gehörte, dachte, Paul, komm, Paul, und wenn die Blonde sprach, kam immer dieser Name heraus, lag ihr dieser Name auf der Zunge: Paul. Oder: Paul, komm, oder: Paul, komm endlich. Und wenn ich sage, ich bin ja da, hatte Zwilling erzählt, so nickt sie zwar, aber sie ruft mich schon wieder. Das hältst du im Kopf nicht aus, hatte er gesagt, und Irene hatte über die Bemerkung gelacht. Zwilling aber war fortgefahren damit, sich zu beklagen. Lange mache Rita dieses Theater nicht mehr mit. Schließlich sei sie es, die nachts vom Klingeln des Telefons aus dem Schlaf gerissen werde. Die Blonde müsse nur eine Taste drücken, und schon klingle im Schlafzimmer das Telefon, und weil er ja nachts oft arbeite und außer Haus sei, müsse Rita die Anrufe entgegennehmen und müsse sich zuerst Titis Verzweiflung, nachher ihre Beschimpfung anhören. Und immer die Angst. Immer das schlechte Gewissen. Oh nein, ließ sich nicht einspannen, Paula. Zog nicht einmal in der Vorstellung, vorübergehend ein in die Wohnung der Blonden, ließ sich nicht locken, nein, Zwilling, dieses Dunkel gehörte dir. Diese Nächte musstest du durchstehen. Musstest noch einmal antreten. Noch einmal öffnetest du die Tür, tratest ins dunkle Zimmer und schautest diese Gestalt an, die dort im Bett saß und gegen das Licht blinzelte und unwillig den Kopf hin- und herwarf, du nahmst die Gestalt in die Arme und beruhigtest sie und wiegtest sie hin und her, das stand dir zu. Das war dein Teil, den du mit niemandem teilen musstest. Du durftest die Tür auch aufreißen und ins Zimmer stürzen und die Gestalt anschreien: Sei still, sei bloß endlich still. Du durftest die Gestalt sogar schlagen, wen kümmerte das, du durftest Lord ins Zimmer hetzen, er durfte der Gestalt das Gesicht ablecken, was sie hasste, Zwilling, mein Lieber, du durftest die Tür öffnen, auf den Lichtschalter drücken, mit gemessenen Schritten zum Bett gehen, mit ruhiger Stimme fragen, was fehlt dir, die Gestalt antwortete, nichts fehlt mir, jetzt bist du ja da, so hat er es getan, nehme ich an, Monsieur Paul, sagte Paula zum Diener, der keiner war, angemessen hat er reagiert, Monsieur Paul, das war sein Beruf, angemessen zu reagieren, nichts beherrschte er besser als Manieren, du warst ein Benimm-Mann erster Güte, sagte Irene, er war ein Benimm-Mann erster Güte, fasste Paula zusammen. Mit Benehmen allein ist es nicht getan, das weißt du genau, ließ Irene Zwilling sagen, Paula buchte einen Punkt für sich. Oder einen halben. So schnell war sie zufrieden. Und an dieser Stelle hätte Roger, der Diener, der keiner war, einsetzen können. Hier wäre der Dreh- und Angelpunkt, der wunde Punkt oder einfach der Punkt gewesen. War zwar ganz Ohr, Roger, das schon, aber Irene setzte aus. Wollte nicht weiter. Wollte Zwilling auf direktem Weg erreichen. Wollte nicht den Umweg über die Blonde und die Schwarze gehen. Wer war Zwilling gewesen, losgelöst von den beiden Pfeilern? Wer war er ohne die Manieren, in denen er wie in einem Schwimmgurt lag? Schwestern hatte Irene die Menge, kam ihr vor, obwohl es nur zwei waren, aber was Schwestern waren, das konnte sie jederzeit in drei Sätzen sagen und die drei Sätze waren solide verankert und hatten Farben, bräunlich rot, hatten eine Jahreszeit, hatten einen Geruch; es war möglich, sich im Badezimmer der Schwestern zu erfrischen und ihr Parfüm auszuprobieren, es war jederzeit möglich und erlaubt, ja sogar erwünscht. Ihr drei, hatte die Mutter manchmal gesagt und die Töchter betrachtet, zusammen mit der Mutter hatten sie eine weibliche Jassmannschaft gebildet und nicht einmal eine schlechte, ihr drei, hatte die Mutter gesagt und dabei vielleicht die eine Ausgeburt der Liebe vermisst und hatte es häufiger gesagt, nachdem der Vater vom Kirschbaum gefallen war. Mit sechzehn hatte Irene die Betrachtung nicht mehr gewollt, hatte das Mutterhaus verlassen, dem Gasthaus den Rücken zugedreht und an die Blonde und die Schwarze nur noch wie an ein Bild gedacht, an den Sturz des Vaters vom Baum wie an etwas, das sie gelesen hatte, sie hatte die Mutter jeden Freitagabend angerufen, um zu fragen, was sie samstags kochen würde, um dann, je nach Menü, zu entscheiden, ob sie nach Hause ginge oder doch lieber in der Schule bliebe, was jederzeit möglich war, nur gab es dort schlechtes Essen. Und Irenes Wochenenden zu Hause verliefen immer gleich: Sie gab vor, lernen zu müssen, erschien nur zu den Mahlzeiten, sonst war sie in ihrem Zimmer, las oder schaute aus dem Fenster, in die Baumschule, sah den Vater dort herumgehen, sah, wie er sich zu den Bäumen neigte, zu ihren Stämmen, die, wenn es kalt war, alle mit alten Säcken umwickelt waren; wie gut es war, dass er tot war, niemand mehr musste sich Sorgen machen der Fröste wegen. Vom andern Fenster des Zimmers konnte Irene zum Parkplatz des Gasthauses sehen, zum Spaß zählte sie die Autos, kannte aber nicht mehr alle Marken und konnte die einzelnen Wagen auch nicht mehr automatisch den Besitzern zuteilen. Seit der Vater vom Kirschbaum gefallen war, half die Mutter im Gasthaus aus. Sprang ein, zu jeder Zeit, war Springerin und froh über den Verdienst, sagte sie, und vor allem froh, unter Leute zu kommen, sagte sie, und sie sah bei dieser Gelegenheit Zwilling, der in die kaufmännische Lehre ging, das sagte sie nicht; die Lehrstelle hatte ihm die Schwarze besorgt, sie hatte mit dem Gemeindeschreiber ein Wörtchen geredet. Es brauchte nur ein Wörtchen, und Zwilling hatte die Lehrstelle auf der Gemeindeverwaltung bekommen, ein schöner Einstieg, ein Wörtchen unter vier Augen, überflüssigerweise hatte auch die Blonde noch ein Wort für Zwilling eingelegt beim Gemeindeschreiber, was die Schwarze erzürnt hatte; misch dich nicht ein, hatte sie gesagt, misch dich nicht ein in meine Angelegenheiten. Was heißt da, misch dich nicht ein, was heißt da, meine Angelegenheiten, wo es doch um die Zukunft von Goldschatz geht? Goldschatz war seine Zukunft nicht so wichtig gewesen, mit dem Kaufmännischen war er einverstanden gewesen unter einer Bedingung: Er wollte ein Mofa. Was er bekam. So konnte er auch mittags vom Hauptort zum Gasthof fahren und unter Menü eins, zwei und drei auswählen. Nicht ein einziges Mal hatte Irene in jener Zeit an Zwilling gedacht, wenn sie an sich selbst gedacht hatte, sie hatte ihn im Gasthaus zurückgelassen, zwischen der Blonden und der Schwarzen, umgeben von Menüs und Bierkisten und dem ersten Geschirrspüler und einer neuen Vorrichtung aus Aluminium, die sich röhrenförmig und hässlich an der Decke der Gaststube entlang zog und die Abluft genannt wurde. Hatte die Verwandlung nicht bemerkt, Irene, hatte nicht bemerkt, wie Zwilling sich wandelte und Kapital schlug aus dem Mütterverein, wie aus dem Dicken mit der Zeit ein groß gewachsener junger Mann wurde, der stets weiße Hemden trug, hinten auf seinem Mofa saßen Mädchen, mit denen er durch die Gegend kurvte, kurz nach dem achtzehnten Geburtstag schenkten ihm die Blonde und die Schwarze ein Auto. Paul wurde Chauffeur. An den Wirtesonntagen fuhr er die Blonde und die Schwarze aus, zeigte ihnen, wo er früher mit den deutschen Gästen gewesen war. Manchmal durfte auch die Mutter mit auf die Ausfahrten.

Der See rief und rief. Es rief das Schloss am andern Ufer, Irene hatte die Berge abgesetzt, einen Streifen Wald geschaffen am Horizont, vor dem sich eine Wiese ausbreitete, eine Weide, darauf manchmal Kühe. Es rief der tief verhängte Himmel, es riefen die fahrenden Wolken. Landschaft zu erleben, draußen zu leben, Wind zu fühlen, an den Armen, auf dem Gesicht, und nicht wie hinter Glas zu sitzen und hinauszuschauen, in einem Zimmer zu sitzen, das immer dieselbe Temperatur hatte, immer leicht unterkühlt war. Hinaus. Gehen. Schnell gehen. Draußen sein. Als würde man im Innern der Häuser nichts wirklich erleben, als könnte das Leben einen hier nicht erreichen, nicht wirklich, nicht direkt. Häuser sind Filter, sagte Irene. Wollte draußen sein, wollte im Wald sein, in diesem dunklen Grünraum, über Geräusche und Laute erschrecken, verursacht von Tierfüßen, Tierkehlen, Rascheln, Schreien. Durch den Wald gehen, über den weichen Weg, es waren Jahreszeiten draußen, es war ein Herbst, der begann, eine Kühle am Morgen und eine Wärme am Nachmittag. Es stach der Föhn im Kopf, stach stärker, wenn Irene drinnen blieb. Gehen, sagte sie, aber der Diener, der keiner war, schüttelte den Kopf, gehen, beharrte sie, gehen und über nichts nachdenken, sich über nichts klar werden, es ist nicht möglich, sich über etwas klar zu werden, nichts klärt sich, aber es bleiben die Pausen. Es bleibt die Stunde des Gehens, unten liegt irgendeine Stadt, ziehen sich die Gleise aus dem Bahnhof, spannen sich die Autobahnbrücken, siehst du die Pfeiler in dieser Landschaft, und siehst du den See, den Park, siehst du das Haupthaus, seine zugesperrten, schalldichten Fenster, hinter denen man sich alles nur vorstellen darf, siehst du den Nebentrakt, es ist so still in den Häusern, die Geräusche sind draußen, müssen draußen bleiben, und deshalb nimmt die Verworrenheit in den Köpfen zu, sitzt die Blonde da drin, neben Zwilling, schaltet sich die Schwarze zu, von ferne und von früher, weshalb soll es die Schwarze nicht mehr geben, einfach weil sie vor ein paar Jahren der Blonden und Zwilling die Hand gab und gestorben ist? Gibt es diesen Zwilling wieder, ein Barkeeper, er rüttelt und schüttelt und pocht in meinem Kopf und mixt und mixt, eine Eigenkreation, Blond und Schwarz durcheinander und Gold- und Blechschatz und Susanne und er sitzen auf der Schaukel, die so genannten Zwillinge, und da ist tatsächlich auch Paula zurück, und sie will diesen Barkeeper verstehen, will seine Motive verstehen, wo er doch nicht einmal das Wort Motiv in den Mund nehmen würde. Er lebte. Er arbeitete. Er rief seine Frau an und erkundigte sich nach Lord, the white beauty. Irene hat geglaubt, Paula überwunden zu haben. Irene, die Person, Irene, diese strichbetonten Buchstaben, dieser strichdominierte Name, nur das R bietet zur Not Unterschlupf, sich darin häuslich einzurichten, aber was ist ein schrägbeiniges R gegen ein einziges bauchiges P, aus dem kein Weg hinausführt, kein Weg hinaus, verstehst du, Roger, nein, sagte Irene, ich habe die Blonde nicht besucht, wozu denn, die hätte sich gewundert, hätte ich mich auch noch eingeschaltet, das war die Domäne von Monsieur Paul gewesen. Er nahm Rita mit und Lord, die Blonde mochte Hunde, hatte Hunde schon immer gemocht. Sie war eifersüchtig gewesen auf Lord. Der Hund hat es gut, sagte sie, er kann immer bei euch sein. Mein Gott, sagte Irene. Mein Gott, sagte Zwilling, und schon war Paula gerührt. Weißt du noch, die Frau des Gemeindepräsidenten, wie sie sonntags in die Gartenwirtschaft geschoben wurde in ihrem Rollstuhl? Weißt du noch, wie alle den Gemeindepräsidenten für einen eindrucksvollen Mann hielten, nur die Mutter hat nicht eingestimmt in das Loblied? Dieser Gemeindepräsident lebte ja noch. Sollte er sich doch jetzt um sie kümmern, um seine Flamme, sie besuchen, ihr ein wenig Gesellschaft leisten, mit ihr ein Fläschchen trinken, er war ja frei, und es hatte keine überzähligen Frauen mehr gegeben. Sei nicht geschmacklos, hatte Zwilling gesagt und ihr Blumen geschickt, der Blonden, und schöne Träume und einen Arzt, immer wieder einen Arzt, aber der Blonden hatte nichts gefehlt, gut, die Augen, gewiss, die Blonde hatte sich allmählich in eine Blinde verwandelt. Erzählte Irene dem Diener, der noch nie einer gewesen war, vom Gemeindepräsidenten, der nun auch tot war, gab nicht auf, wollte mit Zwilling in ein Austauschjahr, zu wissen, was er tat, aber dieser Roger stand nur auf, schwieg, und die Zimmerstunden türmten sich im Zimmer und wuchsen zu Eiszeiten und Zwischeneiszeiten.

5

Und die Schwestern? Wie heißen sie schon wieder? Alles, alles wollte der Diener, der keiner war, wissen. Obwohl er alle Namen vergaß, immerzu vergaß oder, noch schlimmer, sie durcheinanderbrachte. Wollte dennoch alle versammeln auf seinem Gelände, der Vergessliche. Sie dürfen Spaziergänge machen, sagte er zu Irene, und Sie dürfen Besuch empfangen, Paula, sagte er. Weshalb siezen Sie mich, ließ Irene Paula fragen. Es ist besser so, antwortete Roger. Bitte sehr, sagte Irene und rückte in ihrem Stuhl ganz nach hinten. Bevor wir also den zweiten familiären Besuch hier empfangen, setzte sie an, bevor meine Schwester Klara an die Reihe kommt, erzähle ich Ihnen den Traum der letzten Nacht. Damit Sie endlich zufrieden sind und sehen, dass ich Fortschritte mache. Meine Mutter hat Kaffee gekocht, durchsichtig wie Tee. Ich habe mich im Traum über diesen dünnen Kaffee geärgert, so sehr, dass sich auch der Vater nicht mehr an den Tisch setzen mochte zum Kaffeetrinken. Wir tranken die geschmacklose Brühe im Stehen in der Küche. Vater, Mutter und ich. Meine Wut über den dünnen Kaffee überschritt alle Grenzen. Noch im Traum ist mir eingefallen, dass ich eine Kaffeemaschine in meiner Küche stehen habe, aus der auf Knopfdruck wunderbar starker Kaffee fließt. Nicht eingefallen ist: dass die Eltern gestorben sind. Ich weiß zwar nicht, ob es überhaupt möglich ist, im Traum Einfälle zu haben, wie auch immer, ich träumte, ich sei wach und versuchte, durch das Fenster hier zu blicken, was nur beschränkt möglich ist, der See eine Ahnung nur, weil ein engmaschiges Gitter den Blick behindert. Ich wollte erwachen, ich träumte, dass ich erwacht sei und durch den Raum ging, und ich träumte, dass ich schlief, dass ich träumte und Ihnen den Traum, den ich vorher in ein leeres Heft notiert hatte, erzählte. Als ich wirklich wach war, schmerzte mein Kopf. Sofort tauchte der Kaffeetraum wieder auf. Und meine Eltern. Ich wunderte mich. Mein Vater ist schon länger als mein halbes Leben tot, die Mutter auch schon mehr als zwei Jahrzehnte, ich denke nicht mehr an die Eltern, schon lange nicht mehr, es sind Figuren, Spielfigürchen aus Eile mit Weile, für die man, um sie in Sicherheit zu bringen, geduldig Runde um Runde würfeln muss, und dabei wird man immer und immer wieder überholt von den andern und man muss nach Hause. Nach Hause. Um wieder von vorne anzufangen. Gedanklich habe ich die Eltern schon lange abgeschafft, das war eine andere Zeit, als sie noch lebten. Ich trank nie Kaffee mit Vater und Mutter, denn als mein Vater vom Kirschbaum fiel, war ich noch immer in einem Alter, in dem man Kaffee nicht mag. Der Traum hat eine Situation erfunden, die es nie gegeben hat. Und darin kam eine Kaffeekanne aus den Beständen meiner Schwester vor. Und ich war kein Kind, ich war so alt, wie ich jetzt bin, und meine Eltern sind im Traum nachgealtert, vielleicht, ich weiß nicht mehr, wie sie aussahen, welche Kleider sie trugen, ich weiß nicht, nichts weiß ich. Hätte gerne geweint an dieser Stelle, Irene, zum ersten Mal geweint, aber weinte natürlich nicht, erwies nicht diesen Gefallen dem Diener, der überhaupt keiner war, sondern sie schwieg, schwieg bis zum Ende der Zimmerstunde und sagte im Kopf den Satz »Ich schweige« in allen Sprachen, die sie beherrschte.

Als Roger wieder im Haupthaus war, das Irene Villa nannte, überlegte sie, ob sie Klara wirklich auf dem Gelände haben wollte. Mit ihr im Park spazieren, mit ihr die Bäume betrachten, vielleicht gemeinsam zum Schwimmen gehen. Ob Klara die Dose dabeihaben würde, die winzige Dose aus Holz, die ihr die Blonde von einer ihrer Wallfahrten mitgebracht hatte? Irene hatte eine Maria erhalten, versteckt in einem aufklappbaren, altarähnlichen Holzgehäuse, eine Marienfigur aus weißem Holz, die man einsperren konnte, Flügel zu, und Maria war gefangen, eingeschlossen im Dunkel, Klara hatte ein kleines, geschnitztes Döschen bekommen, darin befand sich ein Medaillon. Das Medaillon verlor Klara schon bald. In dem Döschen aber bewahrte sie etwas viel Geheimnisvolleres auf, das Irene ab und zu, wenn Klara in der Buchhandlung arbeitete, heimlich betrachtete. Haar. Zwei kleine Büschel Haar. Menschliches Haar. Haar von Franz. Glattes, dunkles Kopfhaar, das war leicht zu erkennen. Das andere Büschel war stärker gekraust, die einzelnen Haare waren drahtiger. Haar von unten, hatte Klara erklärt, als sie Irene den Döscheninhalt zum ersten Mal zeigte. Wenn sie nicht da war, holte Irene das Döschen aus ihrem Schrank und versuchte, sich jenen Zeitpunkt vorzustellen, an dem auch sie zwei Haarbüschel aufbewahren würde, Haar eines Mannes, sie berührte die Haarbüschel, Franzhaar, jedes Mal wurde ihr dabei leicht übel, sie legte das Döschen zurück. Ob sich Klara daran erinnern würde? Irene dachte als Kind oft an jene Menschen, die sie später kennen lernen würde, die in ihrem Leben einmal eine Rolle spielen würden. Die Zukunft wurde lebendig, verbarg sich hinter einem dünnen Tüllvorhang, den sie aber nicht zu fassen kriegte, oder sie verbarg sich hinter einem engmaschigen Gitter. Die Zukunft und die vollendete

Zukunft. Irene hat Namen geflüstert. Markus, Daniel, Severin, aber die Chance, einen Severin kennen zu lernen, stufte sie als klein ein. Dennoch, die Menschen, denen sie einmal begegnen würde, waren auf dieser Welt, waren bereits auf dieser Welt, und Irene spürte eine Angst aufkommen, dass sie sie verpassen könnte. Einmal lag das Döschen nicht mehr unter dem Wäschestapel in Klaras Schrank, Klara hatte sich mit Franz verlobt. Es wird definitiv, sagte sie, und wahrscheinlich brauchte sie deshalb die Haarbüschel nicht mehr, weil es definitiv wurde. Und Irene hatte die Maria in ihrem Dunkel sitzen lassen, die Flügeltüren blieben zugeklappt, während Jahren, und sie hatte den Gegenstand irgendwann verloren, wie das meiste, was man besitzt, irgendwann verloren geht oder verschwindet oder gegen etwas Neues eingetauscht wird, weggelegt wird, verschenkt, entsorgt. Man weiß nicht wie, aber fortlaufend verschwinden Dinge, Kleidungsstücke, Gegenstände, die einem einmal wichtig waren, andere nehmen ihren Platz ein, und nach einiger Zeit, nach ein paar Jahren, sind wohl die meisten Dinge ausgetauscht worden, allmählich, immerzu findet da ein Verschieben und Ersetzen, ein Eintauschen und Von-neuem-in-Besitz-Nehmen statt. Es bleiben ein paar Lieblingsstücke. Ein Sessel. Eine Füllfeder. Ein Mantel, dessen Futter man liebt. Mit der Zeit verschwindet die Kindheit, verschwindet die ursprüngliche Kindheit und macht einer neuen Platz, leise, unmerklich, mit der Zeit schwindet das Gefühl, die unannehmbarste aller Kindheiten gehabt zu haben, die einsamste, die traurigste, mit der Zeit erscheint die Kindheit in einem andern Licht, oder es ist das Licht dasselbe, aber die Idee über die eigene Kindheit wird eine andere, mit der Zeit geht aller Schmerz weg, wird unauffindbar, ja unvorstellbar, und es taucht etwas ganz anderes auf, eine Glücksidee, Anflug eines kleinen Glücks, eines Kürzestsglücks allerdings: Der Kirschgarten. Die Baumschule. Der Traktor. Nero, das Stierkalb. Die Gaststube. Klara. Ruth. Und Zwilling. Die Blonde. Die Schwarze. Die Eltern. Wäre zu reparieren, das alles, sagte Irene. Wäre zu reparieren, wenn bloß die Mutter nicht zu dünnen Kaffee brühte im Traum. Wenn du mehr Jahre hinter dir als vor dir hast, verschieben sich die Dinge, sagte Klara. Aber lass dich nicht täuschen. Unsere Eltern waren nahezu stumm. Und stur. Und wir hatten keine guten Kleider. Keine Gäste. Punkt. An das Döschen erinnerte sich Klara nicht mehr. Sie schüttelte den Kopf. Erzählte, dass die Blonde umziehen wolle. Wohin denn will sie ziehen in ihrem Alter, fragte Irene. Ins Altenheim? Zurück ins Dorf will sie, sagte Klara und lachte und schlug eine Dampfschifffahrt zusammen mit der Blonden vor. Nein, lehnte Irene ab, nein, nachholen lässt sich nichts. Soll ein anderer mit ihr die letzten Ausflüge machen. Soll sie abholen. Sei nicht nachtragend, sagte Klara, und sie ging mit Irene schwimmen. Meine Schwester, sagte Irene, meine Schwester, sagte sie zum sträflich Vergesslichen, der auf den Schwesternbesuch gedrängt hatte, meine Schwester, setzte sie erneut an, hat die sieben mageren Jahre hinter sich. Meine Schwester ist eine Überlebende. Ihre Brüste sind Implantate. Ihr Unterleib ist leer innen. Aber sie schwimmt schneller als ich. Ich versuche mir fühllose Brüste vorzustellen. Attrappen der Weiblichkeit. Sehen so Siegerinnen aus? Wie meine Schwester? Ihr Haar längst nachgewachsen. Amputation. Chemotherapie. Die bloßen Wörter schon sind Monstren, Reizwörter, die mit einem Mal zwischen uns schwimmen und versinken, weil sie so schwer sind. Mit ihnen tauchen die Jahre unter, die meine Schwester in Krankenhäusern verbracht hat. Ihre dauernde Übelkeit sackt ab. Während sie schwimmt, auf dem Rücken, mit kräftigen Bewegungen. Meine Schwester hat nie verstehen können, dass ein Mann von einer Leiter stürzen kann. Ein Mann mit solidem Schuhwerk. Meine Schwester hat nie verstehen können, dass eine Mutter eines ihrer Kinder anderen Leuten zur Aufzucht überlässt. Meine Schwester hat die Mutter mit der Frage gequält: Weshalb hast du Paul den Tanten überlassen? Um dein Ruthchen ungestört zu kämmen vielleicht? Und sie hat Ruth mit solchen Sätzen noch als Zwanzigjährige zum Weinen bringen können. Ruth ist Friseuse geworden. Der Beruf war in ihr angelegt, die Mutter hat ihn in Ruth hineinfrisiert. So schönes Haar, hat sie gesagt, und Ruth ausgekämmt und ihr Bänder ins Haar geflochten und mit Haarnadeln die Pracht hochgesteckt. Und nur dass Sie es gleich wissen, Ruth wird nie hierherkommen. Hat keine Zeit, Ruth, die Friseuse, muss arbeiten, kämmen, waschen, legen, fönen, Haar färben, Dauerwellen legen, und auch wenn sie einen freien Tag hat, wird sie nicht hierherkommen, gewiss nicht, sie wird lesen und versuchen, sich die Schreibweise der Wörter einzuprägen, Ruth achtet noch heute auf die Rechtschreibung, hat sie gesagt, und ihre freien Tage gehören Albert und den Kindern und gewiss nicht mir. Ich will es nicht, dass sie kommt. Ruth schwimmt nur am Ufer des Sees und nur so lange, wie sie noch festen Boden unter ihren Füßen spürt. Merken Sie es sich gleich: Nach Ruth dürfen Sie nicht fragen. Sie hat für mich Namen und Wörter umgedreht in einer Geschwindigkeit, die Sie sich nicht vorstellen können. Sie hat mit mir das Fadenspiel gespielt. Ruth hat die geschicktesten Hände von uns allen, eine künstlerische Ader, hat die Mutter gesagt, deshalb ist sie Friseuse geworden, verliebt in Ruths

Haar war die Mutter, sagte auch Klara. Sie sagte den Satz auch, als sie kahl war. So würde ich der Mutter nicht gefallen, dieser Haarnärrin, hat sie gesagt und sich im Spiegel betrachtet, aus dem ihr die Vateraugen entgegenblickten, grau und noch größer wirkend als sonst. Diese Schwester, sagte Irene, hat mich versorgt. Mit Büchern, mit Informationen, wenn auch spät. Jahrelang habe ich für sie einen Auftrag erledigt, den ich nicht verstand. Regelmäßig drückte sie mir einen Zettel in die Hand, mit dem ich in den Dorfladen zu gehen hatte, und zwar in den Touraladen, ausdrücklich nicht in den Usegoladen, wo die Mutter und die Tanten einkauften, nein, in den Touraladen hatte ich zu gehen, wo ich sonst nur Dinge besorgen musste, die im Usegoladen vorübergehend nicht mehr vorrätig waren. Stand also vor der Ladentheke, Irene, das Kind, und wartete auf die Besitzerin, Frau Schmied, die, alarmiert durch das Klingelzeichen, ihre Hausarbeiten liegen ließ, die Treppe hinunterrannte, man hörte, wie sie sich beeilte, und durch die Verbindungstür zum Treppenhaus den Laden betrat. Was hättest du gerne, fragte Frau Schmied und lächelte Irene an. Ich habe einen Zettel. Irene reichte Frau Schmied das Papierchen, diese drehte es um und gab Irene das Gewünschte, legte es in das geöffnete Plastiknetz. Irene bezahlte, Frau Schmied gab ihr die Rabattmarken und ein Zitronenbonbon aus einem großen Glas, Irene ging nach Hause. Im Netz lag eine Packung Sana Luxe, das wusste sie längst, sie konnte lesen und hatte Klara schon viele Male gesagt, dass sie keinen Zettel benötige, Klara aber beharrte darauf. Eines Tages verweigerte Irene den Botengang, es sei denn, Klara würde ihr sofort erklären, was Sana Luxe seien, und die Packung vor ihren Augen öffnen. An deinem elften Geburtstag werde ich es dir erklären, keinen Tag vorher, vorausgesetzt, du gehst jetzt, lautete Klaras Antwort. Irene holte die Sana Luxe, ohne Zettel, das hatte sie durchgesetzt. An ihrem elften Geburtstag war Klara nicht da, Irene rief sie heimlich an bei Madame in Genf, wo sie Manuela und Fabienne spazieren fahren musste und Madame den ganzen Tag nur einen einzigen Satz sagte: Ce n'est pas possible! Du hast es geschworen, wisperte sie in den Telefonhörer. Ich erkläre es dir an Weihnachten, sagte Klara, ich kann jetzt nicht, du verstehst, Madame, und es dauerte auch viel zu lange, das würde ein teures Gespräch werden, Irene hängte ein. An Weihnachten setzte Klara Irene ins Bild. Irene kapierte die Geschichte mit dem Blut nicht richtig, sie hatte einfach verstanden, dass man während ein paar Tagen Sana Luxe in die Unterhose legte, es gab sogar eine spezielle Unterhose mit Gummieinsatz dafür, die Monatshöschen genannt wurde. Irene wollte möglichst lange nicht bluten. Ruth blutete auch noch nicht, wusste aber schon lange alles über Sana Luxe, war auch von Klara instruiert worden, noch bevor sie nach der Lehre und nachdem sie Franz kennen gelernt hatte ins Welschland gegangen war. Die Bewährungszeit, nannte die Blonde den Aufenthalt. Was Irene nicht klar war, ob die Blonde und die Schwarze auch bluteten, da sie ja keine Kinder hatten. Sie dachte sich, es werde dem Blut irgendwann zu blöd, zu fließen, wenn doch aus ihm nie ein Kind entstand, und es flösse also nicht mehr, was für die Blonde und die Schwarze nur von Vorteil wäre, denn wo konnten sie Sana Luxe kaufen, da sie ja nie im Touraladen einkauften und die Besitzerin des Usegoladens keine Sana Luxe führte, Frau Braun, so hieß die Besitzerin, wollte diesen Artikel nicht in ihrem Laden stehen haben, und es war undenkbar, dass Edith unter den Dosenfrüchten und den Mayonnaisegläsern auch noch eine Packung Sana Luxe bringen musste, absolut undenkbar. Ruth wusste auch nicht genauer Bescheid, was ledige Frauen und das Blut betraf, dafür erzählte sie Irene von den Mädchen in ihrer Klasse, die ab und zu nicht turnen durften, weil sie unwohl waren, sie säßen auf einer Langbank, angelehnt an die Wand der Turnhalle, und schauten zu, wie die andern sich mit den Ringen und dem Reck und dem Stufenbarren abmühten. In der Pause beobachtete Irene die genannten Mädchen, insbesondere Schwarzentruber Johanna, welche die erste gewesen sei, die auf der Langbank gesessen hätte, ihr sei Felder Ruth gefolgt, dann Dummermuth Dora – Dummermuth Dora, eine hervorragende Gummitwisterin, betrachtete Irene schon lange Pause für Pause eingehend, weil sie die seltsamste Namenkombination trug, die sie kannte, richtig hieß sie nämlich Dummermuth Dorothea, was aber kein Mensch je aussprach, und sie sei ein unehrliches Kind, sagte Ruth, was so viel bedeute wie, dass sie ein Kind sei, zu dem man besonders freundlich sein müsse, habe Lehrer Willi gesagt, bevor Dora in die Klasse gekommen sei, mitten im Schuljahr, und es sei niemandem schwer gefallen, zu ihr freundlich zu sein, weil sie immer genügend Elastbänder in den Taschen gehabt habe. Eines Tages durfte Ruth nicht Gummitwist spielen mit Irene. Sie hatten schon begonnen, als die Mutter das Küchenfenster öffnete und rief: Ruth, hör sofort auf mit der Hüpferei, du weißt, weshalb. Ruth errötete und trug den Stuhl, der die Stelle der dritten Mitspielerin einnahm, langsam in die Stube zurück, und Irene wusste, Ruth würde morgen auf der Langbank sitzen während der Turnstunde. Klara kam vom Welschland zurück, bevor Irene ein Monatshöschen benötigte. Sie könne ihr alle Fragen stellen, sagte Klara. Irene hatte nur eine einzige Frage, die sie sich aber nicht zu stellen getraute: Was machte man mit den gebrauchten Sana Luxe? Wohin tat man sie? Dass man sie nicht ins WC werfen konnte, war klar, denn das WC war auch ohne Sana Luxe häufig genug verstopft. Mülleimer hatten sie keinen. Gab es einmal Reste bei Tisch, wurden sie den Schweinen oder den Hühnern verfüttert, ungekochte Abfälle wurden in den Schweinebrei gemischt, der Tag und Nacht auf dem Herd stand, Papier und Karton wurden verbrannt. Dosen zu kaufen war verboten. Man warf die Sana Luxe in einem unbewachten Augenblick ins Herdfeuer, das beobachtete Irene gerade noch rechtzeitig bei Ruth.

Die Schwimmerin hat mich nach ihrer Bewährungszeit im Welschland weiterhin mit wertvollen Informationen versorgt, sogar mit einer Art Anschauungsunterricht, sagte Irene. Hören Sie eigentlich zu? Fragte sie. Ja, er höre zu, ließ sie den Diener antworten, der zu keiner Zeit einer gewesen war. Ich durfte zusehen, wenn Franz und meine Schwester sich küssten. Manchmal. Franz besaß ein Auto. An Sonntagnachmittagen holte er meine Schwester ab für eine Ausfahrt. Mutter wollte, dass jemand mitging. Ruth konnte nicht mit, ihr wurde schlecht beim Autofahren. Meist fuhren wir an einen See, dessen Wasser eiskalt war, weil es ein Stausee war. Dort legte ich mich ins Gras auf ein schmales Badetuch, Franz und Klara teilten sich eine Luftmatratze. Klara hatte für mich einen ganzen Stapel Bücher mitgenommen, legte Schinkenbrote dazu, eine Flasche Orangina, Caramels. Lies, iss, trink, sag einfach, wenn du zum Schwimmen gehst. Ich las, aß, trank und schaute zu, wie Franz und meine Schwester immer enger aneinander rückten und sich küssten und küssten, ich wunderte mich, dass sie keinen Hunger hatten. Wenn ihnen zu warm wurde, gingen sie mit der

Luftmatratze auf den See, winkten mir vom Wasser her zu und paddelten hinaus und blieben eine lange Zeit weg, ich konnte die Luftmatratze noch knapp sehen, ich hatte keine Angst. Einmal stach mich eine Wespe, als sie draußen auf dem See waren. Weil ich tapfer war und nicht ans Ufer ging und nach meiner Schwester rief, durfte ich mit ihnen aufs Wasser. Ich saß zusammen mit meiner Schwester auf der Matratze, Franz schob uns. Plötzlich hievte er sich hoch, legte sich auf meine Schwester, ich saß am äußersten Ende, die Beine baumelten ins Wasser, als ich über meine Schultern blickte, sah ich, wie Franz die Brüste meine Schwester küsste, den Oberteil ihres Bikinis hatte er weggeschoben, und ich sah, wie ihre Hand in seiner Badehose war, und ich sprang ins Wasser und die Matratze kippte und Franz und meine Schwester tauchten unter und tauchten lachend wieder auf und Franz tauchte noch ein paarmal, fand aber den Bikinioberteil meiner Schwester nicht mehr, der sich, sagte sie, durch den plötzlichen Aufprall gelöst hatte. Am Ufer legte sich meine Schwester völlig ungeniert oben ohne auf die Matratze und Franz legte sich auf sie, damit niemand ihre Brüste sehen konnte. Auf dem Nachhauseweg kehrten wir noch in ein Restaurant Sternen ein und aßen Cassata mit Rahm, weil heute ein schöner Tag gewesen war.

Nach dem Schwimmen im See legte sich Klara an die Sonne, vorher hatte sie sich mit Sonnenöl eingeschmiert, Irene hat das Sonnenöl auf ihrem Rücken verteilt. Klara döste. Irene hielt es keine fünf Minuten aus, ruhig an der Sonne zu liegen, sie zupfte an den Grashälmchen, beobachtete die Schiffe. Träge lag der See da, ein blaues Becken, die Berge stürzten nicht hinein, träge spannte sich der Himmel darüber. Schläfst du, Klara? Nein, sie schlafe nicht, sie ruhe sich nur aus. Ihr käme vor, sie müsse sich dauernd ausruhen, seit der Krankheit, sagte sie, die kleinste Anstrengung erfordere eine mindestens doppelt so lange Ruhezeit, zwar sei sie nun gesund, aber sie fühle sich als eine andere. Später gingen sie ins Haus, es wurde zu heiß, Irene fürchtete, Klara langweile sich, sie bot ihr dauernd etwas an, Getränke, Biskuits, Salzstangen, aber Klara wollte außer Mineralwasser nichts, sie sei ganz zufrieden, sagte sie. Draußen ging Herr Georg durch den Park, wer das sei, wollte die Schwester wissen. Einer, der hier immer ist, sagte Irene, und übrigens, ein Bekannter unseres Bruders. Dunkel, so wollte es Irene, erinnerte sich Klara an die Portugiesin, eine unglückliche Liebe, sagte sie, die Paul viel Kummer gemacht habe. Paul und Kummer, sagte Irene. Ja, Paul und Kummer, sagte Klara, das kannst du dir wohl nicht vorstellen. Die Portugiesin falle in jene Zeit, in der Irene die Unabhängige gespielt habe, die sich für alles interessiert habe, nur nicht für die Familie. Keinen Fuß hast du über unsere Schwelle gesetzt, sagte Klara, während Jahren haben wir uns nur am Fünfundzwanzigsten gesehen, du hast dich nicht gemeldet, nie, hattest keine Zeit, warst beschäftigt mit Ehemännern und Dingen, von denen wir keine Ahnung hatten. Irene schwieg. Merkte, wie sie in eine zweite Haut schlüpfte, nur fort, nur weg aus diesem Zimmer, nur weg von Klara, weg von der Berührung des Rückens der Schwester, aufstehen, die Hände waschen, endlos die Hände waschen im kleinen Badezimmer, dessen Fester vergittert war, die zweite Haut spannte ein wenig wie ein Kleid, in das man sich hineinzwängt, aber der Reißverschluss ließ sich noch schließen. Irene schwebte davon, segelte hinaus, nur fort, nur weg, weg aus Lehrerzimmern und Gaststuben, weg von Paul und Ruth und ihrem Frisiersalon und weg von Klara und Franz, die immer noch keine Kinder hatten, Jahr für Jahr keine Kinder, wieder nichts, dafür kam Ruth zu einem Mann und zu zwei Kindern, die ihr Haar geerbt hatten. Die Mutter hat dieses Enkelhaar nicht mehr befühlen können, nicht mehr auskämmen und hochstecken. Ruth behielt auch nach der Geburt der Kinder den Frisiersalon, hatte eine Angestellte, die ihr zur Hand ging, überall, die auch auf die Kinder aufpasste und dauernd Haare von ihren Plüschpullovern zupfte mit spitzen Fingern, an denen die rot lackierten Nägel wie Krallen wirkten. Von den wenigen Besuchen bei diesen Kindern hatte Irene nur eine Erinnerung: Haare. Haare auf den Felltieren, Haare in den Kinderbetten, Haare auf dem Sofa. Im Erdgeschoss des Eigenheimes befand sich der Frisiersalon, das war praktisch für Ruth, und praktisch für Albert, ihren Mann, der seine Frau jederzeit zu Hause wusste. Ein Wohn- und Geschäftshaus, das Ruthhaus, sein Fundament bestand aus Haar und Policen, Albert war Versicherungsvertreter. Die Geschwister hatten wieder einen Ort, sich zu treffen, eine neue, eine zweite Familienherberge, alle gingen sie hin, Klara und Franz, Zwilling, später auch Rita, und das Hündchen, die Blonde und die Schwarze natürlich, alle brachten etwas mit zu den Treffen, ganz unkompliziert, sie gingen zum Brunch, zum Kaffeebesuch, zu einfachen Abendessen. Die Kinder von Ruth und Albert hießen Sandra und Sven. Albert Blum. Ruth Blum. Sandra Blum. Sven Blum. Seit der Krankheit ließ sich Klara nicht mehr von Ruth die Haare schneiden. Klaras Kahlheit hatte Ruth überfordert. Klara hatte nun einen Friseur, Männer haben sich besser im Griff, sagte sie, stellen keine Fragen, sondern verpassen dir einen Kürzesthaarschnitt, wenn du dein Kopfhaar verlierst wie eine Katze ihr Winterfell. Und sie sagen, kommen Sie nachher wieder, wenn alles vorbei ist, und sie fragen auch dann nichts, sondern beraten dich, machen dir Vorschläge, loben die Dichte deines Haares, das gut nachgewachsen ist, raten dir zu einer Koloration, das mache jung. Ruth hingegen sei in Tränen ausgebrochen, als bei Klara der Haarausfall begonnen habe. Ob sie auch unten das Haar verloren hat, überlegte Irene, das Döschen fiel ihr ein, Kopfhaar, Schamhaar, das Wort hatte sie als Kind nicht zu denken gewagt, sie hatte nicht einmal zu denken gewagt, dass sie das Wort kannte, Haar von unten, hatte Klara gesagt, und Irene hatte den Ausdruck von ihr übernommen, obwohl sie die richtige Bezeichnung kannte, woher, wusste sie nicht, und manchmal wurde sie wieder unsicher, ob die Bezeichnung Schamhaar auch für das Männerhaar der unteren Regionen verwendet wurde.

Wie sie immer in Tränen ausgebrochen ist, bei jeder Gelegenheit, sagte nun Klara, Ruth, unser Muttihocker, und Irene nahm Klara zur Zwillingsschwester. Teilte die sieben Jahre zwischen ihnen auf, die eine wäre dreieinhalb Jahre jünger, die andere um so viel älter, das wäre gerecht, dreieinhalb Jahre überspringen, dreieinhalb Jahre hergeben, abreißen vom Kalender, Tag für Tag, die schwarz gedruckten Zahlen der Werktage, die roten der Sonntage, und jeder Tag ein Namenstag, Tag des Bonifatius, Tag der Zäzilia, Tag des Philippus, die Blätter wenden, die Sinnsprüche lesen, sie ins Herdfeuer werfen. Klara lebte mit einem stummen Körper und mit Brustimplantaten. Lauter Dinge waren entfernt worden, die nie eine Mutterpflicht erfüllt hatten. Eine Gebärmutter, die nie gefüllt worden war, Eileiter, die eine abstruse Produktion an den Tag gelegt hatten und sich auch mit Hormongaben nicht in geordnete Bahnen hatten lenken lassen, Brüste waren entfernt worden, in die nie die Milch eingeschossen war; was hatte Ruth immer und immer wieder von den Milcheinschüssen erzählt, sie habe nur an ihr Baby denken müssen, und schon sei ihr die Milch in die Brust geschossen, ein Gefühl von Schmerz und von Spannung, wie beim Sex, hatte Irene einmal gefragt, Ruth hatte sie verwundert angeschaut: Was weißt du schon über den Milcheinschuss? Als Klara zum ersten Mal im Krankenhaus gewesen war und ihr die eine Brust amputiert worden war, hatte Irene einen Traum gehabt: Eine Frau hatte ein Paar Brüste ins Fundbüro gebracht, eingepackt in einen schwarzen Spitzenbüstenhalter, wirkliche, lebendige, warme Brüste, Irene hatte sie ins Regal gelegt, zu den Schirmen und Handtaschen, hatte ein Nummernschild auf den BH-Träger geklebt, die Frau, die die Brüste gebracht hatte, war leise weggegangen, als Irene sich nach ihr umdrehte, war sie verschwunden gewesen. Und im selben Moment merkte Irene, dass sie vorne flach war. Ihre Brüste waren weg, aber die schwarz verpackten Brüste im Regal glichen in nichts den ihren, sie waren zu groß, zu üppig, zu quellend, zu rund, Irene war erwacht, der Traum blieb, zuvorderst in ihrem Kopf, in der ersten Reihe der Gedanken, er fiel ihr oft ein während der Arbeit, sie hatte erwogen, ihn einem Kollegen zu erzählen, hatte es dann aber nicht getan, weil sie befürchtete, der Kollege könnte den Traum als Anzüglichkeit verstehen, als Einladung, während der Erzählung müsste er auf Irenes Brüste schauen, der Blick wäre unvermeidlich, er müsste ihr ihre Brüste wieder herbeischauen, müsste feststellen, dass sie noch da waren, unter der Bluse; warum gab es außer Psychiatern und Schwulen keine Männer, denen man solche Dinge erzählen konnte, ohne dass bei ihnen ein Programm in Gang gesetzt wurde, ein Triebwerk ansprang? Männer wie Brüder, die wie Schwestern wären. Ein einziges Mal war Irene mit

Zwilling und dem Hund eines langjährigen Gastes spazieren gegangen. In den Wald. Zwilling hatte sie um diesen Spaziergang gebeten. Er habe Angst vor dem fremden Hund. Sie gingen durch den Wald des Vaters. Es war sonderbar, zu denken, dieser Baum, diese Ranke, dieser Strauch, dieses Moos am Boden, das alles gehört dem Vater, ist sein Besitz, vermessen und festgehalten und verschrieben im Grundbuch. Ob ihm auch die Tiere des Waldes gehörten, überlegte Irene. Sie trug ein rosarotes Sommerkleid. Du bist in Schwarz gekleidet, sagte Paul plötzlich. Irene blieb stehen. Darunter, meine ich, sagte Paul, und tippte mit der Hundeleine auf ihre Schultern. Du spinnst, sagte Irene, und die Scham kam, die Scham stieg vom Waldboden auf, lähmte zuerst die Beine, dann fuhr sie wellenartig hoch als eine Hitze, als eine Röte, über den Hals, zum Kopf, die Scham über den schwarzen BH-Träger, den Paul ausgemacht hatte, die Scham, einen schwarzen BH tragen zu müssen, der von Klara zu Ruth und dann zu Irene gegangen war, über den dreifachen Stationenweg wachsender Brüste, und der fette Zwilling hatte es bemerkt. Der Zwilling, der, wäre er ein Mädchen, bestimmt neue und weiße Büstenhalter von der Schwarzen bekäme, hatte bemerkt, dass Irene neuerdings einen BH trug, aber er war kein Mädchen, er war ein Junge, fett, vierzehnjährig und ein Junge, er hatte wohl schon Schamhaar, und genau das sagte Irene zu ihm: Du mit deinem blöden Schamhaar. Und sie rannte davon, nur fort, in die andere Haut. Kurze Zeit später bekam sie, was sie sich dringend wünschte: einen neuen, weißen BH, wie ihn auch die andern Mädchen der Klasse trugen. Nach zwei Tagen war der BH weg. Gestohlen aus der Garderobe des Seebades, wo auf langen Bänken ein Kleiderhäufchen neben dem andern lag, Unterwäsche, eingewickelt in Röcke, abschließbare Kleiderkästen nahmen sich nur ältere Frauen. Frauen wie die Blonde und die Schwarze. Die aber nie ins Seebad gingen. Zwar besaßen sie beide Badeanzüge. Für Rimini. Obwohl sie niemals mehr hinfuhren. Aber ins Seebad kamen sie nicht. Was würden denn die Gäste denken, wenn wir ins Seebad führen, sagte die Blonde. Dass bei uns die Faulheit ausgebrochen sei. Fahrräder besaßen sie. Und die vier Kilometer zu radeln wäre ihnen zuzumuten. Irene lieh sich manchmal das Fahrrad der Blonden aus. Fuhr damit ins Seebad. Und stellte sich vor, ihr Badetuch neben der Blonden in das Gras zu legen. Und mit der Blonden ein Eis zu essen. Und stellte sich vor, wie die Leute, die weder Irene noch die Blonde kannten, denken würden: Mutter und Tochter. Dass die Mutter ins Seebad kam, undenkbar. Mutter fürchtete sich vor dem Wasser. Und sie wäre sich dumm vorgekommen, halb nackt auf einem Badetuch, sie sagte Frottiertuch, zu sitzen und nichts zu tun. Man geht nicht mit neuer Unterwäsche in die Badeanstalt, sagte die Mutter. Damit Irene es sich merkte, musste sie die Hälfte des Ersatz-BHs selber bezahlen. Von dem Geld, das sie sich sonntags im Gasthaus verdiente. Wie aufwändig Mädchen sind, wie viel sie kosten, sagte die Mutter, wenn Irene Binden brauchte. Oder ein neues Kleid. Denn das rosarote Sommerkleid, das sie getragen hatte, als sie mit Zwilling und dem Hund eines Gastes durch den Vaterwald spaziert war, zog sie nie mehr an. Am Abend jenes Tages hatte sie begonnen, ein Tagebuch zu schreiben. Sie nannte das Heft Grundbuch. Zwilling ist nicht im Wald geblieben. Er ist da. Ist immer noch da. Weil der Vater gezaudert hat, ihn tief, tief in den Wald zu führen und für ihn ein Feuer zu entfachen, und ihm ein Stück Brot zu reichen, und ihn im tiefen, tiefen Wald zu belassen und ihn nie mehr zu holen, weil der Vater viel, viel früher versäumt hat, das Richtige zu tun, deshalb ist Zwilling noch immer da. Ich wäre auf dem Gang in den Wald auch dabei gewesen, natürlich. Mich aber hätte der Vater wieder mitgenommen, weil meine Beine nicht müde gewesen wären. Oder der Vater hat es getan, hat Paul dem Wald überlassen und den wilden Tieren, aber es hat nicht geklappt. Die Schwarze hat ihn zurückgeholt. Und weil die Schwarze ihn gerettet hat, hat die Blonde für ihn kochen müssen, und beide haben sie ihn gehätschelt und ihn fett gemacht und ich habe zugetragen und geholfen. Sie wollen Paul kochen. Sie werden Paul fressen. Einmal wollen sie sein Fleisch.

Denkst du, dass die Liebe nachwächst? Oder glaubst du, es hat nicht für alle gereicht? Glaubst du, die Blonde und die Schwarze hatten leichtes Spiel? Solche Fragen der Schwester zu stellen, die eingeschlafen war auf dem Sofa. Die Haut auf ihren Händen und auf ihrem Gesicht faltig. Die sieben Jahre Vorsprung verhießen nichts Gutes. Weil Irene die Zukunft nun sehen konnte, die ihr nicht gefiel, stellte sie Berechnungen an, rechnete sie aus, wie viele Tage Klara älter war als sie, wie viele Male mehr sie abends eingeschlafen war. 2571 Mal mehr als Irene ist Klara abends zu Bett gegangen, die Schalttage und das angebrochene achte Jahr mit eingerechnet. Als Klara im Krankenhaus gelegen hatte und sie in der Krankheit zu versinken drohte, hatte sie ein Mittel erfunden, um das Elend auszuhalten: Sie hatte sich immer wieder Situationen vorgestellt, die für sie noch schwieriger gewesen waren als die Gegenwart, die sie aber längst schon ausgestanden hatte. Eileiterschwangerschaft, Hormonbehandlung, Franz' Sommersaison mit einer andern

Frau, es fielen ihr immer weniger Dinge ein, bis sie sich schließlich an die Nacht erinnerte, die ihr noch immer als die sonderbarste ihrer ganzen Kindheit erschien. Trotz der Übelkeit und der Kahlheit hatte Klara Irene wieder einmal die Nacht erzählt. Ich war gut sieben Jahre alt, hat sie gesagt. Die Siebenjährige hat nichts verstanden von den Vorgängen, die sich im Haus abspielten. Hat die fremde Frau nicht gekannt, die plötzlich im Flur stand. Klara betrachtete die Frau von oben. Lehnte sich über das Treppengeländer und betrachtete die Frau, ihr schwarzes, ungebändigtes Haar, eine Flut aus Haar mit Wellen und Verwerfungen, und Klara stellte sich vor, wie es ziepen würde, versuchte die Mutter, mit dem Schildpattkamm etwas auszurichten auf diesem Kopf. Die Mutter aber schrie. Deshalb war Klara erwacht, deshalb lehnte sie sich über das Holzgeländer in ihrem dünnen Nachthemd, barfuß, sie fror, unten im Flur zog die Fremde den Regenmantel aus, stellte den Regenschirm in eine Ecke, band sich eine weiße Schürze um und öffnete den Koffer. Und plötzlich hörte Klara, wie die Fremde laut in ihre Richtung zu sprechen begann: Geh sofort ins Bett, sagte sie. Und sei leise, damit deine Schwester nicht erwacht. Ich will zur Mutter, sagte Klara. Die Fremde schüttelte nur den Kopf, und nun erschien der Vater, er trug einen Eimer, aus dem Dampf aufstieg. Der Vater blickte hoch zu Klara, legte einen Finger auf seine Lippen, nickte ihr zu, das Nicken deutete die Richtung an, wohin sie zu verschwinden hatte, in ihr Zimmer, in ihr Bett, und leise hatte sie zu sein, damit Ruth nicht erwachte, die seit kurzer Zeit bei ihr schlief, in einem richtigen Bett, direkt über dem Elternzimmer. Von unten her hörte Klara, die sich ins Bett zurückgetastet hatte, Stimmen. Vaters Stimme, die Stimme der Fremden, und sie hörte Geräusche, die ihr unheimlich waren. Hörte Stöhnen, Jammern, Klimpern von Geschirr. Etwas war mit Mutter. Aber sie wusste nicht was. Mutter war in Gefahr. Klara konnte bereits die Uhrzeit lesen, aber sie besaß keine Uhr. Es war Nacht, nachts kümmerte sich Klara nie um die Uhrzeit, aber jetzt stellte sie sich mit aller Kraft die große Uhr vor, die unten in der Stube stand, so deutlich sah sie die Uhr vor sich, dass sie glaubte, sie könnte ihr Ticken hören. Wie viele Runden der große Zeiger wohl noch zu machen hatte, bevor es Morgen wurde und sie endlich zur Mutter konnte? Denn dass Mutter aufstünde wie üblich und die Treppe heraufkäme und in ihr Zimmer träte und sie weckte, obwohl sie schon längst wach lag, daran glaubte Klara nicht. Vielleicht starb die Mutter, direkt unter ihr, und langsam, vielleicht machte die Fremde etwas an der Mutter, das sie sterben ließ. Klara atmete in die Dunkelheit hinein, sie rief leise den Namen ihrer Schwester, wenn Ruth zu weinen begänne, müsste jemand kommen. Oder sie könnte die Treppe hinuntersteigen und ins Elternzimmer treten und sagen, Ruth weint, wie sie das neulich schon einmal getan hatte, als die Eltern Ruths Jammern nicht gehört hatten. Ruth aber schlief und Klara hörte auf, sie zu rufen. Vielleicht käme niemand, wenn Ruth weinte, und es läge an ihr, sich um die Schwester zu kümmern, und sie hätte keine Zeit mehr, nach unten zu horchen, in die Dunkelheit hineinzuatmen, sich an die Mutter heranzuatmen und an das Ticken der Uhr, ein- und auszuatmen wie das Pendel der Uhr, ein- und aus- und hin- und herzuatmen, dass sie sterben würde, die Mutter, dass sie sterben würde, dort unten, langsam sterben würde, dass die Fremde machte, dass die Mutter stürbe, jetzt vielleicht, oder jetzt, und der dampfende Eimer in Vaters Hand, wozu der Eimer, und der Koffer der Fremden, und ihre schwarze Haarpracht, der Kamm würde zerbrechen, führe man ihr damit durch das Haar, versuchte man, ihr einen Scheitel wie eine Straße zu ziehen, das war nicht möglich, das Haar der Fremden wogte und floss und ließ sich nicht bändigen und nicht teilen, der Kamm zerbrach, und die Mutter würde ein Stück des Kammes hineinzwängen in den Kopf der Fremden, es wäre vergiftet, das Kammstück, es wäre vergiftet, und die Fremde kippte und fiele in Schlaf und schliefe und schliefe, hundert Jahre lang schliefe sie, und ihr Haar würde dabei wachsen, reichte bis zum Boden, sie schliefe auf dem Kanapee der zweiten Stube, die Fremde, mit dem Kammstück im Haar, dem vergifteten, und nur Klara und die Mutter kannten das Geheimnis, und Klara würde nichts verraten, sondern nur die Fremde betrachten, ihren Schlaf, ihr Haar, und als Klara erwachte, war es hell im Zimmer, draußen schneite es, und der Vater stand an ihrem Bett und gab ihr ein Zeichen, ihm zu folgen. Es war Sonntag, das wusste sie, sie stieg hinter dem Vater die Treppe hinunter, und der Vater öffnete leise die Tür zum Elternzimmer, und Klara hatte so viel Angst, dass sie fast nicht mehr gehen konnte. Stocksteif stand sie vor dem Doppelbett. Auf der Mutterseite lag die Mutter in einem Berg von Kissen. Sie lächelte und sie weinte, beides zusammen, sie ist nicht tot, dachte Klara und merkte erst jetzt, dass sich in den seltsam gebeugten Armen der Mutter etwas befand, dass beidseitig der Mutter etwas lag, ein kleiner Schlaf zur Rechten, ein kleiner Schlaf zur Linken. Wo ist die Frau, fragte Klara. Meinst du die Hebamme? Klara zuckte die Schultern. Sie ist fort, sagte der Vater, und die Mutter hatte die Augen geschlossen und ihre Wangen glänzten vor Nässe und der kleine Schlaf und der kleine Schlaf bewegten sich nicht, auch nicht, als Klara sich der

Mutterseite genähert hatte und die beiden Neulinge betrachtete und die Fragen in ihr hochsprangen: Warum zwei, hat sie die Hebamme gebracht, warum hat die Mutter geschrien in der Nacht, warum weint sie jetzt. Rechts liegt Paul, links Irene, das sagte die Mutter, und Klara wusste vor lauter Fragen, die sie überschwemmten, nicht mehr, wo rechts und wo links war, und als sie es sich überlegte, vernahmen alle ein Gepolter, Ruth war die Treppe hinuntergestürzt und heulte. In diesem Moment betrat eine andere Fremde das Haus und hob sofort die schreiende Ruth am Ende der Treppe hoch, die noch heftiger schrie und strampelte und nach der Mutter rief, wo doch die andere Fremde schon im Türrahmen stand mit ihr auf dem Arm, und der Vater saß auf der Vaterseite, saß auf der Federdecke, was verboten war, aber niemand achtete darauf, außer Klara, die mit einem Mal Mitleid empfand mit Ruth, die noch nichts wusste von den beiden Neulingen, die nachts angekommen waren. Und hatte später Mitleid mit den beiden weißen Paketen, Klara, die in die zweite Stube gestellt worden waren, als der Frauenverein einen zweiten Stubenwagen geliefert hatte. Leihweise. Die zweite Stube befand sich im Anbau des Hauses, niemand hörte, wenn die weißen Pakete schrien. Die andere Fremde sagte nun, die Hebamme habe sie aufgeboten, und sie habe gedacht, sie käme sofort. Ruth heulte noch immer, hör auf, befahl der Vater, du weckst noch die Zwillinge. Weckst Paul und weckst Irene, schickte er nach und deutete mit dem Kopf vage zum Bett der Mutter, weil Ruth nicht wissen konnte, was Zwillinge waren. Und so waren sie alle versammelt an diesem Sonntagmorgen, es war Mai und es schneite, waren versammelt im Elternzimmer, Vater saß in Werktagshosen auf der Federdecke, Klara stand auf der Mutterseite und betrachtete die Mutter, die sich nach Ruth umgedreht hatte und der Fremden ein Zeichen gab, mit Ruth näher zu kommen, Ruth wollte, dass die Mutter aufstand, die neue Fremde schüttelte den Kopf, ihr könnt mich Margrith nennen, sagte sie, zu Klara, zu Ruth, zu Vater, zu Mutter, nicht zu den Zwillingen, die schliefen, ungetauft, noch waren ihre Namen niemandem geläufig, das merkte auch der Vater, er fühlte das Ungewohnte, wenn er Paul und Irene sagte, als trüge er ein neues Hemd, das eben aus der Verpackung genommen worden war und sich noch etwas steif anfühlte, ungetragen eben, lieber verwendete er den Sammelbegriff, die Zwillinge. Überdies zu groß, diese Namen, Paul, Irene, für die zwei weißen Pakete, es klingelte an der Tür, die Blonde und die Schwarze betraten das Elternzimmer, die Feen, dachte Klara und konnte sich nicht erinnern, in diesem Zimmer je schon einmal so viele Menschen gesehen zu haben, die Schwarze lehnte sich gegen die Waschkommode und betrachtete das Hochzeitsbild der Eltern, das an der Wand hing, die Blonde beugte sich über eines der neuen Kinder, Klara wusste nicht mehr, welches sich wo befand, die Mutter sagte, nehmt die Kinder, sonst fallen mir die Arme ab, schau nach Ruth, sagte die Fremde zu Klara, Klara fasste Ruth an der Hand, du hast zu gehorchen, sagte sie zu ihr, als Ruth die Hand entziehen wollte, und sie drückte die Hand der kleinen Schwester so fest, dass sie wieder zu heulen begann, die Schwarze nahm aus ihrer Tasche ein Bonbon und steckte es Ruth in den Mund, die Fremde legte ein Baby nach dem andern in die Wiege und deckte beide zu, dann bat sie alle aus dem Zimmer, auch den Vater, und Ruth und Klara durften in der Küche des Wirtshauses frühstücken, wo die Blonde und die Schwarze immer wieder sagten: Zwillinge. Es ist nicht zu fassen. Klara, die bereits die Schule besuchte, wollte wissen, wie man das neue Wort schreibe. Die Blonde schrieb es ihr in Großbuchstaben auf ein Blatt. Klara kopierte das Wort; mit dem Z, das ihr nicht geläufig war, hatte sie Schwierigkeiten, bei ihr schaute es nach innen.

Hat Irene die Angstnacht erzählt, Klara, hat damit die Übelkeit weggeredet und den Ekel vor Speisen und Infusionen und Schläuchen, hat von den folgenden Nächten erzählt, in denen sie die Zwillinge hat schreien hören, Klara, in der zweiten Stube im Anbau, aber die Mutter hatte Schlafmangel und hörte sie nicht und sagte, die lieben, lieben Kinder, schlafen die ganze Nacht. Hatte gut zugehört, Irene. Und gewartet, bis Klara, übermüdet von dem langen Bericht, eingeschlafen war. Auf dem Nachhauseweg hatte Irene die Verwandtschaft zwischen Klara und sich selbst fast körperlich gespürt: Schmerz mit Schmerz in Schach halten. Angst mit Angst. Höher dosieren. Genau so schaltete und waltete auch Irene. Als der Vater vom Kirschbaum gefallen war, hatte sie sich vorgestellt, es wäre die Mutter von der Leiter gestürzt. Als Zwilling in der Klinikvilla war, hatte sie sich vorgestellt, sie selbst müsste in diesen Räumen bleiben und sich Schlafkuren unterziehen, oder sie beide müssten die Schlafkuren machen, gemeinsam, damit es mit dem Doppel-L im Wort Zwillinge seine Richtigkeit hatte. Und dann fiel ihr noch eine andere Methode ein, die sie mit Erfolg anwendete; beim nächsten Besuch im Krankenhaus würde sie Klara einweihen, so kam sie nicht mit leeren Händen, denn es gab nichts, was man Klara mitbringen konnte, sie hatte auf nichts Lust, sie mochte nicht lesen und Blumen und andere Schönheiten der Natur waren ihr zuwider. Irene übersetzte Schmerz. Übertrug ihn ins Englische. Sie hatte nur geringe

Kenntnisse in dieser Sprache, ihr Wortschatz war schmal, und sie musste nach Wendungen und Strukturen suchen. I'm alone, konnte sie zum Beispiel sagen. Hatte sie gesagt, als Gimane zum ersten Mal im Ausland war. Ganz kleine Sätze hatte sie gemacht. Kleine englische Sätze. He has left me. I don't know why. Und sie hatte geübt und geübt, hatte Wörter nachgeschlagen im Wörterbuch und war dabei auf Ausdrücke gestoßen, nach denen sie gar nicht gesucht hatte, sie waren ihr ins Auge gesprungen, dass zum Beispiel Ameise im Englischen »ant« hieß, hatte sie damals gelernt, und bei dieser Gelegenheit hatte sie gleich eine Tierliste anzulegen begonnen, sie wusste noch, dass sie mit sehr kleinen Tieren begonnen hatte, weil ihr ein Zufall die Ameise zugespielt hatte, so hatte sie zuerst ein paar Insektennnamen nachgeschlagen, war dann zu den Schmetterlingen gegangen, zu den Vögeln, den Fischen, schließlich zu den Säugetieren, hatte die Wörterlisten gelernt, eine Weile lang hatte sie, was die Tierwelt betraf, ein bemerkenswertes Vokabular in Englisch gehabt, und über all dieser Arbeit, über all diesem Übersetzen und Übertragen und Erweitern des Grundwortschatzes war der Schmerz, Ausgangspunkt dieses Tuns, in den Hintergrund getreten, war leiser geworden und mit der Zeit so klein wie ein Punkt, und Irene hatte auch diesen Vorgang ins Englische übersetzt, was nicht einfach gewesen war. Und während all dieser Arbeit war Gimane längst aus seinem Ausland zurückgekehrt und Irene hatte ihn über den Rand ihrer Blätter angeschaut, als er sie besucht hatte, und er musste sie Vokabeln abfragen und erst, als er begann, ihre Aussprache zu korrigieren, hatte sie gefragt: Wo warst du eigentlich, in England vielleicht? Klara sprach kein Englisch, aber sie konnte die Methode in Französisch anwenden und auf diese Weise die Sprachkenntnisse aus ihrer Au-pair-Zeit auffrischen, und ohnehin musste sie etwas für ihr von den vielen Narkosen ausgelaugtes Gedächtnis tun.

Die zweite Haut sprengen, die Liebe wächst nach, die Liebe reißt und wächst wieder nach, wie der Schwanz der Eidechse, und was, wenn die Liebe verbraucht ist, aufgebraucht, nichts mehr vorrätig? In der zweiten Haut war Irene außerhalb, sie sah die Familie in einem Theaterstück, nein, in einem Hörspiel, der Traktor fuhr vorbei, das Gebläse des Heutrockners arbeitete, zu hören sein dumpfer Ton, oder noch weiter zurück, noch früher, noch vor dem Gebläse kam eine Zange vom Scheunendach herunter, packte eine gewaltige Portion Heu, zog es hinauf, leerte es auf Knopfdruck aus, auf den Heustock, wo der Vater stand, während Klara unten die Knöpfe bediente, welche die Greifzange in Bewegung setzten, weit oben also der Vater, er verteilte das Heu, blickte dann hinunter, er fuhrwerkte dort oben wie ein furchtloser Gott. Nur nachts kam die Angst. Dass der Heustock sich selbst entzünden könnte. Das war die Sommerangst des Vaters, eine Angst, die hörbar war, wenn er zweimal aufstand in jenen Nächten, die besonders üppigen Erntetagen folgten, und er nahm sich nicht die Mühe, keinen Lärm zu machen, er machte Lärm, die Türen fielen krachend ins Schloss hinter ihm, und er trug schwere Schuhe, die Treppenstufen knarrten, er schichtete das Heu um, maß dessen Temperatur mit einem riesigen Thermometer. Seine Winterangst galt der Baumschule. Er bangte um die jungen Kirsch- und Zwetschgenbäume. Dass sie erfrieren könnten. Dass sie sterben könnten, die Bäumchen, dass sie absterben könnten. Im Spätherbst wickelte er sie mit Sackstoff ein, Stamm um Stamm. Mit einer ganz fremden Geduld. Bei Frost schritt er von Baum zu Baum. Irene war sich sicher, dass der Vater im Winter für die Bäume gebetet hatte. Insbesondere im Spätwinter betete er für die Bäume. Dass der Saft nicht zu früh einschießen möge, dass die Pflanzen sich nicht von ein paar zu frühen und zu milden Sonnentagen in die Irre führen ließen, ihr Triebwerk zu früh ansprang. Als eines Nachts mitten im Frühjahr die Schreinerei brannte, die Schreinerei des kleinen Schreinermeisters Franz, als seine Schreinerei brannte, die sich unmittelbar neben der Baumschule befand, so fürchtete der Vater bestimmt nur um die halbwüchsigen Kirsch- und Zwetschgenbäume, die in einer Zartheit blühten, sie trugen erst vereinzelte Blüten und verbreiteten nicht den Eindruck eines großen Weiß oder Rosa, sondern wirkten eher so, als hätten sie sich für jede einzelne dieser Blüten ungeheuer angestrengt, als hätten sie sie geboren, zart und jung und ein Versprechen waren die Blüten, und tags zuvor hatten alle Stämme neue Stützpfähle bekommen, Schutzengel, damit die Stämme schön gerade wuchsen, und als ein Wind dicke Rußflocken von der brennenden Schreinerei hinübertrug zu ihrem Haus, wo sie alle auf der Veranda standen und zuschauten, wie die Schreinerei brannte, und der Wind folglich wohl auch Russflocken hinein in die Baumschule trug, griff der Vater nach den schwarzen Flocken und schüttelte den Kopf und sagte, diese Hitze, diese fürchterliche Hitze, und anderntags war die Schreinerei nur noch ein Gerippe aus schwarzen Balken, die kreuz und quer übereinander lagen und eingeknickt und zusammengesunken und abgebrochen über einer schwarzen Mauer in die Luft ragten, und der Vater ging durch die Baumschule und riss verkohlte Blätter von den Bäumen und wartete auf Regen, der die Bäume waschen würde. Und hatte kein Mitleid mit dem kleinen Schreinermeister Franz, der alles verloren hatte, die ganze Schreinerei und alle Maschinen und Gerätschaften, nur das Haus, das er mit einer großen Familie bewohnte, war gerettet worden, allerdings stand das Löschwasser knöcheltief in allen Räumen. Schreinermeister Franz hatte in der Brandnacht auch den Verstand verloren. Der Verstand kam nie wieder zurück. Die Schreinersfrau übernahm die Geschäfte zusammen mit den drei Angestellten, sie verhandelte mit der Versicherung, später überwachte sie den entstehenden Neubau. Und noch später heiratete sie den ältesten Angestellten. Vorher aber führte sie ihren Mann wie ein Kind an der Hand, ein Schauspiel, wenn der Schreinermeister Franz vom Brand sprach, immer vom Brand, und vom Brandstifter, den er in einem Nachbarn sah, der ab und zu über die Stränge schlug und soff, er flüsterte seinen Namen, verwarf die Hände, rief Fürio. Dass du nie dabei bist, nie mitspielst, auch nicht in der nächsten Szene, die Gaststube, die Stimmen der Gäste, was darf es sein, fragt die Schwarze, und von der Küche her reißt die Blonde den Schieber der Durchreiche hoch, steckt ihren Kopf durch die Öffnung, alles nahe, alles weit weg, was, wenn der Schieber hinunterfällt und den Kopf der Blonden einklemmt, Zwilling sitzt auf der gepolsterten Eckbank in der Küche, träge, die Fliesen sind fettig, die Blonde hat Bratwürste angebraten, vor dem Küchenfenster schaukelt das Vogelhaus, ein paar Meisen kommen, picken, fliegen fort, warum können Vögel fliegen, fortfliegen, wieder kommen, was ist eine Familie, die Vögel machen einen Lärm, sagt die Blonde und befestigt eine Speckschwarte am Vogelhaus, lauter Sperlinge, sagt sie und schaut zu Irene, Irene mag die Sperlinge und die dicken Amseln, während Zwilling nach einem Zaunkönig Ausschau hält und ganz besonders die

Schwarze hält Zwilling für den Zaunkönig, die Vögel kreischen, ein Schauspiel, ein Hörspiel, und das Hörspiel ist manchmal auch in der Küche drin, das wirkliche Hörspiel am Radio, und die Blonde wird ärgerlich, wenn sie unterbrochen wird beim Lauschen.

Als die Schreinerei wieder stand, der einzige Neubau im Dorf seit langer Zeit, in diesem Sommer, als die Schreinerei wieder stand, das Aufrichtefest hatte im Herbst zuvor schon stattgefunden, die Bauarbeiten aber hatten sich über den ganzen Winter bis weit in den Frühling hingezogen, als die Maschinen wieder lärmten und die Sägen wieder sangen und kreischten und einem der Geruch frisch geschnittenen Holzes wieder entgegenkam, betrat man diesen Raum, in dem die Arbeit greifbar war, zu sehen, zu hören, zu fühlen war sie, und hatte man sich ein wenig an den Lärm gewöhnt, begannen einem schnell die Augen zu brennen, die Nase zu jucken, in der Luft schwebten da drinnen feinste Partikel von Sägespänen, fiel das Sonnenlicht direkt ein, konnte man die feinen Teilchen sogar sehen, und man musste vorsichtig sein, betrat man die Schreinerei, man musste den Arbeitern Zeichen machen, durfte sie nicht erschrecken, wenn sie an den Maschinen waren, denn eine falsche Bewegung, und weg wäre ein Finger, man musste also auf sich aufmerksam machen mit Gesten, musste seinen Weg klug wählen, musste unauffällig ins Blickfeld der Arbeiter geraten, als die Schreinerei wieder stand und den Betrieb wieder aufgenommen hatte und sich die Frau des Schreinermeisters dazu entschlossen hatte, ihren Mann auf den Tannenberg zu geben, versuchsweise, in diesem Sommer fiel der Vater vom Kirschbaum. An einem 3. Juli. Und bald darauf war es Irene, als ob in der Baumschule die Bäume näher zusammengerückt seien. Das Gras zwischen den einzelnen Bäumen schoss in die Höhe, wurde gelblich und verdorrte. Und nie mehr der Baumschneider, der das treibende Astwerk zurückschnitt, Baumfriseur, nannte ihn Irene. Der nicht kam. Und vor der großen Kälte dachte kein Mensch daran, die Baumstämme mit Sackstoff zu schützen. Die Baumschule verwahrloste. Und die Mutter blühte auf, wuchs in neue Aufgaben hinein. Half zu Beginn nur aus in der Küche des Gasthauses bei Hochzeitsfeiern oder Taufgesellschaften. Und am Weißen Sonntag half sie aus. Und am Firmtag. Und bald schon jeden Sonntag. Und war die Arbeit getan und das Geschirr gespült und der Küchenboden gefegt, setzte sich die Mutter an den Küchentisch, zusammen mit der Blonden, und sie redeten, besprachen die kommenden Sonntage, blätterten im Anmeldungsbuch, das zu führen nötig geworden war, damit die Blonde die Übersicht nicht verlor. Und als das Trauerjahr vorbei war, ging die Mutter zusammen mit der Blonden nach der Arbeit in der Küche in die Gaststube. Bestellte einen Kaffee bei der Schwarzen, weil sie nicht wusste, was sie sonst bestellen sollte, durstig war sie nicht, und Wein zu trinken war sie sich nicht gewohnt. Und bald spielte die Mutter Karten. Man muss leben, sagte sie. Und weil sie leben musste, rauchte sie ein paar Sonntage später die erste Zigarette ihres Lebens. Sie habe ihr nicht geschmeckt, aber sie wisse jetzt wenigstens, wie es sei, zu rauchen, sagte sie. Und es kam die Zeit, da sie auch abends an Wochentagen aushalf im Gasthof. Und Zwilling flatterte zwischen den drei Frauen hin und her, flog aber nicht weg. Und Irene verschwand in den Fugen der Küchenfliesen, zwängte sich durch und verschwamm. Und fand sich in einer Schule wieder, in einer Ausbildung. Lernte die Ferne vom Gasthaus, die Entfernung von der Blonden und der

Schwarzen, und die Entfernung von der Rothaarigen, so war die Mutter, rothaarig. Abends stand Irene am Fenster eines Zimmers, das die Mädchenverantwortliche der Schule für sie gemietet hatte, die Knaben wohnten im Internat, die Mädchen waren bei jungen Familien untergebracht, die sich auf diese Weise einen Babysitter sparen konnten, der Blick ging auf eine Straße, daran klebte eine Häuserzeile, langsam gewöhnte sie sich an diesen Ausblick, gewöhnte sie sich an die Häuserzeile, die fast spiegelbildlich die Häuserzeile abbildete, in der sie selbst wohnte, in einem Zimmer eines grauen Hauses, im zweiten Stockwerk, aus dessen Fenster sie blickte, hinunter auf die Straße, auf die Häuserzeile der andern Seite, und sie stellte sich vor, wie sie auf der andern Seite wäre und aus dem Fenster schauen würde und sich selbst sehen könnte, wie sie aus dem Fenster blickte, und vielleicht lag es an der vorgestellten Verdopplung des Blickes, dass sich gleichzeitig zur langsamen Gewöhnung an den neuen Ausblick noch etwas anderes zu bilden begann, eine Gewohnheit, von der Irene noch gar nicht wissen konnte, dass es eine Gewohnheit werden würde, die aber jedes Mal, wenn sie sich zeigte, dennoch auch ein kleines überraschendes Moment in sich hatte: Mitten hinein in jeden neuen Ausblick, der sich Irene bot, blitzte plötzlich der erste Ausblick ihres Lebens auf, dieser Ausblick durch das erste Fenster. Wo immer sie war, wo immer sie an einem Fenster stand und hinausschaute, sie schaute mit einem Mal mitten hinein in die Baumschule, noch waren die Stämme der jungen Bäume mit Sackstoff eingewickelt, noch spross kein Grün zwischen den Bäumen. Und am Horizont verschloss das Panorama mit den fein beschrifteten Hügelzügen und Bergen den Blick. Und rechts der Baumschule befand sich die alte Schreinerei, und wenn Irene sich weit hinauslehnte, konnte sie auf der andern Seite den Maschenzaun sehen, der die Baumschule abgrenzte von den Äckern und den Wiesen. Aber Irene lehnte sich nicht hinaus. Sie wollte den Zaun nicht sehen, sie sah die Straße mit der Häuserzeile und später sah sie ein Meer oder Straßenschluchten oder Mauern oder Baugruben und kurz, nur ganz kurz, sah sie die Baumschule, und in diesem Spätsommer sah sie den See, Irene, sah den vergitterten See, und das Schloss am andern Ufer, das rief und rief, und dahinter wieder das aufgereihte Panorama, und der See nahm die Baumschule mit, ganz langsam, wo die Baumschule gewesen war, war nun der See, und vom See sprang Irene zurück und zurück und zurück, ein Lidschlag jedes Mal, und sie sah wieder das Zimmer, das die Mädchenverantwortliche für sie gemietet hatte, Mädchen waren die Ausnahme an der Schule, und sie sah, wie Zwilling bei ihnen blieb, bei der Blonden und der Schwarzen, mit seinem Mofa, Ruth zog zu Klara und Franz, die geheiratet hatten, und sie beendete ihre Friseusenlehre. Und der Pächter, der den Hof übernommen hatte, aber nicht das Haus, trug einen Bart. Und saß manchmal an den Wochenenden, die Irene zu Hause verbrachte, bei ihnen am Tisch.

6

Hatte das Gelände verlassen, Klara, spätabends, die Nacht war außerordentlich dunkel gewesen, als Irene die Schwester durch den Park begleitete, ein paar traurige Seelen waren auch noch unterwegs auf dem Weg der Besserung; vielleicht, hatte Klara gesagt, komme einem das nur so vor, erscheine einem die Nacht als extrem dunkel, weil der Tag ganz erfüllt, ja überschwemmt gewesen sei von einem gleißenden, einem stechenden Licht, das sie noch immer als Schmerz in den Augen spüre. Vor zwei Stunden hatten sie beide gesehen, wie sich diese Lichtüberschwemmung langsam zurücknahm, die Dämmerung hatte sich hingezogen, als könnte sich die Sonne nicht entscheiden zu verschwinden wie jeden Tag, immer wieder verschwand sie, Sonnenuntergang, Sonnenuntergang, und noch ein Vorhang und noch einer für das Stück, das der Tag gegeben hatte. Den Beifall konnte Irene hinter den Schläfen hören, innen, als ein Pochen, das kommt vom Licht, sagte sie sich. Klara spürt das Licht als Echo in den Augen und ich spüre es hinter den Schläfen, fuhr sie fort, und dann sah Irene die Augen ihrer Schwester vor sich, dieses klare, dieses eindeutige Grau; auf diese Farbe war Verlass. Wenigstens Klaras Augenfarbe war geblieben. Unverändert. Wenigstens ihre Augenfarbe hatte Bestand, hatte die Zeit der Schnitte und der Eingriffe überstanden. Unversehrt. Lange würde es nicht mehr dauern, bis irgendein Forscher ein Verfahren erfände, das die Augenfarbe eines Menschen veränderte. Koloration der Iris, Farbe frei wählbar, und es würden wohl schon bald die Blauäugigen überwiegen. Irene mochte das einfache Augengrau ihrer Schwester, die Mutter hätte die Farbe zeitlos genannt, hätte Klara ein Kostüm in der Farbe ihrer Augen getragen, aber Klara besaß kein graues Kostüm, und ohnehin waren die Töchter erst nach Mutters Zeit ins Kostümalter gekommen. Irene reihte die Familienaugen auf. Ruths und Mutters Himmelaugen. Klaras Augengrau. Zwillings Froschaugen. Vaters Grün neben ihrem Braun mit dem Stich ins Graue. Von Grau zu Blau über Grün zu Braun. Nichts war daraus zu schließen, noch nichts, dachte Irene, und sie legte im Kopf eine Liste an, Liste der Augen, Liste der Augenblicke, trug sie ins Heft ein, ins Traumheft, ins linierte, mochte es nicht, der untaugliche Diener, wenn Irene das Heft für eigene Zwecke nutzte, hatte keinen Sinn für Listen, dieser Roger, der neuerdings darauf beharrte, dass er Georg heiße, wollte beim Namen genannt werden, beim richtigen Namen, Herr Georg, Herr Georgius, sagte Paula, machte Zugeständnisse, Paula, aber das wollte er nicht, Roger, keinerlei Zugeständnisse, und schon gar nicht von Paula, wollte Herr Georg sein, wollte mit Sie angesprochen werden, und zwar von Irene, genug der Umwege jetzt, sagte er, nennen wir die Dinge beim Namen, sind Sie denn ein Ding, hatte Irene gefragt, sind Sie denn ein Ding, Herr Georgius, Herr George, Herr Georg, Herr Geo, der untaugliche Diener hatte die Fassung verloren, Paula hatte ihn voller Mitgefühl angeschaut und geflüstert, ach, Herr Ge., ach, Herr G.; schweigen Sie, hatte er gesagt, und Irene hatte geschwiegen und aus Herrn Georg einen Namenlosen gemacht, und nun zerlegte sie ganze Familien in ihre Einzelteile und füllte Liste um Liste und hob die Rubrik Augenfarbe in Fettdruck hervor. Aus dem Gedächtnis, nur aus dem Gedächtnis fehlten fast sämtliche Augenfarben, es war zum Verzweifeln. Der kleine Schreinermeister Franz zum Beispiel, der sich auf dem Tannenberg auf und davon gemacht und als Vermisstmeldung im Radio einen Auftritt gehabt hatte, was hatten seine Augen für eine Farbe gehabt? Der Schreinermeister stand im Zimmer. In seinem blauweiß gestreiften Übergewand mit den vielen Taschen, aus denen ein Metermaß, Schraubenzieher in verschiedenen Größen und Bleistifte ragten, einen Bleistift trug der Schreinermeister stets hinter dem linken Ohr, sein Markenzeichen sozusagen, klein war der Schreinermeister und dünn, er trug klobige, schwarze Schuhe, auf denen eine feine Staubschicht lag, und er rauchte, er rauchte unendlich viele Zigaretten während eines Tages, ein Päckchen Parisienne steckte stets in einer der Brusttaschen, und im Dorf ging das Gerücht, dass die Schreinerei zu brennen begonnen habe, weil der Schreinermeister in der Schreinerei geraucht habe, was eine gottvergessene Dummheit sei, im Dorf wusste jedes Kind, dass Hobelspäne ein ausgezeichnetes Mittel waren, einem stockenden Feuer nachzuhelfen, Hobelspäne durfte man abholen in der Schreinerei, soviel man wollte, konnte man mitnehmen, Hobelspäne halfen beim Entfachen des Herdfeuers, vor allem dann, wenn ein Wind blies und den Rauch daran hinderte, aufzusteigen, ihn gewissermaßen wieder in den Kamin drückte, dann kamen Hobelspäne zum Einsatz, und das Gerücht besagte, der Schreinermeister habe noch spät gearbeitet in seiner Schreinerei, er arbeitete oft bis in die Nacht hinein, allein, und dann rauchte er, und in der Brandnacht habe er wohl einen Stummel achtlos weggeworfen, müde, wie er war, habe die Schreinerei verlassen, sei schlafen gegangen, während der Zigarettenstummel Schaden angerichtet habe, der die Kräfte des Schreinermeisters überstieg, und vom Tannenberg, wo er sich nur probehalber aufhielt, war er auf und davon gegangen, aber es bot sich niemandem die Gelegenheit, den Schreinermeister schonend anzuhalten, obwohl in der Vermisstmeldung am Radio darum gebeten worden war, um schonendes Anhalten des Vermissten, man hatte ihn zu spät gefunden, den Schreinermeister, er hatte sich im Wald erhängt, der Tannenberg war umgeben von großen Wäldern, was vielen Seelen wohl tat, für den Schreinermeister aber eine weitere Herausforderung bedeutet hatte, eine Prüfung, die er unmöglich bestehen konnte. Irene sah den Schreinermeister, ganz lebendig, sah seine Hände, die feinen, blonden Härchen auf den Handrücken, zwei Finger gelblich verfärbt vom Nikotin, auch seine Zähne gelblich, seine Augen aber konnte sie sich nicht vorstellen. Keine Ahnung von ihrer Farbe. Obwohl die Augenfarbe zum Signalement eines Menschen gehörte. Das Augensignal, das Augensignal. Stand sogar im Pass. Neben der Haarfarbe, aber die war eine variable Größe. Irene merkte, dass sie nicht nur von der Augenfarbe des Schreinermeisters keinen blassen Schimmer hatte, sondern dass sie auch die Augen der Blonden und der Schwarzen nicht erinnerte. Unterschiedliche Augen, das schon, aber ihre Farben, sie wusste es nicht. Sie rief sich den untauglichen Diener in Erinnerung. Grünäugig. Im Grün des Kurzzeitgedächtnisses schwammen ein paar hellere Punkte. Gimane, grauäugig, mit einem Stich ins Bläuliche, das stärker werden konnte, sich den Lichtverhältnissen anpasste, und das Licht musste nicht notgedrungen von außen kommen, es konnte Irene dieses Blau anknipsen mit einem Liebeszweifel, der ein Systemfehler war, ein Virus, das von einem zum andern sprang und sich ausbreitete und von dem sich längst nicht mehr feststellen ließ, woher es stammte. Und die Augen Ritas? Nicht abrufbar. Die Augen von Franz, Klaras Ehemann? Vielleicht braun, bestimmt nicht blau, aber sicher war sich Irene nicht. Und weiter, weiter in den Augenangelegenheiten. Die Augenfarben der Familie Spörri zum Beispiel, die nach Amerika ausgewandert war? Die Augenfarbe des Säuglings, der erfroren war im zweiten Winter auf der Farm, kein Mensch würde die Augenfarbe des Amerikakindes je zu nennen wissen, nicht einmal der Name des Kindes war bekannt, nicht einmal sein Geschlecht. Irene erfand dem Amerikakind Namen und Augenfarbe, nannte es Rose, das klang in Deutsch und in Amerikanisch akzeptabel, und sie machte es blauäugig, in der Freiheit der Ferne. Und Marlies Amberg und Linda Casanova und Beatrix Munz und alle die Namen, die in ihrem Kopf waren, und hinter den Namen die Menschen, und in ihren Gesichtern die Augen, und alle die Augen hatten eine Farbe, die blieb, die sich nicht veränderte. Menschen wechseln ihr Aussehen, bewusst und unbewusst, sie verändern sich, arbeiten an der Figur, am Erscheinungsbild, kämpfen gegen die Zeit, die Falten wirft, dauernd die Veränderungen, dauernd dieses Verschwinden und Auftauchen, dieses Ab- und Zunehmen, dieses Kürzen und wieder Nachwachsen, diese anderen Töne, anderen Betonungen, anderen Hüllen, es blieb nur die Augenfarbe als Fixpunkt. Irene würde unendlich viel zu tun haben mit all den Listen, sie würde beschäftigt sein, auch über die Zimmerstunden hinaus, die sie mit dem Namenlosen verbrachte und die bald ein Ende haben würden, es ist wunderbar, sagte sie, mir liegen solche Beschäftigungen. Die Listen waren ihr Leben, diese Übersichten, dieses Ein- und Zuordnen in selbst geschaffene Systeme, am allerliebsten natürlich erfand sie Systeme, schuf sie Rubriken, entwickelte sie Kriterien und empfand dabei eine große Befreiung. Listen machten auch einen Großteil ihrer Arbeit auf dem Fundbüro aus; ihre Tätigkeit dort war von gleicher Natur, von gleicher Natur. Ständige Eintragungen und Verschiebungen und Markierungen, ein ständiges Hin- und Herspringen zwischen den elektronischen Dateien und Registern, die Daten wurden verarbeitet zu Listen, zu langen Listen, zu langen, langen Listen, zu elektronischen Archiven. Irene würde nie an ein Ende kommen damit. Es würde nie der Tag kommen, an dem das Fundbüro endgültig geschlossen werden konnte, weil alle gefundenen Gegenstände abgeholt und alle vermissten Gegenstände aufgefunden worden waren. Es würde immer Menschen geben, die Dinge verloren und den Verlust meldeten, und Menschen, die Dinge fanden und sie abgaben. Und es würde immer Dinge geben, die nicht aufgefunden wurden, und solche, die nie abgeholt wurden. Und natürlich würde es auch immer verlorene Gegenstände geben, die in die Hände eines Finders fielen, der sie behielt. Man kann sich in einen Gegenstand verlieben, das wusste Irene. Einmal hatte sie sich in eine große, schwarze Handtasche aus Kalbsleder verliebt. Die Tasche hatte zwei Fächer, beide mit Reißverschluss verschließbar. In einem Fach lagen ein Schlüsseletui, ein leeres Portemonnaie, höchst wahrscheinlich vom Finder geplündert, der natürlich aussagte, das Portemonnaie sei bereits leer gewesen, als er die Tasche auf einer Parkbank gefunden habe, ein Schminketui, gefüllt mit teuren Produkten, ein paar Tampons und ein Paket Papiertaschentücher. Das zweite Fach hingegen enthielt bloß eine Füllfeder und einen Zettel. Auf dem Zettel hatte jemand, Irene nahm an, es handle sich um die Besitzerin der Handtasche, einen Traum aufschreiben wollen, was der Person aber nicht gelungen war. Irene sah diesen Zettel mit den schwarzen Schriftzeichen vor sich, die so entschlossen wirkten, forsch und voller Kraft. Und so wenig passten zum Inhalt, denn die Zeichen enthielten eine Nichtigkeit. Schrift ist immer Verpackung, dachte Irene, Schrift hüllt immer ein. 17./18. September, stand auf dem Zettel, etwas Wichtiges geträumt, aber alles vergessen. Und nach dem nächtlichen Traum kam der Besitzerin am Tag darauf auch noch die Handtasche abhanden. Hatte sie auf einer Parkbank stehen gelassen. Hatte vielleicht versucht, den Traum zu rekonstruieren, die Person, war durch den Stadtpark spaziert, hatte sich hingesetzt, hatte sich konzentriert und gehofft, die Traumbilder würden aufsteigen, aber natürlich taugte diese Methode nicht, nichts tauchte auf, die Selbstüberlistung klappte nicht, nach einiger Zeit gab die Frau verärgert auf und vergaß dabei ihre Tasche, die teure, in die sich Irene auf den ersten Blick verliebte. Eine Liebe, die nicht ohne Konsequenzen geblieben war. Die Tasche blieb bei Irene. Natürlich konnte sie es nicht wagen, sie zu gebrauchen, sich mit ihr zu zeigen, das nicht, aber die Tasche lebte bei ihr, es hatte sich nie die Besitzerin gemeldet, es war keine Nachfrage nach der Kalbslederhandtasche eingegangen. Und es hatte Irene der Satz beschäftigt: Etwas Wichtiges geträumt, aber alles vergessen. Es müsste ein Traumregister geben, oder ein Amt, wo alle Träume aufgezeichnet würden, eine Art großer, zentraler, nächtlicher Seelenspeicher, wo sich alle geträumten Träume von selbst einschrieben und nachzulesen wären. Und warum dieses Amt nicht dem Fundbüro angliedern? Als Nebentrakt? Der Diener, der nie ein Diener gewesen war, schüttelte den Kopf, sein Name war Irene nun tatsächlich entfallen. Aber es zählte noch immer der See.

Es zählte sein Grund, auf den alles absank, Gedanken, Regungen, Rufe, auch Namen, mit denen niemand mehr ein Gesicht verband, neue Namen blies ein Wind in Irenes Kopf fort. Trug sie weg. Verstreute sie. Es blieben die alten Gesichter. Die alten Augen. Und deshalb galt es, sie alle aufzunehmen in die Listen, Namenlisten, Augenfarbenlisten, Finder- und Verliererlisten, Liste der Orte, der Dörfer, der Wohnungen, und insbesondere galt es, Systeme zu erfinden, die alle diese Daten kombinierten. Korrespondierten Vornamen und Augenfarben miteinander? Und wie verhielt es sich mit der Verlierer- und der Findernatur? Gab es das überhaupt, Menschen, die dazu neigten, Gegenstände zu verlieren, und solche, die immer wieder Funde machten? Und wie häufig waren Mischtypen? Und gab es Vornamen und Augenfarben, die gehäuft bei den Findern auftauchten, Karl zum Beispiel empfand Irene als typischen Findernamen, und ein Karl wohnte vorzugsweise in einem Dorf. Aber es ging ihr nicht um Empfindungen, sondern um Tendenzen, die aus den Listen zu lesen wären. Um Reihungen. Um Erhebungen. Um Beweise. Edith Limacher zum Beispiel, braunäugig. Gab es eine Tendenz, die besagte, dass eine Edith zu braunen Augen neigte? Irene rieb sich die Hände, und wieder sah sie das deutliche Grau von Klaras Augen, und die Deutlichkeit rief danach, dass Irene den Namen der Schwester ausweitete, ihn übertrug. Wollten Chiara, die Augen, riefen nach Chiara, das klare Grau verlangte nach diesem zusätzlichen I, nach seiner Deutlichkeit, seiner Härte, denn was war ein l außer einem Zungenzusammenrollen, was wog es mehr als ein Strich, ein I aber war ein Selbstlaut, und Klara verdiente so viele Selbstlaute wie immer möglich, verdiente auch das Pünktchen auf dem I nach all dem, was sie überstanden hatte. Chiara, der Genesung ein Denkmal, in der ersten Silbe des Namens, dem Willen ein Denkmal, dem Busen ein Denkmal und dem ganzen weiblichen Apparat, der kleinen Fabrik der Weiblichkeit im Körperinnern ein Denkmal und dem Überleben ein Denkmal, hatte doch Chiara nicht nur die Krankheit überstanden, sondern im zweiten Jahr ihrer Genesung auch einen Carunfall auf einer Ferieninsel im Süden. An einer organisierten Inselrundfahrt hatte sie teilgenommen, allein, Franz, ihr Mann, mochte solche Unternehmungen nicht und war im Hotel geblieben. Der Carchauffeur war mit übersetzter Geschwindigkeit gefahren, von der Fahrbahn abgekommen und eine Böschung hinuntergerast, dann hatte sich der Car überschlagen, sieben Menschen waren beim Unfall gestorben, zahlreiche verletzt worden, Chiara aber hatte überlebt, kein Härchen war ihr gekrümmt geworden; es wäre ja lächerlich gewesen, hatte sie an ihrem Geburtstag erzählt, den sie seit ihrer Krankheit immer mit der ganzen Familie feiern wollte, wenn ich bei einem Carunfall ums Leben gekommen wäre, nach all den Operationen und Behandlungen, die ich über mich ergehen ließ, lächerlich und sinnlos, ein solcher Tod. Ihre Bemerkung hatte eine heftige Diskussion ausgelöst: Glaubst du denn, es sei eine persönliche Leistung, eine Krankheit zu überstehen, an der andere sterben? Du hast einfach Glück gehabt, und du hast noch ein zweites Mal Glück gehabt bei diesem Carunfall, das ist alles, hatte Albert, Ruths Ehemann, gesagt. Was weißt du denn von Krankheiten und vom Überleben, hatte Chiara geantwortet. Und was weißt du erst vom Glück, hatte Irene zu Albert gesagt, ohne eine Antwort zu erwarten, Albert hatte aber geantwortet, er kenne das Glück sozusagen von innen, sei durchaus glücklich, im Beruf, in der Familie, ganz im Gegensatz zu Irene, die ihren

Beruf ja aufgegeben habe und in der Liebe ohnehin kein Glück habe, daran sei sie aber selber schuld… Es reicht, hör sofort auf, fiel Ruth an dieser Stelle Albert ins Wort, und als Chiaras Mann wieder im Wohnzimmer erschien und fragend in die Runde blickte, sagte Irene: Wir haben eben über das Glück gesprochen. Über das Glück? Franz zuckte die Schultern. Dem Streit über das Glück ein Denkmal, und schließlich ein Denkmal dem Döschen mit den Haarbüscheln und der Fahrt mit der Luftmatratze und den Sana-Luxe-Packungen und all den Einführungen und Lektionen über die Weiblichkeit, über Bezeichnungen und Namen von Dingen und Organen, die unsichtbar waren oder fast unsichtbar, verborgen im Innern oder an den Rändern des Körpers, angelegt in den Falten und Übergängen oder über einen geheimnisvollen Korridor erreichbar, der ins Innere führte, es war nur gerecht, wenn Irene für ihre Schwester einen Namen fand, der an das alles erinnerte, denn Chiara hatte ihr neben den Informationen auch die großen Rätsel aufgegeben, wie sie nur die Wörter enthalten können, am sichersten versteckt in den Wörtern, die Rätsel, in diesen kleinen, dunkeln Kammern, in der Einzelgeborgenheit der Buchstaben, Rätsel wie Sana Luxe, Rätsel wie Schamhaar, und was waren denn Wörter anderes als Namen für die Dinge, so wie Paul der Name für Zwilling war, und mit dem Namen tauchte Zwilling auf so wie mit dem Wort Eileiter eine Seite des Biologiebuches auftauchte, Seite 34, eine Zeichnung, die Wörter waren noch viel mehr als die Namen für die Dinge, sie enthielten auch alle die Umwege, die man gehen musste, bis man zum Beispiel von der Seite 34 ins Körperinnere gelangte, und wer gelangte denn schon wirklich dorthin mit seinen Gedanken, wer, außer den Gynäkologen, konnte sich einen Eileiter in Wirklichkeit vorstellen, und wer konnte sich zum Beispiel die Bauchspeicheldrüse vorstellen oder die Seele? Also enthielten die Wörter neben den tiefsten Rätseln auch das Unvorstellbare, wenn man es richtig bedachte, oder sie fingen seine Schatten ein und gaben ihnen wenigstens eine buchstäbliche Gestalt. Denn die Schatten drängten sich in die Auf- und Abstriche, Rundungen, Bögen, Ober- und Unterlängen einer Schrift. Es blieben die Wörter, wenn Gegenstände verloren gingen; was denn anderes als Wörter enthielten die Listen der verlorenen Gegenstände auf dem Fundbüro, enthielten die Listen, die Irene selber anfertigte und schon immer angefertigt hatte, begonnen bei den Namenlisten der Verwandten, der Schulkolleginnen, der Bewohner des Dorfes, alphabetisch geordnet alle? Also bekam Klara das I in den Namen, das an all die Rätsel erinnern sollte, und es wurde auch weggenommen das K, das die Krankheit ins Bewusstsein rief, das K wurde ersetzt durch den Doppellaut Ch, der Klara als Wortanfang an nichts erinnern würde, weil er selten war in der deutschen Sprache, Italienisch sprach Klara nicht. Irene hatte die Schwester in eine Sprache übersetzt, die sie nicht verstand. Hatte sie neu erfunden und hatte sie gleichzeitig abgeschafft. Und drehte sie nun um, so wie Ruth die Namen umgedreht hatte, hieß Araihc, die Schwester, hieß schön und fremd und unaussprechlich und verschwand. Überhaupt wäre das ganze System neu zu erfinden, auszutauschen. Chiara, Paolo, Irena, Mamma, Papà, la Bionda, la Nera. Es bliebe Ruth, nicht übertragbar, es bliebe der kleine, fremde Körper Ruth, es verschoben sich alle Gewichte, übersetzte man die Familie in eine andere Sprache. Und für Klara bliebe es ein Rätsel, dass sie ab sofort Chiara genannt wurde von Irene, ein Rätsel, das sich ihr nie erhellen würde. Schuf also die Zwillinge neu, Irene, hießen Chiara und Paula, lebten und lebten nicht, lebten so, wie eine Handtasche aus Kalbsleder lebt, in einem Schrank in Irenes Wohnung, lagen sieben Jahre zwischen Zwilling und Zwilling, lag eine halbe Stunde zwischen Zwilling und Irene, ein Bruchteil einer Nacht, Chiara hatte wohl geschlafen während dieser halben Stunde, war endlich eingeschlafen, während sich Irene, die aber noch nicht Irene war, sondern eine Unerwartete, die reinste Unerwartete, sich zum ersten Mal im Körper der Mutter breit machte, Kopf schon nach unten, zum ersten Mal diesen Vorort zur Welt ausmaß und auch jenen Raum belegte, den Zwilling darin beansprucht hatte von Beginn weg, hatte geübt, sich kräftig zu bewegen in dieser letzten halben Stunde Innenleben und hatte dabei zum ersten Mal erfahren, dass die Mutter schwer von Begriff war, denn sie hatte Irenes Signale nicht richtig zu deuten vermocht, hatte auch nicht im letzten möglichen Moment erkannt, dass da noch ein Wesen in ihr war und sich aufführte, hatte nicht gemerkt, die Mutter, dass ihr der zweite Akt bevorstand, hatte geglaubt, es sei die Nachgeburt, immer dieses Theater mit der Nachgeburt, hatte sie gesagt, wie schon bei Ruth, wie schon bei Klara, aber was sie als Nachgeburt der Nachgeburt bezeichnet hatte, war eine richtige Geburt gewesen, kurz zwar und fast schmerzlos, aus dem Mutterkanal hatte sich Irene gedrängt, auf der Bahn von Zwilling, und hatte mit ihrem Kopf die Stelle des Bettlakens berührt, die schon er berührt hatte. Schläft ein Mensch, der sich auf seine Ankunft vorbereitet, wohl kaum, und warum weiß er, dass er jetzt zu erscheinen hat? Natur. Natur. Irene fiel ein Gespräch ein, das sie einmal in einer Straßenbahn gehört hatte, insbesondere an die Leichtigkeit seines Tons erinnerte sie sich deutlich. Zwei junge Frauen blätterten gemeinsam in einer

Zeitschrift und kommentierten dabei die Bilder junger Männer. Unvermittelt sagte die eine zu ihrer Freundin: Jeder Mann ist ein Wichser. Von Natur aus. Ganz laut, ganz ungeniert sagte sie diesen Satz, und ihre Freundin antwortete eben so selbstverständlich: Ja, aber Frauen besorgen es sich auch, selbst dann, wenn sie ihre Tage haben, und Irene hatte voller Bewunderung für die beiden jungen Frauen in der Straßenbahn diese Fundsätze Gimane mitgebracht, Natur, Natur, Irene mochte Gimanes Körper, nichts störte sie an ihm, ganz im Gegensatz zu ihren Ehemännern, an denen sie einiges in Kauf genommen hatte, Gratisexemplare, hatte sie sich gesagt und mit den Schultern gezuckt. Der eine, François, hatte sich zu wenig gewaschen, der andere, Daniel, hatte nicht gerne geküsst. Küsse waren ihm widerwärtig gewesen, alles außer Küsse, hatte er gesagt; den schlechten Geruch und die Kussschwierigkeiten hatte Irene ungefähr gleich lang ausgehalten, etwas mehr als drei Jahre hatten ihre Ehen gedauert, störungsanfällige Unternehmungen, ohne Ergebnis, glücklicherweise, keine Kinder aus keiner Verbindung, dafür hatte sie tagtäglich gesorgt; Gimane hatte lange gebraucht, bis er einen Arzt gefunden hatte, der ihn, einen gesunden, kinderlosen Vierzigjährigen, unterbunden hatte.

Schwemmte nun der See einen Traum an, der möglicherweise nicht Irene gehörte? Hatte sie ihn möglicherweise für die Frau nachgeträumt, der es nicht gelungen war, einen ihr wichtigen Traum zu rekonstruieren? Riss das Blatt mit dem Traumnotat aus dem Heft, wollte es nicht in den Klauen des Namenlosen wissen, würde es zu Hause in die Kalbsledertasche legen. Irene: Mutter hat noch einmal ein Kind bekommen. Als Fünfundsiebzigjährige. Ein Mädchen. Sie verlangt von mir, dass ich diese Schwester mit in den gemeinsamen Urlaub mit Gimane nehme. Ich tue es widerstrebend. Es ist mühsam, mit einem Baby unterwegs zu sein. Im Traum rechne ich aus, wie viele Jahre die Mutter schon tot ist. Dreiundzwanzig Jahre. Im Traum beginne ich zu rechnen, verwandle die dreiundzwanzig Jahre in Tage. Und im Traum denke ich an die späte Potenz meines Vaters. Er ist noch länger tot als die Mutter. Im Urlaub kümmert sich Gimane um meine neue Schwester. Er kann mit einem Baby umgehen. Das Einzige, was mich stört: Er trägt die ganze Zeit einen lächerlichen blauen Overall mit Reißverschluss.

Irene legte das Blatt in eine Mappe. Wollte nicht, dass dies ihr Traum war, dieses gefundene Fressen für den Namenlosen, diesen Stubengelehrten, sie würde es ihm nicht servieren. Der Traum gehörte der Besitzerin der Kalbsledertasche, davon war sie überzeugt, und zum Namenlosen sagte sie: Paula hat etwas Wichtiges geträumt, aber alles vergessen. Wieder zu Hause, würde sie als erstes das Blatt aus der Mappe nehmen, es in die Tasche legen und den Schrank wieder schließen. Nur, wann endlich durfte sie sich als rechtmäßige Besitzerin der Tasche betrachten, die schon seit Jahren in ihrem Schrank ein Eigenleben führte? Durfte sie es nicht bald schon wagen, sich mit ihr zu zeigen? Der Namenlose sagte nichts, stand nur auf und ließ Irene allein im Zimmer. Manchmal das Gefühl, rief sie ihm nach, manchmal das Gefühl, hinter mir, in meinem Rücken also, läge ein ganz anderer Raum als der, in dem ich mich befinde. In meinem Rücken also hätte sich das Zimmer verwandelt in ein ganz anderes, in ein früheres Wohnzimmer vielleicht, an das eine Veranda anschloss. Und nur noch in meinem Blickfeld bewahre der Raum seine jetzige Gestalt, sozusagen, um mich zu schonen. Um mir nicht zu viel zuzumuten. In solchen Momenten drehe ich mich schnell um, mitten in einer

Handlung, um das Zimmer dabei zu ertappen, wie es sich verwandelt. Aber es passiert nichts. Die Sessel schauen mich an, die Schränke, die Regale, die Wände. Sie sagen, keine Ursache, sich zu beunruhigen. Wir bleiben. Vielleicht taucht diese Idee auf, weil ich schon ein paarmal umgezogen bin, mich aber noch genau erinnern kann, wo ein bestimmter Sessel gestanden, an welcher Wand ein bestimmtes Bild gehangen hat. Als enthielten die Möbelstücke und Bilder noch alle die alten Orte und Räume. Irene hörte auf zu sprechen, der Namenlose konnte sie längst nicht mehr hören. Und sie wusste, es war nur ihr eigenes pulsierendes Gedächtnis, das sie manchmal aus der Gegenwart trug und in ihrem Rücken wieder die Vergangenheit einrichtete. Und in dieser Vergangenheit standen Mutter und Vater und die beiden Schwestern, und standen die Blonde und die Schwarze mit Zwilling in ihrer Mitte. Und Irene betrachtete sie alle. Betrachtete sie, als hätte sie nie etwas anderes getan. Manchmal warf sie dabei auch einen Blick aus dem Fenster, das nicht da war, schaute in die Baumschule. Es lag viel Schnee draußen, die Landschaft schwieg und mit ihr die Bäume. Und drinnen hatten sich die Familienmenschen nun alle in einem großen weißen Zimmer versammelt, das Irene nicht kannte, und auch sie schwiegen. Irene fing an zu rechnen. Sie war vierzehn gewesen, als der Vater vom Kirschbaum fiel. Jetzt war sie gut fünfundvierzig. Mehr als zwei Drittel ihres bisherigen Lebens hatte sie ohne den Vater verbracht. Als der Vater so alt war wie sie jetzt, kamen Zwilling und sie zur Welt. Ihre nächsten vierzehn Jahre würden jene Jahre sein, die der Vater auch mit ihr verbracht hatte, die mittleren Jahre, das einsetzende Alter. Als der Vater so alt war wie sie jetzt, besaß er die Baumschule und den Kirschgarten. Und er hatte vier Kinder: eine

Siebenjährige, eine Zweijährige und Zwillinge, eben geboren. Er hatte eine achtunddreißigjährige Frau und vier unverheiratete Geschwister, alle ein paar Jahre jünger als er. Zwei seiner Schwestern, die Blonde und die Schwarze, führten in seiner nächsten Nähe jenen Gasthof, den bereits ihre Eltern geführt hatten, spät in ihrem Leben allerdings, der Vater hatte nie im Gasthaus gewohnt. Und es gab Werner, den behinderten Bruder, das jüngste Familienmitglied, das in einem Heim lebte, und es gab eine weitere Schwester, Rosa, die Pfarrköchin, die nur zu Weihnachten nach Hause kam. Schon seit einiger Zeit dachte Irene, sie würde vor sechzig sterben. Wie der Vater. Der Idee lag nicht große Anhänglichkeit, sondern eine einfache Rechnung zu Grunde. Ein Rhythmus. Ein Taktgefühl. Irene hatte mit dem Vater kein einziges Mal als Erwachsene gesprochen. So war es. Wenn auf dem Fundbüro eine Mutter oder ein Vater einer Kollegin anrief und Irene hatte diese Menschen am Apparat, so erschrak sie; es dauerte jedes Mal eine Weile, bis sich ihre Verwirrung löste und sie sagen konnte, dass Elvira oder Madeleine bald wieder da sein und zurückrufen würde. Und war Madeleine wieder da, beeilte sie sich nicht sonderlich, ihren Vater anzurufen. Fasziniert hörte Irene zu, wenn sie endlich mit ihm sprach. Meist verabredete sie sich mit ihm zu einem Abendessen in einem Restaurant. Irene war nie in einem Restaurant gewesen mit ihrem Vater außer im Gasthaus der Blonden und der Schwarzen, und das zählte nicht, und sie konnte sich nicht erinnern, mit ihm ein einziges Mal allein zu Abend gegessen zu haben. Sie war nie mit ihm Eisenbahn gefahren, nie mit ihm im Kino gewesen, nie im Theater und natürlich nie mit ihm im Urlaub. Sie hatte zusammen mit den Schwestern und den Eltern Verwandte besucht, die im Dorf oder in der Nähe wohnten. War die Distanz zu groß gewesen, um zu Fuß hinzugelangen, wurden sie abgeholt. Irene war mit dem Vater in der Kirche und auf dem Friedhof gewesen, aber nie allein. An ein einziges Gespräch mit ihm allein erinnere ich mich, sagte sie anderntags zum Namenlosen, der keine Ruhe gab. Ich war neun Jahre alt und an Diphtherie erkrankt. Der Vater kam zu mir ins Zimmer und sagte, ich müsse für ein paar Tage in die Kammer, damit sich meine Schwester nicht anstecken würde. Vielleicht, sagte er, musst du sogar ins Krankenhaus, meint der Arzt. Dann schlug er die Decke zurück, hob mich hoch und trug mich in die Kammer. Das Bett von Zwilling war weiß bezogen und eiskalt. Ich schrie auf vor Schreck über die Kälte, als mein Vater mich hinlegte und zudeckte. Er rieb meine Hände, aber es nützte nichts, ich fror und zitterte. Vater rief so laut nach der Mutter, dass sie die Treppe förmlich heraufgerannt kam. Bring Wärmflaschen, verlangte er. Kurze Zeit später kam sie mit zwei Wärmflaschen. Nun ging Vater nach unten und kam mit zwei Katzen wieder, die er auf die Decke legte, dort, wo meine Füße waren. Die Mutter verließ das Zimmer, weil sie die Medizin vergessen hatte. Die Katzen schliefen sofort ein, ich wagte nicht, mich zu bewegen. Vater stand noch eine Weile in der Kammer und betrachtete mich und die schlafenden Katzen auf dem weiß bezogenen Bett. Er sagte nichts. Ich musste die Augen schließen. Ich hatte Schmerzen und hatte keine Schmerzen, mir war kalt und heiß, ich war schläfrig und wach, und mein Vater stand da und schaute mich so an, wie er einen serbelnden Baum anschaute. Bisweilen geschieht es noch jetzt, dass ich im Halbschlaf glaube, das Gewicht der beiden Katzen zu spüren, die vor sechsunddreißig Jahren eine Nacht lang auf meinen Füßen geschlafen haben. Ich musste nicht ins Krankenhaus wegen der Diphtherie. Der Vater war während seines Lebens kein einziges Mal im Krankenhaus gewesen. Was sind vierzehn Jahre? Und was sind sechs Jahre dazu? Mit zweiundfünfzig wurde die Mutter Witwe. Der Kirschgarten blühte. Schnell verschwand die Baumschule. Die Mutter kam zu Geld. Freundete sich mit der Blonden und der Schwarzen an. Half aus im Restaurant. Rauchte ihre erste Zigarette. Verlor ihre Kinder aus den Augen. Klara heiratete. Ruth zog zu ihr und beendete ihre Lehre als Friseuse. Ich ging ins Internat. Zwilling blieb bei der Blonden und der Schwarzen, bekam ein Mofa nach dem andern, dann ein Auto. Als das erste Shoppingcenter erbaut wurde, fuhr Zwilling mit den drei Müttern zum Einkaufen, Woche für Woche. Ein paar Monate bevor die Mutter in der Ambulanz starb, hatte sie für Ruth einen Frisiersalon einrichten lassen. Ruth erschien mit Bild in der Lokalzeitung als jüngste Geschäftsinhaberin des Hauptortes. Auf dem Bild hält sie eine Schere in der Hand. Die Blonde und die Schwarze verlegten den Wirtesonntag vom Montag auf den Dienstag, um sich zusammen mit der Mutter von Ruth die Haare machen zu lassen; am Montag arbeiten Friseusen nicht. Welcher Wochentag ist heute? Richtig, Dienstag. Und es ist zwanzig Minuten vor zehn. Pause. Es ist Pause. Von zwanzig vor zehn bis fünf vor zehn ist Pause. Und es regnet. Und ich stehe auf dem Schulhof. Fast jeden Tag. Fast jeden Tag zu dieser Uhrzeit steigt in mir das Pausengefühl hoch. Noch immer. Wie ist so etwas denn möglich? Und hört das nie auf? Alle müssen an die frische Luft. Schuhe anziehen, Mützen und Mäntel, Gedränge und Geschrei. Wer während der Pause aufs Klo muss, hat die Pausenaufsicht zu fragen. Um fünf vor zehn schrillt die Glocke. Ein einziges Mal mich nicht anschließen, nicht hineingehen, klassenweise geordnet, sondern draußen bleiben, den Schul-hof für mich allein haben und zuschauen, wie er sich zurückverwandelt in einen stillen Platz. Auf dem Boden liegen ein paar Apfelgehäuse, über die sich ein Schwarm Sperlinge hermacht, Fetzen von Löschpapier, ein Taschentuch; ich wage es nicht. Den Dienstagstermin bei Ruth behielten die Blonde und die Schwarze bei nach dem Tod der Mutter. Sie war achtundfünfzig, als sie starb. Wir erbten ziemlich viel Geld, mittlerweile war auch der Kirschgarten parzelliert worden. Klara und ihr Mann ließen anderswo ein Haus bauen, groß genug für sie und zwei bis drei Kinder. Ruth erwarb jenes Haus, wo sie nur eingemietet war mit ihrem Frisiersalon und ließ es umbauen. Später verkaufte Albert dieses Haus wieder, weil er eines haben wollte, das von allem Anfang an ein gemeinsames Unternehmen darstellte. Zwilling ging in die Saison, vergrößerte sein Vermögen und bekam es mit den Nerven zu tun. Ich begann zu unterrichten und über Vornamen nachzusinnen. Dank dem geerbten Geld konnte ich manchmal meine Stelle für eine Weile aufgeben und nach Paris fahren. Dort belegte ich vormittags Sprachkurse, nachmittags ging ich durch die Stadt und freute mich über ihre Größe. In ihren Parks fielen mir die Baumschule und der Kirschgarten ein. In einer der Parkanlagen dachte ich zum ersten Mal an den Vater, an den zu denken ich bis zu jenem Moment vergessen hatte. Man fällt nicht ungestraft von einem Kirschbaum. Ich fuhr zurück, nahm den Unterricht wieder auf in einer andern Klasse, es gab zu wenig Lehrkräfte damals und zu viele Kinder, die in die Schule mussten. Einmal importierte ich François. Er wurde mein erster Ehemann. Kein Volltreffer, er duschte nicht häufig genug, aber dank ihm bestand ich ein paar Französischdiplome. Meine

Schwestern sagten zu ihm: Bonjour François, comment ça va? Il fait beau aujourd'hui. Zwilling hat François nur ein einziges Mal gesehen, an einem Fünfundzwanzigsten. Die Feiertage des folgenden Jahres verbrachte François mit seiner Familie, wie er sagte. Und noch ein Jahr später waren wir bereits geschieden und François lebte wieder in Paris. Ich fuhr eine Weile lang nicht mehr hin aus Angst, ihn dort zu treffen, obwohl es keinen Grund gab, mich vor ihm zu fürchten. Er hat mir nichts getan. Ein paar Jahre später heiratete ich noch einmal. Diesen Daniel. Der nicht küsste. Das war so etwas wie eine Herausforderung. Es gelang mir nicht, ihm das Küssen beizubringen. Das heißt, küssen konnte er schon, es lag nicht am Können, er widersetzte sich. Und Zwilling hatte einen Rückfall in jener Zeit. Kam in die wunderschöne Klinikvilla. Durch die Allee zu gehen, die zum Eingang der Klinik führte, das war wie durch das ganze Leben zu gehen. Rückwärts. Und so wieder ganz am Anfang anzulangen, bei Zwilling, in der zweiten Stube im Anbau, bei Zwilling, der nicht schrie und nichts sagte und kein Wort in die weißen Heftseiten schrieb. Keinen Traum, kein wichtiges Erlebnis. Als es zu schneien anfing, war er geheilt und konnte die Klinikvilla verlassen. Die weißen Hefte hat er zurückgelassen. Dieser Daniel zog aus und fort. Drei Jahre. Am Schluss gingen wir auswärts essen, wie wir es zu Beginn vereinbart hatten. Das war seine Idee gewesen. Ziemlich am Anfang hatte er mir gesagt: Wenn wir uns trennen, trennen wir uns wie anständige Menschen. Ich werde dich zum Essen einladen. Ja, habe ich gesagt, und ich werde ein Fischgericht bestellen. So hatten wir es gemacht; Daniel aß ein Steak, ich eine Seezunge. Sein Name fehlte mir lange. Ich hatte diesen Namen gerne ausgesprochen. Daniel. Perfekt. Schön, die Abfolge der

Vokale. Und um das Anfangs-D beneidete ich ihn. Das mit den Ehemännern gab ich auf. Es klappte nicht. Dir fehlt die Ausdauer, sagte Ruth einmal zu mir. Ich bin nicht sportlich, habe ich erwidert. Gimane wollte zum Glück meine Familie nie kennen lernen. Ihm reichten meine Andeutungen. Wenn ich bei ihm war, insbesondere wenn ich ein paar Tage mit ihm verbracht hatte, was mich im Nachhinein jedes Mal erstaunte, dass es möglich war, ganze Tage gemeinsam zu verbringen, fragte ich mich, ob die körperliche Begegnung wirklich so wichtig war oder ob man ihr nicht viel zu viel Bedeutung beimaß. War sie so grundlegend? Waren nicht die Momente wichtiger, in denen zwei Menschen die Ähnlichkeit ihres Grundrisses erkannten? Berechne Umfang und Fläche. Das hatte ich beherrscht. Schwierigkeiten waren erst aufgetaucht bei Körpern und Volumen. Räumliche Vorstellung gleich null. Nüchtern betrachtet findet bei der körperlichen Vereinigung ein Austausch von Säften, vielleicht von Energien statt. Gimane schlief auch mit andern Frauen. Das sei ein Verlust an Intimität, hatte der Namenlose viel früher gesagt, als ich ihm davon erzählte. Intimitätsverlust. Ich hatte ihn ausgelacht. Das Wort in seiner ganzen Länge wirkt noch bedeutungsvoller. Was ist Intimität? Und wie entwickelt sie sich zwischen zwei Menschen? Gibt es überhaupt eine gemeinsame Intimität, oder liegt ihr Wesen nicht darin, dass sie unteilbar ist? Wenn so etwas wie eine Paarintimität existiert, muss dann nicht zusätzlich noch eine Intimintimität entstehen, eine Einzelintimität im Innersten der Gefühle, von niemandem einsehbar? Quallen bestehen zu achtundneunzig Prozent aus Wasser und sind beinahe durchsichtig. Irene verspürte Mitleid mit diesen Geschöpfen, deren Inneres jedem zudringlichen Blick freigegeben ist. Und sie spürte den Stich der Eifersucht nicht dann, wenn sie daran dachte, dass Gimane mit andern Frauen schlief, sondern wenn sie sich vorstellte, wie er mit einer von ihnen am Tisch saß und frühstückte. Auf demselben Platz wie sie saß eine andere, eine beliebige Zwillingsschwester, und strich sich ein Butterbrot. Und blickte jemand in die Wohnung, sähe er die beiden da sitzen und frühstücken und würde denken, das Paar beim Frühstück. Ein schlummernder Schmerz, dieses Bild. Die falsche Besetzung. Oder die richtige? Was galt denn? Welche Intimität? Davon hätte Irene bestimmt nicht dem Namenlosen erzählt. Ich kann mich nicht erzählen, sagte sie, und verschwieg die Fragen, die sie bisweilen umtrieben. Sie verachtete sich dafür, dass sie es nicht fertig brachte, die Fragen mit einem Schulterzucken oder einem Augenzwinkern abzutun und gelassen zu sich selbst zu sagen: In welchem Jahrhundert lebst du denn? Wie Gimane, der, machte sie eine Andeutung, nur lächelte. Man kann auch mehr als einen Menschen lieben, sagte er. Dagegen war nichts einzuwenden; selbstverständlich kann man mehr als einen Menschen lieben. Nur wie? Und welche Liebe zählte? Irene hatte der Versuchung widerstanden, für die Liebe und das Liebesleben Listen zu entwickeln, obwohl sie manchmal die Überschriften der Rubriken vor sich sah, Gattung, Familie, Art und Form und Unterordnungen: primär, sekundär, temporär. Frauen sind so entsetzlich treu, wiederholte Gimane in Gesprächen, die sich in eine ihm unangenehme Richtung zu entwickeln drohten. Sei du doch froh darüber, antwortete Irene manchmal und gab es auf, sich zu erklären. Und dem Namenlosen erzählte sie auch nicht, dass sie zu Hause jeden Tag die schiefe Alte mit dem Stock beobachtete. Ja, dass sie begann, im Seehaus diese Alte zu vermissen. Das Bild, wie diese auf dem winzigen Vorplatz des

Hauses, in dem sie wohnte, hin- und herging, sich Bewegung verschaffte, vornübergeneigt, die Lippen zusammengepresst. Groß war sie, mager, Brillenträgerin. Auffällig ihre überdünnen Beine. Hin- und hergehend zählte die Alte ihre Schritte, setzte den Stock auf, blickte hinunter zu den Füßen und zählte. Wahrscheinlich befolgte sie mit dem mehrmaligen Abschreiten des Vorplatzes eine ärztliche Vorschrift. Auf dem Vorplatz gab es absolut nichts, was den Blick beschäftigte, keinen Gegenstand, keine Pflanze. Der steinerne Platz war vollkommen leer und überdacht mit grünem Wellplastik. Die Alte konnte hier nicht aus dem Zählen herausfallen. Sie trainierte ihr Gedächtnis und ihre Beine, doch wofür? Hatte diesen abgezirkelten Bereich zur Verfügung für ihr Training, den engen Vorplatz und die Zahlen. Schritte zählen. Sonderbarerweise hatte ich jedes Mal das Gefühl, die Alte bei einer intimen Tätigkeit zu beobachten, ja, sie dabei zu stören, obwohl ich nicht sicher war, ob sie mich überhaupt wahrnahm. Es war ein Zufall, dass wir unsere täglichen Spaziergänge zur selben Zeit unternahmen. Ich hatte mir seit langem angewöhnt, jeden Nachmittag eine Stunde zu gehen, meist zwischen zwei und drei. Ich stieg eine lange Treppe hinauf, um zum Wald zu gelangen. Am Fuß der Treppe wohnte die Alte. Bei trockenem Wetter verließ sie pünktlich um fünf Minuten nach zwei Uhr ihre Wohnung im Parterre. Ich stellte mir vor, dass sie um zwei die Schuhe anzog, sich die graue Jacke überzog, anders als in dieser Jacke hatte ich sie noch nie gesehen, nach dem Stock griff und über die Schwelle trat. Vorsichtig. Ihre Bewegungsübung dauerte höchstens acht Minuten, das hatte ich, auf der Treppe stehend, registriert. Sie konnte mich nur beim Vorbeigehen sehen und auch nur dann, wenn sie in Richtung Treppe marschierte. War sie auf dem Rückweg, drehte sie nicht etwa den Kopf, um zu sehen, wer an ihrem Haus vorbeiging. Vielleicht höre sie nicht mehr gut. Auch wenn sie mich sah, nickte sie mir nicht ein einziges Mal zu, so sehr beschäftigte sie ihre Gehübung. War ich vorbeigegangen, hätte sie ihren Kopf heben und drehen müssen, um zu sehen, wie ich ein paar Treppenstufen weiter oben stehen blieb und ihr zuschaute, ihre Schritte zählte und auf die Uhr blickte. Manchmal gab sie nach fünf Minuten auf, manchmal eine Minute später. Länger als acht Minuten ging sie nie hin und her mit ihrem Stock. Ich wagte nicht, mir vorzustellen, wie es im Innern ihrer Wohnung aussah. Den Vorplatz abschreitend machte sich die Alte zum perfekten Objekt für Einsamkeitsstudien. Und Einsamkeit erschien Irene intimer als Sexualität. Auch beschämender. Je länger Irene an die Alte dachte, desto dringender wollte sie zurück, in ihre Welt, in die Umgebung der Alten; schon wusste sie nicht mehr genau, wie groß ihr Vorplatz war. Verkleinern oder vergrößern wir in der Vorstellung? Irene sehnte sich nach Intimität mit Gimane und stieß den Wunsch wie einen kleinen Hund von sich. Der Namenlose schaute ihr dabei zu. Seinem aufmunternden Blick wollte sie entkommen. Sie sehnte sich nach der Handtasche aus Kalbsleder im Dunkeln ihres Schrankes. Sie sehnte sich nach der kleinen frühmorgendlichen Leseversammlung in der Fächerhalle der Hauptpost. Junge, weibliche Büroangestellte sortierten dort Briefe und Drucksachen auf dem Marmortisch, der in der Mitte der Halle stand und die angenehme Höhe eines Stehpultes hatte, Männer mittleren Alters blieben zwei Minuten stehen und überflogen die Schlagzeilen der Tagespresse, und ab und zu tauchten Alte in abgewetzten Mänteln auf und durchsuchten den grossen Papierkorb nach brauchbarem Lesestoff.

Die Alten blieben lange stehen am Marmortisch mit ihren Trouvaillen in der Form von Werbesendungen und Zeitungen vom Vortag, aber auch sie hielten sich an die wichtigste Regel: In der Fächerhalle wurde praktisch nicht gesprochen. Wenn eine Person eine andere grüßte, dann mit leiser Stimme oder nur mit einem Blick. Jeden Morgen leerte Irene ihr Postfach, bevor sie zur Arbeit ging, oft waren es nur die Zeitungen, die sie abholte; jeden Morgen blieb sie kurze Zeit am großen Tisch der Fächerhalle stehen, blätterte in einer Zeitung, schaute die Menschen an, die eintraten, die meisten hatten schon den Fächerschlüssel aus dem Schlüsselbund herausgesucht und hielten ihn griffbereit zwischen Daumen und Zeigefinger und die dazugehörigen Schlüsseletuis baumelten hin und her und ein paar Schlüssel schlugen mit feinen Klirrtönen aneinander, ein Schlüsselgeräusch, ein Schlüsselgeräusch und, in den Köpfen gespeichert, die Nummer des eigenen Postfaches und, gespeichert die Stelle, wo es sich befand. Irene mochte diese kleine übersichtliche Welt, diese Halle, die man betrat, um einen Blick in ein eigenes Fach zu werfen, das manchmal auch enttäuschend leer sein konnte. Und ihre Sympathie galt den Angestellten in blauen Arbeitskitteln, die man von der Straße aus beobachten konnte, wie sie mehrmals täglich die Post einfächerten. Irene war fasziniert vom Einblick, den man dank großer Fenster von draußen her hatte in den rückwärtigen, den hinteren Bereich der Halle, wo Menschen schufteten. Sie nahmen riesige Stöße vorsortierter Post entgegen. Sie lasen Zahlen, lasen Fächerzahlen, auf Umschlägen, auf Zeitungen, auf Drucksachen, lasen wahrscheinlich auch Namen, und ordneten die Post zu, legten sie ins richtige Fach, gingen hin und her dabei, bückten sich, reckten sich, arbeiteten stumm, trugen die

Stapel ab und verschwanden dann wieder für eine Weile in die Kellergeschosse des Postgebäudes. Befand man sich in der Fächerhalle, konnte man den Betrieb im hinteren Teil der Halle nicht einmal erahnen. Höchstens konnte es passieren, dass man, öffnete man sein Fach, ganz kurz eine Hand sah, die eben einen Brief ins Fach legte. Irene war ziemlich erschrocken, als ihr das einmal passiert war; wer rechnet mit einer Hand, wenn er nach Gedrucktem greift? Sie würde nicht mehr erschrecken. Was hatte denn eine tätige Hand Erschreckendes an sich? Irene vermisste nicht nur die Fächerhalle, sie vermisste auch das Summen der Klingel in ihrem Büro des Fundbüros, das anzeigte, dass draußen im Flur ein Mensch stand, mit dem sie zu tun haben würde; seit langem versuchte sie, allein aus der Länge des Klingelns zu erkennen, ob sich ein Finder oder ein Verlierer anmeldete. Und sie sehnte sich nach Gimane. Der nicht mehr auftauchte. Die Umgebung entsprach ihm nicht. Zu abgelegen. Zu still. Zu landschaftlich. Bloß ein Gelände. Ihm fehlten Gebäude. Der See und die aufgereihten Berge verlangten ihm nicht mehr als ein Kopfschütteln ab. Ein Haus mit Blick auf das Wasser, zu melancholisch, sagte er. Irene sehnte sich nach seiner Ernsthaftigkeit beim Liebesakt. Denn er versenkte sich in ihr, als wäre sie ein Gewässer. Sich ganz in einem menschlichen Körperinnern aufhalten, das durften nur Embryos. Und sie mussten nichts tun. Mussten nur ihre erste Zeit verbringen, Tage und Nächte verstreichen lassen im Treibhaus der Mutter. Durften still und stumm sein und hatten sich nur ab und zu mittels ein paar Klopfzeichen gegen die Bauchwand zu melden: alles in bester Ordnung. Und mussten das Treibhaus rechtzeitig verlassen. Hals über Kopf sozusagen. Und bei ihrer Ankunft wurden ihnen Halbsätze zugeflüstert, Wörter,

Namen, Gestammel; das Tagesgeschäft der Liebe nahm seinen Anfang. Irene musste lachen, als sie versuchte, sich einen ausgewachsenen Mann als Embryo vorzustellen. Oder sich die Alte mit ihren Gehübungen als Embryo zu denken; unglaublich, diese Anfänge. Übrigens glich die Alte der Blonden, überragte sie aber deutlich. Überragte sie in allem. Die Blonde hatte nur noch im Polsterstuhl gehockt in einem überheizten Raum oder hatte die Tage im Bett verbracht. Auf einem Vorplatz hin- und herzugehen, jeden Tag, dafür hatte sie die Disziplin oder die Kraft nicht mehr aufgebracht. Die Blonde hatte nur noch die Erschöpfte gespielt, und innen wummerte ihr Herz, angetrieben durch den Schrittmacher. Die Beine schritten nicht mehr freiwillig. Jammer, Jammer, mein Leben, hatte sie gesagt und befürchtet, sich den Oberschenkelhals nur schon bei der Vorstellung an einen Spaziergang zu brechen. Vertreib mir die Zeit, hatte sie zu Zwilling gesagt. Aber die Zeit war immer und immer wieder zurückgekehrt. Darin tauchte Zwilling ganz nach Belieben auf und ging wieder weg und erschien wieder mit Blumen und einem Kuchen und einer Flasche Wein. Die Blonde aber hatte nicht im Wald gewohnt, sondern in einer zu großen Wohnung, auf deren Balkon noch im Sommer der Weihnachtsbaum gestanden hatte. Sie hatte sich etwas Lebendiges gewünscht. Zwilling hatte ihr ein Plüschschwein gekauft, das, betätigte man den Knopf auf seinem Bauch, drei Sätze verwaschenes Englisch in Endloswiederholung sprach. Dazu bewegte es sich so lange durch das Zimmer, bis es gegen eine Wand stieß, kippte und noch in der Luft Gehbewegungen imitierte. Die Blonde hatte sich vor dem Schwein gefürchtet und wollte ihre Schwester zurückhaben und hatte behauptet, die Schwarze könne jederzeit zur Türe hereinkommen, sie habe ihr schon eine Schürze bereitgelegt. Zwilling hatte der Blonden des langen und breiten erklärt und demonstriert, wie sie neue Batterien in den Bauch des Schweins einlegen musste für den Fall, dass es verstummte und sich nicht mehr vom Fleck rührte. Dafür hatte sie sich interessiert. Die Batterien waren ihr als Schrittmacher erschienen und sie stellte sich wohl vor, dass ihr Herz auf ähnliche Weise angetrieben wurde wie das Plüschschwein. Mit ihren Gichtfingern hatte sie es aber nicht geschafft, die Batterien aus dem Bauch des Schweins zu klauben. Ohnehin werde sie das Schwein nicht anrühren, habe sie gesagt und sich vor den Fernseher gesetzt, so nah vor das Gerät, dass sie es hätte berühren können. Du siehst, man kann tun, was man will, hatte Zwilling an einem Geburtstagsfest geklagt. Irene hatte gelacht und ihm geraten, sich etwas anderes einfallen zu lassen, obwohl sie wusste, dass Zwilling keine Einfälle mehr hatte. Schau mit ihr alte Fotos an, hätte sie sagen können, aber sie hatte es unterlassen. Denn erstens hatte sie die meisten Fotos an sich genommen, und zweitens bedeuteten Zwilling Fotos nichts, er erkannte kaum die Gesichter, die ihm entgegenschauten, und gab sich auch nicht die geringste Mühe dabei. Und er erkannte die Örtlichkeiten nicht, welche die Bilder zeigten. Zwilling hatte keinen Ortssinn, er wusste nicht, wie er sich orientieren können, Karten waren ihm keine Hilfe, noch fand er etwas, was er sich von einem Ort hätte einprägen können, um sich zurechtzufinden. Dafür hatte er eine angenehm klingende Stimme. Die er zu wenig eingesetzt hatte. Spricht nicht, Zwilling, wenn Paula ihn ruft, Paula, das Schwesterchen, bleibt still und stumm. Von wem sprechen Sie, fragte der Namenlose, von wem sprechen Sie? Sie wollen doch nicht sagen, dass Sie nicht mehr wissen, wer Zwilling ist? Sie meinen Monsieur Paul? Warum soll ich Zwilling Monsieur nennen, er nannte mich auch nicht Madame. Niemand nennt mich Madame, obwohl, bei genauerem Hinsehen, Madame Paulette, wäre doch gar nicht schlecht, nicht wahr, Monsieur Sans-Nom? Weil der Namenlose schwieg, überreichte ihm Irene das Heft, zum Trost, weil er schwieg und weil heute die letzte Zimmerstunde war, der letzte Blick zum See. Muss man immer Männer trösten, fragte sie. Der Namenlose ließ das Heft sinken und sagte: Sagen Sie ich. Also, muss ich immer Männer trösten, frage ich Sie, Sie Schweiger. Übrigens, ich wünsche mir ein Abschiedsessen. Wünschte sich ein Abschiedsessen, Irene. Stellte sich vor, wie der Herr am Arm des Namenlosen in den Nebentrakt geleitet würde, wo alle Seelen beim Essen versammelt wären. Stellte sich vor, Irene, wie der Herr eine kleine Rede hielte, auf sie, die morgen die Dépendance verließe, die morgen den Weg durch die Lindenallee nähme, allein, keiner würde sie zur Schiffstation begleiten. Und der Herr, der nur noch ganz selten Auftritte hatte, der Herr mit den Glaukomen, eine Berühmtheit, der sich auskannte auf allen Kontinenten, würde Irene verabschieden. Und die andern würden lächeln, wären schon müde, schon schläfrig. Aber da war kein Herr, keine Rede, weit und breit nicht, da war nur der Namenlose. Er las. Im Traum hat mich die Schwarze nicht von der Ratte befreit, die sich in meinen Fuß festgebissen hatte, im Gegenteil: Ungerührt jagte sie die Rattenjungen, die sich in großer Zahl auf dem Fußboden der Waschküche tummelten, und ertränkte sie in einem Bottich. Nachher packte sie die Ersoffenen an den Schwänzen und fuchtelte mit der Beute vor meinem Gesicht herum. Die nassen Ratten berührten meinen Hals, das Muttertier verbiss sich immer tiefer und schmerzhafter in meinen Fuß, ich schrie, ich flehte, die Schwarze warf mir die triefenden Ratten ins Gesicht, bückte sich schon wieder nach neuen Opfern – mit einer heißen Wut auf die Schwarze erwachte Irene. Nie hätte die Schwarze eine Ratte berührt, nicht einmal im Traum wäre ihr das eingefallen; die Kraft aber, die in Irene für Träume zuständig war, diese hinterlistige Kraft hatte sich ans Werk gemacht und die vornehme Schwarze verwandelt in eine, die ersoffene Ratten an den Schwänzen packte und damit einem Kind Grauen einjagte und dieses Grauen genoss. Und hatte Irene in ein Kind zurück verwandelt, hatte dieses Kind wieder aus ihr herausgeholt, an dessen Existenz sie sich so sehr gewöhnt hatte, dass sie es vollkommen vergessen hatte, was einfach war, so still verhielt es sich. Es trug einen blauen Faltenrock, einen roten Pullover, weiße Kniestrümpfe und weiße Schuhe mit Lochmuster, es war Sonntag, es war immerzu Sonntag, und es regnete ein wenig. Wenn man sich vorstellt, dass man alle Größen durchlaufen hat, sagen Sie »ich«, warf der Namenlose ein, Zentimeter um Zentimeter auf einem Messband hinter sich gebracht hat, fuhr Irene fort, um irgendwann still zu stehen, nicht mehr zu wachsen, und wenn man weiter bedenkt, sagen Sie »ich«, dass alle diese Stationen, die man durchlaufen hat, noch vorhanden sind wie die Zimmer, die man einmal bewohnt hat, manche nur für kurze Zeit, die kleinen Hände, die man einmal hatte, sagen Sie »ich«, die mageren, kurzen Arme, eine Zeit, noch ohne Brüste und ohne Achsel- und Schamhaar, unvorstellbar, sagte Irene, und seltsam alterslos sei die Schwarze im Traum gewesen, eine Mischung aus jenem Wesen, wie es auf alten Fotografien zu sehen sei, und aus den letzten Bildern, den Altersbildern, die in ihr auftauchten, wenn sie an die Schwarze denke. Warum bin ich nicht fähig, tagsüber

Bilder der Schwarzen als jüngere Frau abzurufen? Warum sind dem Gedächtnis nur jene Bilder zugänglich, die die Schwarze in ihren letzten Jahren zeigen? In welchen Trakt des Gedächtnisses sind die andern Bilder verschwunden, Bilder der Schwarzen als Vierzigjährige, als Fünfzigjährige? Irene nahm einen kleinen Spiegel aus ihrer Tasche und betrachtete ihr Gesicht. Ich sehe eine Frau mit zu kurz geschnittenem Haar. Dann schloss sie die Augen und versuchte, sich vorzustellen, wie sie vor zwanzig Jahren ausgesehen hatte. Nichts kam. Es zählte nur die Gegenwart. Es zählt nur das vertraute Bild, das dir entgegenblickt, das unmerklich sich verändert, unmerklich altert. Es zählt die innere Jugend, das Gefühl, eine straffe, eine aufgeräumte Seele zu haben, und darin enthalten die Kinderseele, beleuchtet von einem scharfen inneren Licht, das man an- und ausknipsen kann, Irene musste sich Ratten vorstellen, die sich am Körper der Schwarzen zu schaffen machten, sie verscheuchte die Bilder, der Körper der Schwarzen war kremiert worden, und Ratten hatte es ganz bestimmt keine gegeben in der Waschküche, die zu ebener Erde lag, angegliedert an einen Stall, wo früher Schweine gehalten wurden. Später war der Schweinestall umgebaut worden, zwei Pferdeboxen wurden eingebaut, was die Reiter sehr schätzten, die an den Wochenenden in die Gartenwirtschaft einkehrten auf ein Bier, es gab ein Bild von Zwilling, hoch zu Pferd, Zwilling, vier Jahre alt, war frisch gekämmt worden für die Aufnahme, seine kurzen Beine reichten nur wenig über die Flanken des Pferdes, er hielt sich an den Zügeln fest, und er blickte den Fotografen direkt an, Stolz und Angst hielten sich die Waage in seinem Gesicht, ein anderes Bild zeigte ihn zusammen mit der Schwarzen, wie er einem Pferd auf der flachen Hand ein Zuckerstück entgegenhielt. Wurde von kräftigen Armen auf das Pferd gehoben, Zwilling, musste posieren, nachher kam die Zuckernummer, dann nahm ihn der Reiter auf den Schoß, und er gab ihm einen Schluck Bier zu trinken, weil er schon groß war und ein künftiger Wirt Alkohol vertragen können müsse. Er wurde herumgereicht, und wenn er alle Stationen durchlaufen hatte, hob ihn die Schwarze hoch, nahm einen Kamm aus ihrer Rocktasche – sie trug immer einen Kamm bei sich – und kämmte ihn zum Zeichen, dass nun genug war und er wieder ihr gehörte. All diese fremden Hände, die nach Zwilling griffen, all dieser fremde Atem, der ihn umgab, all diese Gläser, aus denen er trinken musste. War ein öffentliches Kind, Zwilling. Lebte in der Gaststube und in der Gartenwirtschaft. Trug dort mit seiner Anwesenheit zur Unterhaltung bei. Und die Mutter schaute zu, wie hundert Meter von dem Haus entfernt, in dem sie mit ihrem Mann und den Töchtern lebte, ihr Sohn gutes Essen bekam und ihm eine ganz andere Kindheit geschneidert wurde als den Töchtern. Nur dem Vater gefiel es nicht, das auffällige Gewand mit dem grellen Muster, aber er kam nicht an gegen seine beiden Schwestern, die es gewohnt waren, sich durchzusetzen und ein Leben zu führen, in das sich kein Mann einzumischen hatte; Männer waren Gäste, nichts weiter, die Blonde und die Schwarze sprangen mit ihnen um, wie es ihnen gerade passte, nur selten gaben sie sich ausgelassen und gewährend, meistens überhörten sie Anzüglichkeiten oder wiesen sie scharf zurück, kein einziger außer Zwilling konnte sich ihrer dauernden Gunst gewiss sein, denn hatten sie schlechte Laune, ließen sie sich auf gar keine Unterhaltung ein, mit niemandem, die Schwarze nahm fast stumm die Bestellungen auf, brachte die Getränke, deckte den Tisch, servierte das Essen, die Blonde tauchte auf, sagte ganz knapp guten Tag, wünschte guten Appetit und verschwand wieder in der Küche. Und die Männer hatten immer zu bezahlen für das, was sie konsumierten. Die Blonde und die Schwarze spendierten höchst selten eine Runde, dafür waren sie bekannt, nur Zwilling lasen sie die Wünsche von den Augen ab, und was hätte der Vater dieser Weiberwirtschaft, wie er die Erziehungsmethoden der Blonden und der Schwarzen nannte, entgegenzusetzen gehabt? Was außer Pflichten hätte er dem Jungen schon zu bieten gehabt? Nichts, womit er ihn locken konnte, nichts außer seinen Zornausbrüchen, die ihn mit Regelmäßigkeit überfielen, dass er nicht da war, Zwilling, nicht zur Stelle. Hol sofort den Jungen, sofort, befahl der Vater, soll ich dir Beine machen, dass du mir sofort den Jungen holst, er soll die Fahrräder reparieren. Immer wieder die Wut des Vaters und immer wieder der gleiche, unerfüllbare Auftrag an Zwilling: Repariere die Fahrräder. Wie denn hätte Zwilling ein Fahrrad reparieren sollen? Wie denn, wo er noch nie gesehen hatte, wie ein Fahrrad zu reparieren war, das konnte der Vater nämlich nicht, vom Fahrräderreparieren hatte er keinen blassen Schimmer, überhaupt vom Reparieren, er verstand sich nicht darauf, konnte rein gar nichts reparieren, konnte nicht einmal einen Nagel in eine Wand schlagen, so ungeschickt war er, ja, und er hatte nicht einmal einen Hammer, den Nagel einzuschlagen, es fehlte ihm jedes Werkzeug, sogar das allergebräuchlichste wie Hammer, wie Zange, auch keine Nägel gab es, keine einzige Schraube, nichts war vorhanden, alles musste ausgeliehen werden unten bei der Blonden und der Schwarzen, die über einen ganzen Werkzeugkoffer verfügten und mit den Instrumenten auch umgehen konnten, aber Fahrräder reparieren konnten auch sie nicht, und das war es, was den Vater manchmal plötzlich in Rage brachte, dass Zwilling kein Fahrrad reparieren konnte und kein Werkzeug richtig in die Finger nahm. Genau wie er selbst. Und er kam, Zwilling, und mit ihm kam meist die Schwarze, nimm ihn nicht in Schutz, schrie der Vater, aber die Schwarze konnte er damit nicht beeindrucken und sie machte genau das, was der Vater ihr verbot: Sie nahm Zwilling in Schutz, und zwar provozierend augenfällig, sie legte den Arm um ihn, und er lehnte sich an sie und starrte den brüllenden Vater an und sagte nur: Ich habe ja gar nichts getan. Und die Mutter sagte auch, der Bub hat ja gar nichts getan, das sagte sie aber nur, wenn die Schwarze da war. Waren sie und die Kinder allein mit dem Vater und seinen Zornausbrüchen, sagte sie kein Wort, und auch Ruth und Irene schwiegen, nur Klara lachte manchmal oder sagte gelassen zu Vater: Hör auf mit dem Affentheater. Es reicht jetzt. Lächerlich, wie du dich aufführst. Woher Klara diesen Mut nahm, diese Stärke, so aufzutreten, und zwar ganz selbstverständlich, ohne dass sie es sich vorher vorgenommen hatte, die Sätze gar geübt, nein. Ach, wie bewunderte Irene Klara, und selbst die Schwarze, die manchmal Klaras Auftritte erlebte, musste sich innerlich vor ihr verbeugen, denn schließlich war Klara viel jünger als sie, war fast noch ein Kind, ein absolut furchtloses Kind, während Ruth und Irene wie zwei verängstigte Kaninchen am Tisch saßen und die Köpfe gesenkt hielten. Zwilling betrat gefährliches Gelände nach Möglichkeit nicht allein, sondern im Schlepptau der Schwarzen, in ganz schlimmen Fällen begleitete ihn sogar die Blonde, was den Vater noch wütender machte, denn die Blonde mochte er. Die Schwarze lag ihm nicht. Mit der Blonden konnte er reden, aber nur, wenn die Mutter nicht anwesend war. Von ihr sagte er, sie sei eine vernünftige Frau. Die einzige vernünftige Frau im ganzen Dorf. Meine Schwester, fügte er nach einer Weile des Schweigens an. Dabei hatte er drei Schwestern und einen Bruder, aber von der dritten Schwester, von Tante Rosa, geschweige denn vom Bruder, von Onkel Werner, sprach niemand, wenn nicht gerade Weihnachten war. Tante Rosa war gebildet, Onkel Werner war behindert. Und Zwilling gehörte zu den Kaninchen, und zwar war er das schüchternste von allen, ein Albino mit roten Augen. Darin war Panik zu lesen. Auch die Panik wandelt sich, sagte Irene. Seit einiger Zeit tritt sie in anderer Form auf. Panik, zu vergessen. Sage ich, sagte Irene, haben Sie gehört, Monsieur, die Panik, zu vergessen. Dass die Gestalten verschwinden. In einem Trakt. Gedächtnistrakt. Traumtrakt. Pavillon. War eine Gestalt, Georg. War eine Gestalt, Zwilling. Ein kleines Echo, das zurückkam aus der langen Nacht, aus dem langen Dunkel der Vorwelt, der Nachwelt. Und diese Zeit verschwindet. Sage ich. In einem Körperinnern. Hatte einen Schattenzwilling, Irene. War immer zu zweit. Beanspruchte aber nur wenig Platz, Paul. Und bevor die Namen endgültig verschwinden, noch einmal nach den Gestalten greifen. Denn wer in den Listen wühlt, gerät in Panik. Leere im Kopf. Dunkelheitsangst. Ein Enddunkel, nicht ein Anfangsdunkel, breitet sich aus im eigenen Körper, ungepolstert, nicht umgeben von Wasser und Häuten und Wänden. Ein fernes Nachhallen, ein zögerndes Donnern, aber keine Geistesgegenwart. Das Fundbüro aufräumen. Namen einfächern in die Archive. Und einen kleinen gläsernen Pavillon erbauen, eigens für die Namen. Und immer dieses Rauschen der Geschichten im Kopf, alle die ausgedachten Geschichten als Kind, ich handelte und handelte nicht, war nicht Irene, war Paula, das

Zusatz-A. Und dabei die Liebe im Schlaf kennen. Die leise Berührung einer Hand an der Stütze im Autobus, der zarte Kuss zum Schluss, den Blick zurück, weggehen, und dann die Fahrt im Zug, fährt allein, Irene, kein Blick in die Landschaft, ist vertraut das alles, und diese Stunde vergeht wie im Flug, weil du wirklich fliegst, durch den Morgen, die Nacht, die du noch am Körper spürst, durch die Sätze, beim Frühstück gesagt, durch die Spiele und die kleinen Fragen, die du nie stellst.

7

Paul und ich haben uns lange nicht mehr gesehen. Von Klara und Ruth höre ich selten. Es gibt keine Anlässe mehr, sich zu treffen. Die Blonde ist gestorben, nachdem sie mehrmals stürzte und sich dabei als Erstes ein Bein, dann eine Hand und als Drittes die rechte Schulter brach. Sie ist, von den notwendigen Krankenhausaufenthalten abgesehen, bis zum Schluss im Haus mit Umschwung geblieben. Eine Krankenpflegerin hat täglich nach ihr geschaut, oft hat die Blonde die junge Frau mürrisch empfangen. Übrigens hat sie niemandem von uns etwas vererbt, sondern ihr ganzes Geld, es war nicht wenig, dem Josefsheim vermacht, wo Onkel Werner fast dreißig Jahre seines Lebens verbracht hat. Es hat mich erstaunt, dass Paul mich in Paris angerufen hat, wo ich für ein paar Wochen über eine Agentur eine Wohnung gemietet habe. Meine Abwesenheit habe ich Ruth gemeldet. Das funktioniert noch. Wir halten Ruth auf dem laufenden, wenn wir verreisen, für Notfälle, obwohl sich niemand mehr Notfälle vorstellen kann, welche die Anwesenheit von uns allen erforderten. Auch Paul hat Ruth informiert über seine Parisreise. Bei dieser Gelegenheit hat sie ihm meine Handynummer gegeben für den Fall, dass er Lust habe, mich zu treffen. Neuerdings besitze auch ich eines dieser Geräte, trage es mit mir herum, in Paris lag es immer in der Kalbslederhandtasche. Sie durfte mitkommen, die Handtasche, nach Paris, ins Ausland darf sie immer mit, nur im Inland muss sie im dunklen Schrank schlafen. In Paris führte ich die Tasche jeden Tag in den Parks spazieren. Ich bin vor allem der Parks wegen nach Paris gefahren, und insbesondere wegen dem Jardin des Plantes, und im Jardin des Plantes war es auch, wo mich Pauls Anruf erreicht hat. Das ist nicht verwunderlich, denn ich hielt mich oft im Freien auf, die Mietwohnung war voll gestopft mit Möbeln, die mich anschauten, auf den Zimmerböden lagen dicke, schmuddelige Teppiche mit langen Fransen, die ich in der Vorstellung dauernd zurechtstreichen musste, und ich wollte nicht daran denken, wie viel Staub sich unter den Teppichen angesammelt hatte und wie viele Füße schon über diese Teppiche gegangen waren. Ich wanderte durch die Stadt, ich wandere durch die Stadt, ohne Plan, manchmal weiß ich nicht genau, wo ich bin, dann schaue ich mich nach einer Metrostation um und fahre in Gegenden zurück, in denen ich mich auskenne. Ich bin auch in Paris, hat Paul am Telefon gesagt. Und du hast wirklich Lust, mich zu treffen? Habe ich Paul gefragt. Ich bin nicht gerne allein. Hat er geantwortet. Er wohnte im Hôtel de Paris. Wir haben uns in der Hotelbar verabredet. Ich traf pünktlich ein. In der Bar befanden sich vielleicht zwanzig perfekt gekleidete Herren mittleren Alters, die miteinander scherzten. Unter ihnen Paul. Er beteiligte sich nicht am Gespräch. Es schien, er hörte zu. Er hat mich nicht gleich bemerkt. Mein erster Impuls war, mich abzuwenden und das Hotel gleich wieder zu verlassen. Paul hatte mir nicht gesagt, dass ich ihn nicht allein treffen würde. Aber im letzten Moment, bevor ich weggehen konnte, hat Paul mich gesehen. Er ist zum Eingang gekommen. Er hat mich in die Bar geführt. Er hat mir den Mantel abgenommen. Er hat mir einen Drink offeriert. Er hat sich nach dem Kellner umgeschaut. Er hat mich den Herren vorgestellt. C'est ma sœur. Hat er gesagt. Die Herren haben mich freundlich angeschaut. Mit einem bin ich ins Gespräch gekommen. Schon bald hat er mir seine Karte gegeben und mich eingeladen, ihn in der Bar, in der er arbeitet, zu besuchen. Er hieß Julien Blondel. Julien Blondel. Barkeeper. Paris. Vorsitzender der Vereinigung der Barkeeper Frankreichs. Alle die gutgekleideten Herren waren Barkeeper. Ich war in ein internationales Barkeeper-Meeting geraten. Alle diese gutgekleideten Herren waren Juroren eines Wettbewerbes, an dem sich Nachwuchskräfte aus den vornehmen Bars Europas beteiligten. Die Aufgabe der Kandidaten bestand darin, erzählte mir Blondel, verschiedene klassische Cocktails zu mixen und Eigenkreationen zu präsentieren. Die Juroren hingegen hatten die Pflicht, die Drinks zu kosten, zu beurteilen und zu benoten. Paul war auch Juror. Der erste Teil des Wettbewerbs würde am kommenden Tag stattfinden. Am Ankunftstag lernten sich die Juroren kennen und besprachen das ganze Prozedere des Wettbewerbs. Zwar kannten sich die meisten schon, und die Wettbewerbe, die immer wieder in andern Städten Europas stattfanden, liefen immer nach denselben Regeln ab. Dennoch, der Ankunftstag war der Kennenlerntag; das Mittagessen und die erste Besprechung, erklärte mir Paul, seien schon vorbei. Jetzt ginge es darum, Kontakte zu knüpfen. Ich nickte. Schaute Paul zu, wie er Kontakte knüpfte. Er hob mehrfach sein Glas. Lächelte. Winkte jemandem zu. Tauschte mit einem andern ein paar Sätze aus. Ja, er sei heute angekommen, er sei in einem Taxi vom Flughafen zum Hotel gefahren, er möge die Metro nicht, ja, etwas müde, das schon, bis nach Mitternacht noch gearbeitet, ja, Paris, eine interessante Stadt, ja, das Hotel gut ausgewählt, ja, zentral gelegen, und ja und nein und ja, und dann, sagte Paul, musste er mit seiner Schwester reden, und er setzte sich mit mir an ein Tischchen, fragte nach meinen Wünschen, bestellte Champagner. Ich sagte, ich wünschte mir einen Spaziergang. In der Bar war es laut, ich hatte Kopfschmerzen. Später, sagte Paul, später, den Spaziergang, er könne nicht einfach weggehen jetzt, konnte nicht einfach weggehen, Paul, musste bleiben, der Juror, musste sich zeigen, glaubte er. Aber Blondel sagte, Pauls Anwesenheit sei nicht mehr nötig, der eine und andere der Gutgekleideten hatte die Bar auch bereits verlassen, Blondel sagte zu Paul, nichts hindert dich daran, mit deiner Schwester einen schönen Abend zu verbringen. Blondel meinte es gut mit uns. Paul stand auf. Ich auch. Er müsse sich umziehen, sagte er. Ob ich ihn auf das Zimmer begleiten wolle. Ich sah mir gerne ein Zimmer des Hôtel de Paris an. Mein Bruder bewohnte ein geräumiges, helles Doppelzimmer mit Grandlit und einem eleganten Schreibtisch. Auf dem Bett lag eine graue, grob gewobene Tagesdecke, die ich am liebsten mitgenommen hätte. Paul ging zuerst ins Bad. Ich schaute aus dem Fenster und sah hinunter zu den Menschen, die in großer Zahl spazierten, es war ein warmer Frühherbsttag. Sonntag. Später Nachmittag. Ich hörte, wie sich Paul im Badezimmer die Zähne putzte, dann rasierte er sich. Ich betrachtete das Zimmer, betrachtete den Schreibtisch und die Ablage neben dem Bett. Auf dem Schreibtisch lag eine Mappe mit Schreibpapier des Hotels, die Bedienungsanleitung des Telefons war da sowie eine Liste mit Getränken und Gerichten, die man über den Zimmerservice bestellen konnte, daneben lagen ein paar Prospekte, Informationen über die Stadt und ihre Sehenswürdigkeiten. Ich sah keinen einzigen persönlichen Gegenstand, kein Buch, nicht einmal eine Zeitung. Nach einer Weile kam Paul aus dem Badezimmer. Er hatte Hose und Socken ausgezogen. Ich sah die Füße meines Bruders. Er setzte sich auf das Bett. Er massierte seine Füße. Sie waren aufgequollen. Auf mehreren Zehen saßen Schwielen. Die Zehennägel waren gelblich verfärbt. Die Fersen wiesen rötliche Stellen auf, Blasen, die im Entstehen waren. Paul hatte sehr weiße Haut. Er stand auf. Ich sah wieder auf die Menschen unten auf der Straße, der Louvre war noch immer geöffnet. Paul ging zum Schrank. Ich beobachtete, wie er seinen dunklen Anzug sorgfältig aufhängte. Über seine Beine zog sich ein Netz dicker Krampfadern. Paul zog eine andere Hose an, ein anderes Jackett, dieselben Socken, die er schon getragen hatte. Spazieren könne er leider nicht mit mir, sagte er. Er habe nur dieses eine Paar Schuhe mitgenommen, dummerweise, neue Schuhe, und er habe mit Druckstellen zu kämpfen. Ich schlug ihm vor, andere Schuhe zu kaufen, ich kannte Geschäfte, die sonntags geöffnet waren. Nein, keine Schuhe, sagte Paul. Er öffnete wieder den Schrank. Zwei weitere Paar Schuhe standen drin. Kennst du dich aus in der Stadt, fragte er. Mehr oder weniger, sagte ich. Er zog andere Schuhe an, sie wirkten bequem. Wir verließen das Hotel. Wir spazierten an der Glaspyramide vorbei. Mein Bruder sagte nichts. Ich hatte keinen Plan. Ob er etwas Bestimmtes sehen wolle, fragte ich. Er schüttelte den Kopf. Wir gingen weiter, mussten immer wieder Menschengruppen ausweichen, konnten wenig sprechen miteinander. Mein Bruder ging dicht neben mir. Er schaute sich keine einzige Auslage an. Er schaute sich die Menschen nicht an, die uns entgegenkamen; wir gingen nun die Rue de Rivoli entlang. Ob es ihm recht sei, bis zur Bastille zu spazieren, ob seine Füße das mitmachten. Mein Bruder sagte nichts. Nahe der Bastille gerieten wir in ein Gedränge. Ein Auto war in einen Kandelaber geprallt und ein paar weitere Wagen waren aufeinander aufgefahren, nichts von Bedeutung, die Ampeln funktionierten nicht mehr, Polizeiautos mit heulenden Sirenen fuhren vor, Menschen blieben stehen. Ich habe Paul aus den Augen verloren. Ich weiß nicht, wie es geschehen ist, eben hat er noch neben mir gestanden, einen Moment später habe ich zusammen mit vielen andern Wartenden die Place de la Bastille in mehreren Etappen überquert, während Autos vor und hinter uns wild hupten und ein Motorradfahrer den Motor seiner Maschine aufheulen ließ. Als ich vor der Opéra Bastille stand, war Paul nicht da. Ich habe gewartet. Ich habe gedacht, er wird mit dem nächsten Menschenschwall eintreffen, ich bin ein wenig auf und ab gegangen, ich habe weiter gewartet, er ist nicht gekommen, nach einer Weile bin ich ein Stück zurückgegangen. Ich habe Paul gesucht. Ich habe ihn nicht gefunden. Ich habe mich in ein großes Café gesetzt, draußen, auf einen gut sichtbaren Platz, obwohl der Lärm fast unerträglich war und meine Kopfschmerzen sich wieder meldeten. Ich habe einen Kaffee und ein Mineralwasser getrunken, schnell, denn ich war durstig, habe hin und her überlegt, wie ich Paul wieder finden könnte, und bin zu dem Schluss gekommen, dass es nicht möglich sei. Dann hat mein Handy gepiepst. In der Kalbslederhandtasche. Er war es. Er hatte mich schon mehrmals angerufen, in dem Lärm hatte ich das Piepen überhört. Es stellte sich heraus, dass er im selben Café saß wie ich, nur drinnen. Ich bezahlte und ging hinein. Paul saß in der hintersten Ecke. Er trank Tee. Er war blass. Gut, habe ich deine Nummer gespeichert, sagte er. Ich lachte. Hätte er mich nicht mehr getroffen, wäre er im Taxi ins Hotel zurückgefahren. Schmerzen deine Füße so stark? Es geht nicht um die Füße. Sagte Paul. Jetzt sei er hungrig. Er lade mich zum Essen ein. Ich habe ihm ein paar Restaurants gezeigt. Er hat jenes ausgewählt, das ihm den vornehmsten Eindruck machte. Paul trank viel und aß wenig. Warum hast du mich überhaupt angerufen heute Mittag, fragte ich. Warum hätte ich dich nicht anrufen sollen? Du in Paris, ich in Paris, es kann lange dauern, bis sich solch ein Zufall wieder ergibt. Das hat übrigens auch Ruth gesagt. Ich nickte. Wir unterhielten uns über Blondel. Er ist sympathisch. Sagte ich. Er hat dieses Mal die Gastgeberrolle inne. Weil wir in Frankreich sind. Sagte Paul. Ich fragte, ob er, Paul, auch schon die Gastgeberrolle gespielt habe. Ja. Sagte er. Schon ein paarmal. Wir schwiegen. Ich stellte mir Paul als Gastgeber vor. Im Eden. Ich bin nicht gerne allein. Sagte Paul. Du bist doch nicht allein. Sagte ich. Ihr seid ja bestimmt an die zwanzig Juroren. Ja. Paul nickte. Bestimmt zwanzig. Was machst du in Paris. Fragte er. Urlaub. Sagte ich. Spaziergänge. Museumsbesuche. Lange Aufenthalte in den Parks. Besuchst du Freunde. Fragte Paul. Freunde. Sagte ich. Ich meinte nur. Sagte er. Du meintest nur. Sagte ich. Geht es dir gut. Fragte er. Sicher. Sagte ich. Nein, ich wolle kein Dessert. Hast du Angst, dick zu werden. Fragte Paul. Ich zuckte die Schultern. Ich wusste, was jetzt kommen würde. Du warst dick, früher. Sagte er. Jetzt bist du schlank. Früher warst du dick. Sagte er. Erinnerst du dich an die Turnstunden? Niemand wählte dich. Sagte Paul. Weil du dick und langsam warst und nicht zwischen den Langbänken durchkriechen konntest. Du bliebst stecken. Sagte Paul. Dann bezahlte er. Mit Karte. Gab großzügig Trinkgeld. Half mir in den Mantel. Draußen dachte ich an seine Füße. Ich schlug vor, mit der Metro zurückzufahren. Gemeinsam. Ich würde weiterfahren bis Concorde und dort umsteigen; ich wohnte in der Nähe von

Saint-Lazare. Mit der Metro. Sagte Paul. Er fahre nie mit einer Untergrundbahn. Im Leben nicht. Er benutze grundsätzlich Taxis. Wir warteten eine Weile. Gingen ein paar Schritte. Es fuhren Taxis an uns vorbei. Sie waren besetzt. Wir gingen wieder ein paar Schritte. Standen direkt vor einer jener Treppen, die zur Metro führen. Komm. Sagte ich zu Paul. Wohin. Fragte er. Zur Metro. Ich ging ein paar Tritte hinunter. Paul folgte mir nicht. Ich kehrte zurück. Bitte. Sagte ich. Er schüttelte den Kopf. Ein gemeinsames Erlebnis. Sagte ich. Bitte Paul. Eine Premiere. Nein. Sagte er. Sei kein Spielverderber. Sagte ich. Drei Riesenschritte und zwei Gänsefüßchen. Nein. Und hör auf, bitte. Paul sagte es leise. Und es klang endgültig. Nein. Zitterte er? Wir gingen weiter. Paul schwieg. Ich schwieg. Immer wieder sah sich Paul nach einem Taxi um. In großen Städten, und Paul war schon in vielen großen Städten gewesen und immer in guten Häusern, Barkeeper treffen sich immer in guten Häusern, in großen Städten, sagte Paul, verlasse er das Hotel nie allein. Er komme auf dem Flughafen an, nähme ein Taxi bis zum Hotel und fahre nach den Meetings im Taxi zum Flughafen zurück. Manchmal begleitet mich Rita auf solchen Reisen. Sagte Paul. Sie schaut sich tagsüber die Stadt an. Sie geht einkaufen. Sie unterhält sich auf ihre Art, während ich mein Programm habe. Alles ist so gut organisiert, dass ich keinen Schritt allein machen muss. Erzählte Paul. Wir blieben auf dem Trottoir stehen. Paul sprach schnell. Und viel zu leise. Ich konnte ihn nur schlecht verstehen. Abends sei Rita müde und ganz zufrieden, in direkter Nähe des Hotels zu essen. Sagte Paul. Wenn nicht ein offizielles Abendessen ansteht, zu dem wir im Taxi hingefahren und wieder abgeholt werden. Meistens aber, sagte Paul, ist Lord das Problem. Lord, the white beauty.

Rita trennt sich nicht gerne von ihm. Sie trennt sich immer schwerer von ihm. Und ein Hund fühlt sich in einer Stadt wie zum Beispiel Paris nicht wohl. Sagte Paul. Es gibt aber viele Hunde hier. Sagte ich. Überall trittst du auf Hundescheiße, wenn du nicht Acht gibst. Sagte ich. Mit einem Mal warf Paul den rechten Arm in die Luft und sprang auf die Fahrbahn. Den Taxichauffeur traf keine Schuld. Beim besten Willen hatte er Pauls Aktion nicht voraussehen können. Paul starb vier Stunden später im Krankenhaus. Ich war nicht bei ihm. Ich habe keinen Zutritt bekommen zur Intensivstation. Ich habe in einem Anbau gewartet. In einem Flur. Ich habe meine Kalbsledertasche aus- und wieder eingepackt. Dabei ist mir Blondels Karte in die Finger geraten. Ich habe ihn angerufen. Er ist sofort gekommen und hat zusammen mit mir gewartet. Im Flur des Anbaus. Einmal erschien ein Arzt. Paul werde nun operiert. Die Operation gelang nicht. Paul starb. Ich war nicht bei ihm. War Ihr Bruder älter als Sie, fragte Blondel, als er mich in der Morgenfrühe im Auto zu meiner Wohnung brachte. Ich nickte. Ja, er war älter als ich. Wesentlich älter? fragte Blondel.

Schweizer Literatur im Rotpunktverlag

Theres Roth-Hunkeler
DIE ZWEITE STIMME
Roman. 240 Seiten, gebunden, Zürich 1997
ISBN 3-85869-137-2

»Einen Sommer lang hält Marie die Zeit an. Immer
wieder begibt sie sich in die Wohnung ihrer Nachbarin, kostet
die Weite des Blickes aus und betrachtet den Himmel.
Und kann kaum mehr glauben, dass sie sich nur ein Stockwerk
tiefer ein eigenes Leben eingerichtet hat mit einer
Tochter und einer Arbeit, mit einem Freund und einem
Wortschatz.«

Ein Buch über das Erinnern, das Sprechen und
Verstummen, über das richtige Fragen, die Liebe, das
richtige Leben und den Tod.

»Klugheit macht das Buch von
Theres Roth-Hunkeler so lesenswert.«
Tages-Anzeiger, Zürich

Schweizer Literatur im Rotpunktverlag

Yusuf Yeşilöz
STEPPENRUTENPFLANZE
Eine kurdische Kindheit.
128 Seiten, gebunden, Zürich 2000
ISBN 3-85869-192-5

Auf kindlichen Streifzügen durch den Alltag
eines Dorfes entsteht Stück für Stück
ein Bild kurdischer Lebenswelt.

Beat Sterchi
AUCH SONNTAGS ETWAS KLEINES
Lange Listen, kurze Geschichten
112 Seiten, gebunden, Zürich 1999
ISBN 3-85869-181-X

Geschichte, so klein, sie sträuben sich sogar, erzählt
zu werden. Zu ihrem Recht kommen endlich
Apfelküchlein, Gratiszeitung und die Liste…

Schweizer Literatur im Rotpunktverlag

Heinrich Kuhn
HAUS AM KANAL
Roman, 224 Seiten, gebunden.
Zürich 1999
ISBN 3-85869-173-9

Ein liebgewordener Haushalt muss aufgelöst werden.
Die »Abbruchsituation« versetzt die Beteiligten in einen
fragilen Zustand...

Jochen Kelter
DIE KALIFORNISCHE SÄNGERIN
Erzählungen, 208 Seiten, gebunden.
Zürich 1999
ISBN 3-85869-174-7

Außenseiterfiguren und Menschen, die im Schatten der
Geschichte standen: Die neuen Erzählungen von Jochen Kelter
wollen festhalten und erinnern.

Schweizer Literatur im Rotpunktverlag

Daniel Sebastian Saladin
GETÖTET WIRD KEINER
Roman, 192 Seiten, gebunden.
Zürich 1999
ISBN 3-85869-190-9

Ein Debüt-Roman über das Entgleiten der eigenen
Lebensgeschichte, über eine gespaltene Identität, die in
Selbstauflösung endet.

SCHNELL GEHEN AUF SCHNEE
Stadtgeschichten, 240 Seiten, gebunden.
Zürich 1998
ISBN 3-85869-144-5

»Als lendenlahm kann gewiß keine der 60 Zürcher
Kurzgeschichten bezeichnet werden, dazu
haben die sieben Autoren einfach zu viel Phantasie.«
Tages-Anzeiger, Zürich